어릴 적 그 책

어릴 적 그 책

추억의 책장을 펼쳐 어린 나와 다시 만나다

곽아람 지음

앨리스

차례

프롤로그_**모험의 시작** | 어릴 적 그 책 찾아 삼만 리 * 007

1

유년의 정원에 삶의 씨앗을 뿌리다

어린 독학자가 내면의 성을 쌓기 시작한 날 〈어린이 세계의 명작〉『일본 편』·『서양 편』 * 032

모험가와 예술가에 매혹된 그 순간 『뉘른베르크의 난로』 * 044

아무도 모르게, 비밀을 탐하다 『다락방의 꽃들』 * 056

꼬마 숙녀들을 위한 교훈 『말괄량이 쌍둥이』 * 070

'땅 조금'이 지닌 의미 『비밀의 화원』 * 082

긍정의 힘으로 지키는 마음의 고요 『폴리애나의 기쁨놀이』 * 092

빈사의 삶을 구원하는 것은 오직 꿈 『꿈꾸는 발레리나』 * 104

모험과 용기, 죽음을 배우다 『사자왕 형제의 모험』 * 116

2

그렇게 아이는 성장한다

같은 책의 독자라는 유대 「바람의 선물」 * 128

상처 없는 삶은 없다 「스물네 개의 눈동자」 * 142

폐허 속에서 아이들은 어떻게 살아남는가 「슬픈 나막신」 * 154

찰나와도 같은 유년의 시간 「이얼링」 * 166

지나간 것들이 지켜주는 것 「집 나간 아이」 * 178

초콜릿이 녹아버릴 정도로 따스한 「초콜릿 공장의 비밀」 * 190

진짜 세상, 진정한 관계를 원한다면 「여보세요, 니콜라」 * 202

천국과 지옥, 그 사이에서 「작은 아씨들」 * 214

3

소녀는 이제 울지 않는다

잠들어 있는 '비 공주'를 깨운 사람은 누구? 「비 공주」 * 226

두 사람은 결혼하여 행복하게…… 「사랑의 요정」 * 238

나만을 위한 옷을 차려입고 「당나귀 가죽」 * 250

독신자가 집과 친해지는 법 「초원의 집」 * 262

'추위를 싫어하는 펭귄' 같은 여자도 괜찮아 「추위를 싫어한 펭귄」 * 276

태양의 동쪽, 달의 서쪽에 있는 그를 기다리며 「태양의 동쪽, 달의 서쪽」 * 288

더 이상 '진짜 공주'는 될 수 없을지라도 「소공녀」 * 300

'약간의 불행'이 준 선물 「장미와 반지」 * 312

에필로그_ 모험은 끝나지 않는다 | 네버 엔딩 스토리 * 324

MY GARDEN
KEVIN HENKES
THE
ART
ROOM
Remarkable Animals
THE BIG BOOK of MAGICAL Mix-Ups
Birches
White Noise

어릴 적 그 책 찾아 삼만 리

2010년 3월 초순, 나는 서른두 살이었고, 8년차 기자였다. 생활의 평점은 B⁰ 정도. 입사 8년 만에 오매불망 그리던 문화부에 배치되어 신이 났던 것도 잠깐, 곧 무덤덤해졌다. 일은 딱히 좋지도 나쁘지도 않았다. 회사와 집을 시계추처럼 오가는 생활. 갈망도, 결핍도 없었다. 다만 '뭔가 신나는 일이 일어났으면 좋겠어' 하고 조금쯤 생각했을 뿐이다.

그 단어, '실레비펜'이 머릿속에 떠오른 건 어느 날 퇴근하여 세수를 하고 있을 때였다. 왜 갑자기 그 순간 그 단어가 생각났는지 모르겠지만, 신神은 종종 우리의 의지와는 무관하게 인간의 뇌를 주무르는 법이다. 낯설면서 친숙한 이 단어의 연원이 어디에 있는지 거슬러 올라가던 나는 이내 어린 시절 즐겨 보았던 책에 실린 이야기를 기억해냈다. 고급스러운 초록색 하드커버 표지에 금박으로 제목이 박혀 있던 책의 외양, 아름답고 섬세한 삽화가 또렷이 떠올랐다. 나는 당장 엄마에게 전화를 걸었다.

"엄마, 그 왜 나 어릴 때 봤던 계몽사 책 있잖아. 초록색 표지에 삽화가 예쁘고, '실레비펜' 이야기 있는 거."

"실레비펜?"

"엄마, 아빠가 일 나가고 혼자 집에 있는 남자애가 엄지손가락만큼 작은 난쟁이 친구를 만나잖아. 개랑 친구가 되려고 벽에 박힌 못에 손가락을 대고 '실레비펜'이라고 주문을 외우면, 엄지손가락 크기로 작아졌잖아."

"그래, 기억 나. 그 책 엄마도 참 좋아했었지."

"그 책 누구 줬지?"

"아마 우리 아랫집 애들 줬을걸."

"그렇구나……."

왜 어린 시절의 좋은 책들은 항상 '아랫집 애들'이나 '사촌 동생들'의 차지가 되어버리는 걸까. 지금은 아마 엄마가 책을 주었던 집에서도 잊혔을 그 책들을 생각하니 나는 다소 쓸쓸해졌다. 하는 수 없이 가물가물한 기억을 더듬어 그 '실레비펜' 이야기를 재구성해보았다.

소년 바틸은 항상 혼자 집을 지킨다. 부모님은 맞벌이를 하고, 사이 좋았던 누나마저 병으로 세상을 떴기 때문이다. 어느 날 바틸에게 엄지손가락만큼 작은 소년이 나타난다. 엄지손가락 소년은 바틸에게 자기처럼 작아지는 법을 가르쳐준다. 바로 벽에 박힌 못에 손가락을 대

〈어린이 세계의 명작〉『북유럽 편』에 실린
「꼬마 소년 닐스 칼슨」의 한 장면.

고 '실레비펜'이라는 주문을 외우는 것. 바틸이 부모님이 집을 비울 때마다 주문을 외우고, 엄지손가락 크기로 작아져서는 소년의 집으로 놀러가 점차 외로움을 잊게 된다는 이야기. 나는 바틸이 "실레비펜!" 하고 외치면서 작아지는 장면, 주인공이 엄지 소년에게 누나가 갖고 놀던 인형의 집에서 가지고 온 가구들과 옷들을 선물하는 장면을 무척 좋아했다.

별다른 기대 없이 인터넷에서 '실레비펜'을 검색해보았다. 그러자 그와 관련된 검색 결과가 잔뜩 쏟아지는 것이 아닌가. 그 계몽사 전집 중 가장 기억에 남는 이야기라는 사람도 있었고, 자기도 어릴 때 이야기 속 소년처럼 못만 보면 손가락을 대고 '실레비펜'이라고 주문을 외워 작아지고 싶었다는 사람도 있었다. 아, 나는 혼자가 아니었던 것이다.

그렇게 웹서핑을 한 결과 나는 그 이야기가 실려 있던 초록색 전집이 1984년 초판 발행된 계몽사 〈어린이 세계의 명작〉이며 총 15권이라는 사실을 알게 되었다. 그중 '실레비펜' 이야기는 『북유럽 편』에 실린 「꼬마 소년 닐스 칼슨」이고, 작가는 『말괄량이 삐삐』를 쓴 스웨덴 동화작가 아스트리드 린드그렌이라는 것도 말이다.

이야기에 대한 관심은 이내 계몽사 전집에 대한 관심으로 옮아갔다. 나는 그 전집을 떠올리며 추억에 빠졌다. 얼마나 좋아했던가, 그 전집의 아름다운 그림들을. 구혼자의 시종과 사랑에 빠진 기다란 금발의 여왕님(나는 그 옆모습을 연필로 서툴게나마 따라 그려보곤 했다), 말을 할 때마다 입에서 꽃과 보석이 튀어나오는 소녀, 보기 흉한 개구리였다가 왕자의 신부가 되면서 금빛 머리칼을 치렁치렁하게 늘어뜨린 아리따운 공주로 변신했던 개구리 공주(그 공주는 식사 시간에 한쪽 소매에는 고기 뼈를, 다른 한쪽 소매에는 고기 국물을 집어넣곤 했는데, 그녀가 춤을 추면서 팔을 흔들면 무도회장은 백조가 헤엄치는 호수로 변하곤 했었지)……. 그 장면들이 하나하나 생생하게 떠올랐다.

넋을 잃고 인터넷으로 계몽사 〈어린이 세계의 명작〉을 검색하던 나는 점점 더 많은 것들을 알게 됐다. 우선 내 어린 시절을 지배하다시피 했던 그 전집이 일본 고단샤講談社에서 1980년 출간된 24권짜리 전집 〈세계의 메르헨〉의 일부를 번역, 출간한 것이라는 점이다. 또 나와 마찬가지로 그 전집을 기억하는 사람들이 아주 많고, 그중 상당수가 그 전집을 다시 손에 넣기 위해 고군분투하고 있다는 사실도 말이다.

"15권짜리 초록색 표지 계몽사 〈어린이 세계의 명작〉 구합니다. 값은 얼마라도 상관없습니다."

"계몽사 〈어린이 세계의 명작〉 구합니다. 단 한 권이라도 좋아요. 애타게 찾고 있습니다."

인터넷 헌책방과 중고장터에는 그 전집을 구하려는 사람들의 사연이 차고 넘쳤다. 책 외판원의 카탈로그마다 단골로 등장하곤 해서 한 집 건너 한 질쯤은 있었던 책이 이젠 구하기 힘든 '희귀 도서'가 된 것이다. 세월이 오래된 탓도 있고, 계몽사가 한때 부도를 맞았기 때문이기도 하다.

어린 시절, 표지가 단단하고 각이 잘 잡혀 있던 그 책들을 바닥에 세워놓고 도미노 게임을 하곤 했던 나는 그 책들을 구하고자 애쓰는 이들의 진지한 열망을 접하고는 약간 겸연쩍어졌다. 몇몇 이들이 어렵게 구한 그 전집에 대한 이야기를 블로그에 포스팅 해놓은 것도 보았다. 책을 좋아하는 사람 특유의 소유욕과 질투심이 발동한 것은 그 무렵이었다. '나도 저 책을 꼭 다시 가져야겠어.' 욕망은 그렇게 찾아왔다. 곧바로 자주 들르는 인터넷 헌책방에 접속해 무엇에라도 홀린 듯 키보드를 두들기기 시작했다.

"계몽사 〈어린이 세계의 명작〉 구합니다. 1984년 초판 발행, 초록색 하드커버, 총 15권입니다. 어릴 때 재미있게 읽은 책인데 도무지 구할 수가 없네요. 혹시 판매 의사가 있으신 분은 연락 주세요."

옛날에 읽었던 그 책들을 구하기 위한 기나긴 수집의 여정은 그렇게 시작됐다.

계몽사 〈어린이 세계의 명작〉으로 시작된 욕망은 이내 다른 책으로도 옮아갔다. 나는 초등학생으로 돌아가 내가 아꼈던 책들을 하나하나 떠올려보았다. 아직 고향 집에 있는 것들도 있었지만, 대개 이미 남에게 주거나 버린 뒤였다. 계몽사, 금성출판사, 학원출판공사, 동서문화사의 책들이 주를 이루었는데, 대부분 절판됐다. 계몽사 〈어린이 세계의 명작〉과 함께 가장 갖고 싶은 것은 88권짜리 〈에이브 전집〉이었다. 사촌 오빠의 책장에 꽂혀 있어 큰집에 갈 때마다 읽었던 그 전집. 세련된 삽화와 묵직한 내용 때문에 그 책들을 읽고 있으면 어쩐지 어른이 된 듯 뿌듯했다. 나는 그 전집을 간절히 원했지만, "다음에 사줄게" 했던 아버지는 끝내 약속을 지키지 않았다.

대학생 시절, 매 학기 초 외국어 사전을 사러 갔던 청계천 헌책방, 심심할 때마다 들르곤 했던 낙성대 헌책방에서 노끈에 묶인 〈에이브 전집〉과 마주치곤 했다. 볼 때마다 반갑기는 했지만 딱히 사고 싶다는 생각은 하지 못했다. 미래를 걱정하느라 옛일을 생각할 여유가 없었으니까.

인터넷 상에는 어른이 되어 다시 〈에이브 전집〉을 구한 사람들의 경험담이 꽤 많았다. 88권 전체 목록을 꼼꼼하게 정리하고, 표지까지 스캔해 올려놓거나, 인상 깊은 책에 대한 독후감을 쓴 사람들도 있었다. 나는 그들이 부러워졌다. 그 전집을 가지고 있던 친구네를 부러워하던 기억이 새삼 떠올랐다. 지금 나는 어른이다. 그리고 돈을 번다. 88권 전집쯤은 살 수 있는 경제력을 갖췄다. '갖고 싶으면 사면 돼!' 하고 생각했지만, 〈에이브 전집〉을 구하는 일은 결코 쉽지 않았다. 어릴 때는 돈이 없어 못 샀던 그 전집이, 이젠 돈을 주고도 못 구하는 희귀본이 되어 있었던 것이다.

나와 마찬가지로 그 책을 읽고 자랐던 내 또래들이, 나와 마찬가지로 어른이 되어, 나와 마찬가지로 그 책을 찾고 있었다. 아이에게 읽히고 싶다는 사람들도 있었고, 직접 다시 읽어보려는 이들도 있었다. 그러나 책은 이미 절판됐고, 경쟁자들은 나보다 발 빠르게 헌책방에서 책을 선점했다. 대학에 다닐 때만 해도 헌책방에서 흔히 볼 수 있었던 책들이 나처럼 직장인이 된 경쟁자들의 손에 들어가 좀처럼 볼 수 없게 된 것이다. 하루 날을 잡고 청계천 서점가를 누비며 이 집 저 집, 문의해보았지만 구하기 어렵다는 답만 돌아왔다. 30여 년 전 출간된 이 전집이 30만 원이라는 고가에 거래된다는 정보가 그날의 유일한 수확이었다.

뾰족한 수가 없으니 인터넷을 이 잡듯 뒤지기 시작했다. '아름다운 가게' 헌책방에서 책 전질을 권당 1천 원에 구했다는 누군가의 무용담을 발견하고선 서울 시내 '아름다운 가게'에 몽땅 전화를 넣어봤지만 성과가 없었다. 다음으론 포털사이트 네이버의 중고장터 '중고나라'를 타깃으로 삼았다. '중고나라'에는 간간이 〈에이브 전집〉이 매물로 올라왔고, 금세 주인을 찾아 팔려 나갔다.

인터넷 중고장터에서 '득템'을 하기 위해 필요한 덕목은 꾸준함과 집요함이다. 인터넷상에서는 매물이 뜨면 몇 초도 되지 않아 그것을 노리고 있던 낚시꾼들이 달려든다. 거래는 선착순으로 이루어진다. 물건을 얻기 위해선 경쟁자들보다 먼저 발견하는 수밖에 없다. 나는 세월을 낚으며 때를 기다리는 강태공처럼 아침저녁으로 시간 날 때마다 중고장터에 접속해 검색창에 '에이브', 혹은 '에이브 전집'을 쳐 넣었다. 8년 기자 생활로 길러진 목표 지향적 성격, 포기를 모르는 집요함이 큰 도움이 됐다. 의외로 빨리 〈에이브 전집〉을 구할 수 있었던 것. 전집 찾기를 시작한 지 2주째, 마침내 게시판에 전질을 팔겠다는 글이 올라왔다. 판매자는 서울에 살고 있었고, 직거래도 가능하다고 했다. 나는 직거래를 택했다. 배송료 2만 원을 아끼고 싶기도 했고, 무엇보다 오랫동안 그리던 그 전집을 손에 넣는 기쁨을 생생하게 느끼고 싶었다.

2010년 3월 21일은 일요일이었다. 화창한 아침, 나는 차를 몰고 공덕동 집을 출발해 상일동으로 갔다. 한 시간가량 지나 접선 장소 앞에 다다랐다. 판매자인 여대생은 손수레에 책 박스를 가득 싣고 나타났다. 옛날 어린이 전집이 희귀본이 되면서 인터넷상에는 이런 전집만 전문적으로 골라 파는 '꾼'들이 많이 나타났다. 나는 웬만하면 전문 업자들에게서 책을 사고 싶진 않았다. 추억이 담겨 있는 책인 만큼, 추억을 가진 소유주에게서 넘겨받고 싶었다. 내가 판매자의 게시물을 보고 당장 구매를 결정한 것은, 판매자 역시 나와 마찬가지 이유로 그 책을 수집해 오래 가지고 있었기 때문이다. 처음에 30만 원을 불렀던 판매자는 조금만 깎아 달라는 내 요청에 흔쾌히 3만 원을 깎아주었다. 차 트렁크가 책 박스로 가득 찼다. 좁디좁은 내 원룸이 더 좁아졌지만 나는 뿌듯했다. 어린 시절의 조그마한 결핍을 스스로 채우면서, 비로소 진짜 어른이 된 것 같았다.

〈에이브 전집〉과 함께 대표적인 '레어템'인 학원출판사의 〈메르헨

전집〉은 어이없을 만치 쉽게 구했다. 추억의 전집을 모으는 사람들은 대개 두 부류로 나뉜다. 진지하고 무거운 이야기 일색인 〈에이브 전집〉을 사랑하는 경파硬派와, 가볍고 명랑한 이야기가 주를 이루는 〈메르헨 전집〉을 아끼는 연파軟派. 〈에이브 전집〉 파인 나는 사실 다른 것엔 그다지 관심이 없었다. 〈메르헨 전집〉 중 『엉망진창 수도꼭지』『도둑들은 즐거워』 등 꽤나 많은 책들을 나는 금성출판사의 〈신세계 동화문학 은하수 시리즈〉로 대신 접했다. 〈메르헨 전집〉에 대한 기억은 로알드 달의 『초콜릿 공장의 비밀』이 유일했다. 그래도 그 기억이 워낙 강렬했고, "〈메르헨 전집〉을 마침내 구했다. 한 권씩 읽으며 귤 까먹고 있는데 너무 행복하다"라는 누군가의 포스팅을 보고 호기심에 그냥 옥션을 뒤져보았다. 그런데, 있었다. 전 55권 중 무려 32권이, 그것도 단돈 1만 원에 나와 있었다. 아니 이게 웬 횡재람. 나는 당장 주문했고, 다음 날 책이 배달돼 왔다.

그렇게 구한 〈메르헨 전집〉은 이후 빠진 23권을 채우는 것이 더 힘들었다. 이따금 나타나는 〈메르헨 전집〉 판매자들은 대부분 낱권으로는 책을 팔지 않았다. 완질이 아니면 가격이 확 떨어지기 때문이다. 처음에 '어차피 나한테는 크게 중요한 책이 아니야. 32권으로 만족해야지' 하던 나는 점차 빠진 자리를 채워 완질을 만들고 싶다는 욕망에 불타게 됐다. 다소 완벽주의자 기질이 있는 내게 이 빠진 부분을 보는 것은 힘든 일이었다.

낱권은 인터넷 게시판에 구한다는 글을 올리는 방법으로 구했다. 네

이버 카페 '중고책 M-스토어'에는 나와 비슷한 사람들이 많았다. 상계동에서 헌책방을 운영한다는 네티즌이 빠진 책들을 꾸준히 구해주었다. 첫 32권을 단돈 1만 원에 샀는데, 낱권은 권당 5천 원에 배송비까지 들여 구하다니. 대체 이게 뭐 하는 짓인가 싶어 중간에 큰맘 먹고 〈메르헨 전집〉을 몽땅 팔아버리려다가, 이미 부친 책을 우체국에 가서 찾아오고 판매를 취소한 적도 있다. 떠나보내기엔 너무나 아까운 책이었던 것이다.

그리하여 처음 책을 얻은 지 만 3년이 지난 지금까지도, 나는 〈메르헨 전집〉 낱권을 구하고 있다. 이제 세 권 남았다. 『착한 마녀』『동물나라 좋은 나라』 그리고 『소년탐정 브라운』. 완벽한 〈메르헨 전집〉 55권이 내 책장에 꽂힐 날이 과연 올까?

〈메르헨 전집〉과 함께 금성출판사 〈신세계 동화문학 은하수 시리즈〉(전 32권, 이하 '은하수 시리즈')와 〈신세계 동화문학 무지개 시리즈〉(전 32권, 이하 '무지개 시리즈')도 구했다. 〈메르헨 전집〉 중 상당수가 이 두 시리즈와 겹친다. 다만 금성출판사 판이 삽화와 표지 컬러가 좀 더 경쾌하다. 어릴 때 〈은하수 시리즈〉를 가지고 있던 나는, 전집 중 『여보세요, 니콜라』『마틸다 할머니』『매기의 비밀』 등을 무척 좋아했다. 〈은하수 시리즈〉 중 『여보세요, 니콜라』를 인터넷 헌책방 '고고북스'에서 어렵게 구했는데, 이후 옥션에 전질이 6만 원에 나와 있기에 망설임 없이 주문했다. 이 시리즈는 도무지 집에 둘 곳이 없어서 고향 집에 보냈는데 엄마가 흔쾌히 받아주셨다. 〈무지개 시리즈〉 역시

옥션에 전질이 6만 원에 올라와 있는 것을 발견, 손쉽게 구했다. 〈메르헨 전집〉 중 빠진 책의 허전함을 메우려는 심정으로 〈메르헨 전집〉과 함께 꽂아두고 있다.

~∞~

'추억의 책' 찾기로 시작된 내 유년의 고고학은, 어느새 취학 전 무렵의 지층地層까지 파고 들어갔다. 이제 내 기억은 막 한글을 깨쳤던 대여섯 살 무렵 읽었던 인생 최초의 동화책을 더듬기 시작했다. 1980년대 초반, 어린아이가 있는 집이라면 대개 갖추고 있던 계몽사의 60권짜리 〈디즈니 그림 명작〉이 가장 먼저 떠올랐다. 계몽사가 1980년 디즈니와 라이선스 계약을 맺어 출간한 이 전집을, 엄마는 가격 부담 때문인지 절반쯤만 사주셨다. 어쨌든 덕분에 나는 내 또래들이 대부분 그러했듯, 『신데렐라』『백설공주』『피터팬』을 모두 이 시리즈로 뗐다.

내가 자라 디즈니에 관심이 없어졌던 1990년대에 계몽사는 『인어공주』 등을 포함시켜 새로 60권짜리 전집을 내놓았다. 신기하게도 중고 시장에선 구판舊版인 80년대 판이 신판新版인 90년대 판보다 높은 가격에 거래되고 있다. 90년대 판엔 요즘 30대 엄마들이 읽고 자란 『엉터리 살림꾼 구피』『단추로 끓인 수프』 등이 포함돼 있지 않기 때문이다. 옛 동화책을 구하는 심리에는 어린 시절의 추억을 자녀들과 공유하고 싶은 마음도 작용한다. 내가 어릴 때 보던 책을 아이에게도 읽히고 싶은 부모가, 추억이 없는 90년대 판에 무관심한 것은 어쩌면 당연한 일일 것이다.

사실 나는 굳이 신데렐라와 백설공주 이야기를 디즈니 판으로 다시 읽고 싶은 생각은 없었다. 그러나 『추위를 싫어한 펭귄』에 이르자 마음이 바뀌었다. 그 책은 디즈니 판이 아니면 다시 읽을 길이 없었다. 게다가 꼭 그 삽화여야만 했다. 몇 주 검색한 끝에 '중고나라'에서 디즈니 전집을 낱권으로 팔겠다는 아이 엄마를 만날 수 있었다. 막상 사 놓고 보니 책 상태가 좋지 않아 아이에게 보여주기 꺼려진다는 이유였다. 『추위를 싫어한 펭귄』과 『신데렐라』 『잠자는 공주』 『엉터리 살림꾼 구피』 『덕 할머니와 게으름쟁이들』을 샀다. 예닐곱 살 무렵 무척 좋아했던 책들이다. 판매자는 "시간이 없어 책을 닦아 보내지 못해 미안하지만 매직 블럭으로 닦으면 말끔해진다"라고 조언해줬다.

책을 받은 날, 물티슈로 표지를 하나하나 말끔하게 닦았다. 책장을 넘겼더니 신기하게도 삽화와 함께 엄마랑 같이 그 책을 읽었던 어린 날의 추억들이 몽실몽실 솟아올랐다. 옛 책의 힘이란 이런 것이리라. 얼마 후 이태원의 외서 헌책방 앞을 지나다가, 90년대에 나온 〈디즈니 그림 명작〉의 원서 열여덟 권을 발견하곤 당장 구입했다. 이 책들은 노끈에 묶인 채 거실 책장에 고이 잠들어 있다.

금성출판사에서 나온 〈칼라 텔레비전 세계교육동화〉는 유치원 때와 초등학교 저학년 때 몰두해 읽었던 것들이다. 가뭄으로 위험에 빠진 마을을 구하기 위해 '비 공주님'을 깨우러 가는 소녀 이야기를 특히 좋아했다. 당시엔 「비 공주」가 독일 낭만주의 문학의 거장 테오도어 슈토름의 이야기란 걸 몰랐고, 독일 민화인 줄로만 알았다. 소녀의 살결을 크림빛 도는 로즈 핑크로 표현한 『흰 장미 분홍 장미』도 잊을 수 없다.

옛날에 읽었던 책들을 모으기 시작하면서 가입한 네이버 카페 '클로버 문고의 향수'를 통해 이 시리즈가 일본 쇼가쿠칸小學館의 〈올칼라판 세계의 동화〉를 카피한 것이란 사실을 알게 되었다. 내 추억이 흠뻑 담겨 있는 80년대 초반 판본은 더 이상 구하기 힘들었다. 1986년 이후 개정되면서 삽화가 완전히 바뀌었기 때문에 80년대 초반 판본은 '극희귀본'이 된 것이다. 「비 공주」가 실린 『독일 동화집』, 「사슴이 된 공주」와 「고수머리 리케」가 실린 『프랑스 동화집』을 헌책방 '고고북스'에서 간신히 구했다. 그러나 모두 80년대 후반 개정판본이다. 어린 시절 읽은 동화는 내용보다는 삽화의 힘이 큰 모양인지, 삽화가 달라진 개정판에서는 추억의 냄새가 거의 나지 않았다. 나와 마찬가지로 개정판본을 샀다가 아무래도 옛날 맛이 안 나 버렸다는 동지들을 종종 볼 수 있었다.

흰색 표지에 벽돌색 띠가 둘러진 금성출판사 〈소년소녀세계문학〉 전집은 친구네 집에서 보았던 것이다. 어린아이가 읽기엔 각 권이 상당히 두꺼웠다. 『스물네 개의 눈동자』와 『굵은 다리의 베르트 공주』를 이 전집을 통해 접했다. 『스물네 개의 눈동자』는 대학 시절 김난주 번역의 단행본이 나온 걸 사서 갖고 있었다. 어느 겨울, 부츠를 신을 때마다 자꾸 오른쪽 다리가 왼쪽 다리보다 더 굵었던 베르트 공주가 떠올랐다. 큰맘 먹고 구입한 롱부츠의 오른쪽이 잘 들어가지 않았기 때문이다. 그 겨울에 그 책을, 알록달록한 개정판본으로 구해 읽었다. 이후 『양지바른 언덕의 소녀』『아이반호우』『백조의 기사』 등 몇 권을 더 구입했다. 모두 개정판이다.

2010년 10월, 8년간 살던 공덕동 원룸을 떠나 홍제동 아파트로 이사를 했다. 늘어난 책들 때문이었다. 〈에이브 전집〉 88권을 포함, 그간 구입한 옛 책들이 200권 가까이 됐다. 엄마는 어이없어 하는 눈치였지만 딱히 말리지도 않았다. 다행히 우리 가족은 책 욕심에 대해서는 꽤나 너그럽다. 이사를 하고 복도 쪽 문간방에 책장을 들여놓고, '추억의 책'들을 가지런히 꽂았다. 〈에이브 전집〉〈메르헨 전집〉 등이 아름답게 꽂혔다. '유년의 방'을 따로 마련한 것 같아 나는 만족스러웠다.

이사는 내게 곧 새로운 헌책방의 개척을 뜻했다. 지하철로 한 정거장 거리에 마침 헌책방이 있었다. 그곳에서 주황색 표지의 계몽사 〈소년소녀 세계문학〉 전집 중 『보리와 임금님』『사랑의 요정』『돌리틀 선생 이야기』를 발견하곤 당장 샀다. 구하기 힘든 책들인데 이게 웬 떡이람. 뒤표지에 넝쿨 문양이 그려진 이 전집은 우리 집엔 없었지만, 피아노 학원에서 차례를 기다리거나 친구 집에 갔을 때 즐겨 읽곤 했다. 그 헌책방에서 〈에이스 88〉 10여 권을 발견한 것은 또 다른 수확이었다. 동서문화사의 〈에이스 88〉은 〈에이브 전집〉보다 한 단계 더 수준 높은 청소년용 전집이다. 사촌 동생네 있던 것이라 눈독 들였던 기억이 있다. 며칠 동안 『나는 야곱을 사랑하고』 『톰 깊은 밤 13시』 등을 읽어치 웠다.

계몽사 〈소년소녀세계문학〉 전집의 『북유럽 동화집』을 손에 넣은 것은 2010년 11월이었다. 그 전집에서 특히 내가 다시 읽고 싶었던 이야기는 『북유럽 동화집』에 실려 있는 「산딸기와 임금님」이었다. 아이들이 소풍을 갔다가 요정을 구해준 대가로 맛있는 음식과 예쁜 보석 팔찌를 선물로 받는 이야기다. 이 전집은 1980년대에는 파란 표지, 1990년대에는 흰색 표지로 여러 번 개정됐는데, 인터넷에서 쉽게 구할 수 있는 1990년대 판 흰색 표지의 『북유럽 동화집』에는 「산딸기와 임금님」이 빠져 있다. 흰색 표지 책을 몇 권 샀다가 시행착오를 겪은 나는 꼭 「산딸기와 임금님」을 다시 읽고 말겠다는 의지를 불태운 결과, 결국 '중고나라'에서 거금 1만 2,000원을 주고 1977년에 출간된 『북유럽 동화집』을 손에 넣었다. 이 무렵의 나는 아마도 '추억의 책' 쇼핑에 중독되었던 모양으로, 책을 사면서도 '내가 미쳤지' 했다.

무겁고 의미 있는 책들을 훑고 나자 여성으로서 내 정체성에 생각이 미쳤다. 지경사의 소녀소설들을 찾아 헤매기 시작한 것은 어린 시절의 가벼움이 그리워서였다. 그런데 이 책들 역시 대부분 절판되었고 헌책방엔 당연히 없었다. 내 또래 여성들이 이 시리즈를 얼마나 사랑했던지, 권당 2만 원을 줘도 사기 힘들었다. 인터넷엔 이 책들을 다시 읽고 경험을 공유하는 카페까지 생길 정도였다. 그래도 꾸준한 검색을 통해 『말괄량이 쌍둥이』 시리즈 몇 권과 『꿈꾸는 발레리나』 『플롯시』 시리즈 등을 샀다. 『플롯시』 시리즈와 결국 구할 수 없었던 『핑크빛 발레 슈즈』는 미국 온라인 헌책방에서 원서로 구했다.

기회가 되면 『나의 마니또』 『로즈의 계절』 『과수원의 세레나데』 『시골소녀 폴리아나』 등도 꼭 지경사 판으로 다시 구해 읽고 싶다. 노력했으나 단 한 권도 구할 수 없었던 동광출판사의 〈파름 문고〉 시리즈도 손에 넣는 행운이 주어졌으면 좋겠다. 『춤추는 하얀 새』 『나일 강의 소녀』 등을 다시 읽고 싶다.

다시 이야기를 계몽사 〈어린이 세계의 명작〉으로 돌려보자. 내가 옛날 그 책들을 수집하는 데 결정적인 계기가 된 이 전집을 얻는 과정은 그야말로 지난했다. 꼭 갖고 싶었던 것이라 더더욱 힘들게 느껴졌는지도 모르겠다. 일단 매물이 없었다. 청계천 헌책방을 샅샅이 뒤졌지만 도무지 구할 수가 없었다. 헌책방 주인들은 "그림이 워낙 좋아 일러스트 작업하는 사람들이 즐겨 찾는다"라고 했다. 추억을 돌아보고 싶은 사람들뿐 아니라 일러스트레이터들까지 산다니, 구하기 힘든 이유가 있었던 것이다.

한 달 넘게 이 전집을 찾다가 지친 나는 일본 옥션을 뒤졌다. 번역본을 못 구하면 일러스트가 똑같은 고단샤 원판이라도 구해보자는 심산이었다. 누군가 원판을 신촌 '북오프'에서 운 좋게 건졌다기에 '북오프'를 몇 번 방문했지만 성과가 없던 참이었다. 난생처음 일본 옥션을 이용했는데 신은 내 편이었던 모양으로 스물네 권 중 자그마치 스물세 권이 우리 돈 6만 원가량에 나와 있었다. 끈질긴 나는 일본 아마존을 뒤져 나머지 한 권도 마저 찾았다. 아마존에서 구한 책을 일본 옥션 한국 사무실로 배달시키고선, 다른 책이 도착하면 함께 배송해 달라고 했다. 2010년 4월, 일본에서 고단샤 〈세계의 메르헨〉 전집이 배를 타고 우리 집에 당도했다. 책은 상태가 아주 좋았다. 드디어 추억의 삽화들이 눈앞에 펼쳐졌지만, 나는 1퍼센트가 부족하다고 느꼈다. 내가 어린 시절 읽었던 책은 일본어판이 아니라 번역본이었으니 그럴 수밖에.

친구들과 함께 부산에 놀러 갔던 어느 봄, 해운대와 광안리를 거쳐 보수동 헌책방 골목에도 들렀다. 목표는 역시나 〈어린이 세계의 명작〉. 서울에서는 도저히 구하기 힘들겠다 싶어 부산에서도 찾아보았지만 결국 또 실패했다. 이 전집을 구하는 틈틈이 함께 인기를 누렸던 계몽사 〈어린이 세계의 동화〉 전질을 구했다. 원래 이탈리아에서 출간된 전집을 카피한 삽화가 그윽하게 아름답다는 평을 듣는 것으로 〈어린이 세계의 명작〉보다는 매물이 많았다. 남들이 다 구하기에 나도 구해봤는데, 어릴 때 읽었던 책이 아니라 큰 감흥은 없었다. '추억의 힘'이 얼마나 막강한지 다시 한 번 절감했다.

인터넷 중고장터 게시판에 글 올리기, 검색의 생활화를 반복한 끝에 마침내 〈어린이 세계의 명작〉을 손에 넣은 것은 2010년 7월 21일이었다. 한밤중에 네이버 '중고나라'에 매물이 나온 걸 발견하곤 당장 문자를 보내고, 이틀 후 책을 받았던 기억이 생생하다. 상자를 뜯고, 책을 펼쳤다. 한 장, 한 장에서 내 어린 날이 묻어났다. 평화롭고 따스했던 어린 시절. 방에 앉아 책에 몰두하고 있으면 온전히 나만의 세계에 빠질 수 있었던 유년기. 나는 『신의 물방울』의 주인공이 와인을 시음하듯, 책 내음을 맡으며 과거를 회상했다. 아파트 뜰에 푸르게 펼쳐졌던 토끼풀밭, 여름 저녁의 풀 냄새, 소독약 냄새와 꽃 냄새가 섞인 쌉싸래한 공기, 해가 지도록 놀고 있는 나를 부르던 엄마 목소리. 나는 극도로 행복해졌다.

워낙 복간 요청이 쇄도했던 덕에, 계몽사는 2012년 3,000세트 한정판으로 〈어린이 세계명작〉을 펴냈다. 그러나 나는 굳이 그 책을 사지 않았다. 나와 동시대를 살아내지 않은 책은 의미가 없으니까.

30대에 접어들면서, 나는 종종 자문했다. '지금의 나를 만든 것은 과연 무엇인가.' 직장 생활은 안정됐고, 돈도 제법 모였다. 꽤 넓은 집으로 이사도 했다. 사회에서는 나를 '아무것도 아쉬울 게 없는 골드미스'라 불렀다. 그러나 나는 자주 스스로를 껍데기처럼 느꼈다. 퇴근 후 밤, 아무도 없는 집에서 혼자 텔레비전을 틀어놓고 있다가도 어느 순간 나는 끝없이 내 안으로 침잠했다. 서러운 일들에 무뎌졌지만, 그렇다고 힘들지 않은 것은 아니었다. 그럴 때마다 나는 궁금했다. 내 바닥에는 뭐가 있을까? 기자인 나 말고, 30대 커리어 우먼인 나 말고, 그런 포장지들 말고, 가장 밑바닥에서 굳은 심지처럼 나를 지탱해주는 것은 뭘까? 그래서 몰두했다. 추억의 책 모으기에.

어린 날의 책장을 가능한 한 그대로 재구성하고, 아버지가 "책벌 레구나" 하고 웃으며 장난으로 에프킬라를 '칙' 하고 뿌렸던 그 시절 처럼, 미동 없이 책에 온 정신을 내던지고 싶었다. 부모님이 사랑과 기대를 담아 사주셨던 책들로 바깥세상과 차단된 견고한 성을 쌓고, 그 안에서 아무 생각 없이 쉴 수 있는 시간이 필요했다. 어느 학교를 졸업하고, 어느 직장에 다니고, 나이가 몇이며, 어느 정도 벌이를 하고…… 그런 세속적 기준이 아니라 단지 내가 나라는 것만으로 부모 님의 아낌없는 사랑을 받았던 '온전한 나'를 되짚어보고 싶었다. 그래 서 나 대신 그 시절을 간직해주고 있던 책들을 모았다.

누군가는 '유아적 퇴행'이라며 우려했다. 그러나 내겐 30대 중반을 맞아 인생을 중간 점검할 시간이, 장場이 필요했다. 전쟁 같은 주중이 지나가고 고요한 주말이 오면 집에 홀로 앉아 동화책을 읽었다. 25년 후의 내가, 25년 전의 어린 내게 반갑다며 청하는 악수, 혹은 25년 전 의 내가, 25년 후 어른이 된 내게 잘 살아와 고맙다며 건네는 격려 같 은 시간이었다.

1

유년의
정원에
삶의 씨앗을
뿌리다

어린 독학자가
내면의 성을
쌓기 시작한 날

〈어린이 세계의 명작〉 『일본 편』·『서양 편』
계몽사, 전 15권, 1987 (절판 후 복간)

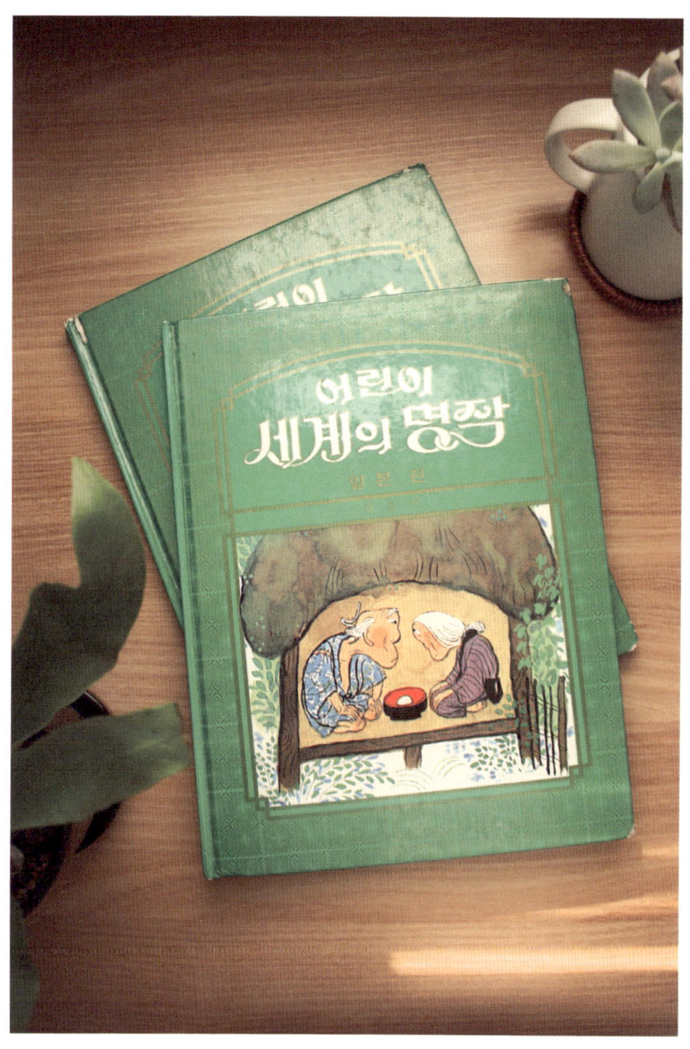

계몽사 〈어린이 세계의 명작〉은 1980년대의 개발도상국, 그것도 경남 소도시에
살고 있던 내게 전 세계의 문화를 가르쳐준 책이다. 방에 가만히 앉아, 어린 나는
이 책들에 코를 박은 채 세계를 탐험했다. 「학 색시」를 읽으면서 고타쓰와 기모노,
옛 일본 남녀의 헤어스타일을 익혔다. 머리에 스카프를 뒤집어쓰고 무릎길이 스커트에 앞치마를
두른 동유럽 여인들의 복식을 알려준 것도 이 전집이었고, 북유럽 민화에서 자주 공주를 납치해
머릿니를 잡게 하는 흉측한 괴물 '트롤'의 생김새도 이 전집을 통해 배웠다.

"넌 꼭 옛날이야기에 나오는 베 짜는 학처럼 찰카닥찰카닥 자판을 두드리는구나."

잠기운이 잔뜩 묻어나는 목소리로 한마디 하고선 엄마는 곧 잠이 들었다. 네 시간 동안 버스를 타고 상경하느라 피곤했던 모양이다. 엄마 옆에서 컴퓨터로 밀린 일거리를 처리하던 나는 슬며시 웃음 지었다. '엄마도 그 이야기를 기억하는구나.'

「학 색시」 이야기는 초등학교 때 집에 있던 계몽사 〈어린이 세계의 명작〉 중 『일본 편』에 실려 있었다. 추운 겨울날 나무를 하러 산에 간 천애 고아 젊은이가 날갯죽지에 화살을 맞은 학을 구해준다. 며칠 후 비 오고 천둥 치던 날, 젊은이가 산에서 돌아오니 웬일인지 집에 불이 환하게 켜 있고 "백옥같이 하얀" 아가씨가 나와 "저를 아내로 맞아주세요"라고 한다. 둘은 꿈같은 신혼 생활을 시작하고, 아내는 남편에게 베틀을 놓아 달라고 부탁한다.

  유년의 정원에 삶의 씨앗을 뿌리다

"제가 베를 짜는 7일 동안은 어떠한 일이 있어도 방 안을 들여다 보아서는 안 되어요. 꼭 지켜주셔야만 해요."

색시는 단단히 약속을 하고서 베를 짜러 방으로 들어갔습니다. 그로부터 7일 동안 베 짜는 소리가 온 산과 골짜기에 울려 퍼졌습니다. 젊은이는 몹시 궁금했지만 약속대로 들여다보지는 않았습니다. 약속한 7일이 지나자, 색시는 예전에 본 일이 없는 곱고 아름다운 천을 들고 나왔습니다. 색시는 어쩐지 조금 여위어 보였습니다.

"서방님, 이 천을 내다 파셔요. 단 사려는 사람이 값을 부르기 전에는 절대로 먼저 말하지 마셔요."

남편은 천을 팔러 산 넘고 물 건너 영주님이 사는 곳으로 간다. 곱고 아름다운 천을 영주님은 금화를 주고 비싸게 산다. 남편이 다시 산 넘고 물 건너 집으로 돌아오자 찰카닥찰카닥 베 짜는 소리가 온 산과 골짜기에 메아리친다. '실도 없는데 어떻게 베를 짜는 걸까?' 궁금증을 이기지 못해 아내의 당부를 어기고 문틈으로 방을 들여다본 남편은 베틀 위에 학 한 마리가 앉아 제 깃털을 뽑아 베를 짜는 광경을 본다. 그 모습에 놀란 남편은 그만 기절하고 만다.

젊은이가 정신을 차렸을 때는 벌써 해가 다 기운 저녁이었습니다. 옆에는 전보다 더 수척해진 아내가 창백한 얼굴을 푹 숙인 채 처량하게 앉아 있었습니다. 아내의 무릎 위에는 짜다 만 학의 깃

털 천이 곱게 개어 있었습니다.

"저는 언젠가 당신이 살려준 학이어요. 제 모습이 드러난 이상 더는 서방님을 모실 수 없게 되었어요. 한 필을 더 짜서 서방님 살림을 편하게 해드리려고 했는데……."

몹시 아쉽고 슬픈 표정이던 색시는 어느새 학이 되어 어둑어둑한 저녁 하늘을 끼룩끼룩 울며 사라져갔습니다.

금기를 어기고 배우자의 실체를 보려 한 아내 또는 남편이 그 벌로 배우자와 이별하게 되는 이야기는 민담에서 흔하다. 그러나 대부분 금기를 어긴 이가 갖은 고행을 겪으며 배우자를 찾아나서는 반면, 이 이야기엔 반전이 없다. 깃털 빠진 학이 노을 진 붉은 하늘 위로 훨훨 날아가버리는 삽화가 이야기의 마지막을 장식할 뿐이다. 전집에 실린 수많은 이야기 중 이 이야기가 오랫동안 기억에 남은 것은 결말의 군더더기 없는 그 비장미 때문인지도 모르겠다.

계몽사 〈어린이 세계의 명작〉 전집은 돌이켜보면 1980년대의 개발도상국, 그것도 경남 소도시에 살고 있던 내게 전 세계의 문화를 가르쳐준 책이다. 몇 발짝만 나가면 개울과 논밭이 펼쳐졌던 동네, 열아홉 평 주공아파트의 작은방에 가만히 앉아, 어린 나는 이 책들에 코를 박은 채 세계를 탐험했다. 일본 고단샤의 〈세계의 메르헨〉 전집을 번역, 출간한 이 전집의 강점은 디테일이 훌륭한 삽화다. 일본뿐 아니라 프랑스, 영국, 독일, 인도네시아, 남북 아메리카, 아시아 등 전 세계 민화를 소개하면서 각국의 복식, 인종의 생김새까지 꼼꼼하고 완벽하게 고증한 삽화는 무척이나 아름답다. 나는 「학 색시」를 읽으면서 고타쓰와 기모노, 옛 일본 남녀의 헤어스타일을 익혔다. 머리에 스카프를 뒤집어쓰고 무릎길이 스커트에 앞치마를 두른 동유럽 여인들의 복식을 알려준 것도 이 전집이었고, 북유럽 민화에서 자주 공주를 납치해 머릿니를 잡게 하는 흉측한 괴물 '트롤'의 생김새도 이 전집을 통해 배웠다.

어린 시절 나는 『일본 편』과 함께 『프랑스 편』을 특히 좋아했다. 그중에서도 「금발의 여왕」이 그렇게도 좋았다. 이야기의 도입부는 여왕을 이렇게 소개한다.

옛날 어느 나라에 결혼하지 않은 젊은 여왕이 있었습니다. 이 여왕은 빼어난 미모를 갖추고 있었는데, 굽슬굽슬하게 드리워진 금발이 한층 더 아름답게 해주었습니다. 여왕은 발등까지 흘러내리는 금발에 꽃으로 만든 왕관을 쓰고, 보석이 번쩍이는 긴 옷을 입고 있었습니다.

누구든지 여왕을 한 번만 보면 온통 마음을 빼앗겨버릴 정도로 아름다웠습니다. 사람들은 아름다운 이 여왕을 '금발 여왕'이라고 불렀습니다.

유년의 정원에 삶의 씨앗을 뿌리다

발등까지 흘러내리는 금발이라니! 등허리에 닿도록 머리칼을 기르는 게 소원이었으나, 번거로운 걸 싫어하는 엄마 손에 끌려 늘 머리칼이 채 자라기 전에 미장원에 가야 했던 나는 무엇보다 여왕의 치렁치렁한 금발에 매혹됐다. 거기에 로코코풍의 풍성한 푸른색 드레스, 금빛 머리채를 장식한 화관花冠 등 여왕을 묘사한 삽화는 아름답기 그지없었다.

여왕의 소문을 들은 이웃나라 왕은 구혼을 위해 잘생긴 젊은 시종 아브낭을 파견한다. 이웃나라 왕과 결혼할 생각이 없었던 여왕은 아브낭에게 "한 달 전 강물에 빠뜨린 반지를 찾아와라" "이웃나라 거인을 처단해라" "무서운 용이 지키고 있는 젊음의 샘물을 구해와라" 등 갖은 주문을 해대지만, 용감한 아브낭은 여왕이 내린 미션을 모두 성공적으로 수행하고 결국 여왕을 주군主君의 신부로 데려간다.

그러나 이미 아브낭에게 반한 여왕에게 왕이 눈에 들어올 리가. 여왕의 마음을 눈치챈 질투심 강한 왕은 아브낭을 탑에 가두고, '혹시 내가 못생겨서 여왕이 나를 싫어하나' 싶어 아브낭이 구해온 젊음의 샘물을 얼굴에 끼얹는다. 하지만 그 물은 청소하다 젊음의 샘물병을 깨뜨린 시녀가 실수로 바꿔놓은 독극물이었고, 왕은 영원한 잠에 빠지고 만다. 마침내 자유로워진 여왕은 아브낭을 구하고 그와 결혼한다.

＊＊＊   금발 여왕은 곧 탑문을 열게 하고 손수 아브낭의 손발에 묶인 쇠

사슬을 풀었습니다. 그러고는 아브낭의 머리에 금관을 씌우고 어깨에는 왕이 걸치는 옷을 걸쳐주었습니다.

"자, 이리 오셔요. 당신을 임금님으로 모시겠어요. 아브낭 님, 나의 남편이 되어주세요."

아브낭은 무릎을 꿇고 왕비의 발에 입맞춤하였습니다.

어린 나는 이 이야기의 마지막을 장식하는 삽화를 무수히 따라 그렸다. 긴 머리를 복잡하게 땋아 올린 금발의 여왕과 왕관을 쓴 아브낭 부부의 뚜렷한 프로필이 어찌나 아름답던지, 똑같이 그려보려고 애썼으나 잘 되지 않았다.

몇 년 전 독일 출장을 가서 베를린 국립회화관에 들른 적이 있다. 이탈리아 르네상스 화가 피에로 델 폴라이올로Piero del Pollaiolo (1443~96)의 1465년 작 「젊은 여인의 초상」에 눈이 멎었다. '어, 금발의 여왕이네?' 여성의 옆모습을 그린 그 그림은 내 기억 속 금발의 여왕의 프로필과 놀랄 만큼 닮아 있었다. 어른이 되어 다시 이 동화를 읽어보니 당시 그림을 그린 삽화가는 르네상스 및 로코코 화가들의 화풍을 면밀히 연구했던 모양이다. 여왕의 화려한 드레스에서는 로코코 시대를 대표하는 궁중 화가 프랑수아 부셰François Boucher(1703~70) 등의 영향도 묻어난다. 대학에 입학하기 전까지 한 번도 미술관에 가본 적이 없고, 해외 경험도 없었던 내가 유럽 각국의 복식을 눈에 익히고, 유럽 회화를 좋아하게 된 것은 아무래도 이 전집의 영향이 큰 것 같다.

유년의 정원에 삶의 씨앗을 뿌리다

『러시아 편』을 읽으면서는 왕자의 눈에 들기 위해 분투하는 흉측한 개구리가 아름다운 공주로 변신하는 장면을 즐겨 따라 그렸다. 『남유럽 편』을 읽을 때 도라리체 공주를 사랑하게 된 방랑의 기사 폴츠니오가 곱슬머리를 길게 늘어뜨린 흰 잠옷 차림의 공주에게서 돈주머니를 받는 장면을 미농지를 대고 베끼기도 했다.

그렇게 나는 오도카니 홀로 앉아 미지의 세계를 부지불식간에 빨아들였다. 어른이 되어 책으로만 접했던 그 나라들에 실제로 발을 내디뎠을 때, 나는 내가 생각보다 그 나라들에 대해 많은 것을 알고 있다는 사실에 놀랐다. 이를테면 여행 중인 왕자가 목이 말라 오렌지를 쪼갤 때마다 예쁜 여인이 나타나 요구 사항을 이야기하는 이탈리아 민화 「사랑의 오렌지 세 개」 덕에 지중해의 오렌지나무가 낯설지 않았다든가.

지방 도시에 대한 편견을 가진 서울 사람들이 간혹 내게 묻곤 했다. "너는 시골서 자랐는데, 어떻게 그림을 좋아하게 됐어?" "맥도날드도 없었던 진주 출신이 어떻게 명문대에 들어가고 기자가 될 수 있었지?" 번화한 대도시에 살면서 문화의 세례를 직접 받아야만 안목을 키울 수 있다고 믿는 사람들에게 나는 말해주고 싶다. 세상엔 책으로 배울 수 있는 것이 생각보다 훨씬 많다고. 시골집의 작은방에 점처럼 웅크리고 앉아 책을 통해 자신과 드넓은 세계를 연결해본 어린 독학자獨學者들의 내면에는 그 누구도 침범할 수 없는 깊고, 넓고, 아름다운 세계가 성城처럼 단단하게 구축되어 있다는 것을 말이다.

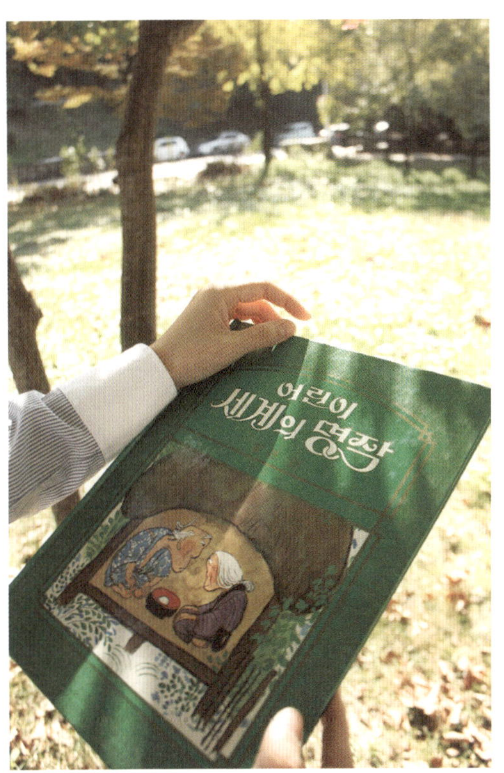

어린이
세계의 명작

모험가와 예술가에 매혹된 그 순간

『뉘른베르크의 난로』〈학습판소년소녀세계문학전집〉 41권

위다 지음, 송숙영 옮김, 동서문화사, 1983(절판)

아끼던 난로 '히르슈포겔'과 함께 여행을 떠난 소년 아우구스트를 응원했던 어린 나는
대학에 들어가 미술사를 전공하고, 뉘른베르크가 뒤러의 고향이란 걸 알게 되고, 기자가 되어
독일 출장을 가게 되고, 뮌헨의 기차 안에서 문득 '히르슈포겔'이란 단어를 떠올린다.
내가 뒤러와 루벤스를 좋아하는 미술사학도로 성장할 수 있었던 것은 어쩌면 이 책의 영향인지도
모른다. 한낱 물건에 지나지 않는 난로에서 옛것의 아름다움과 장인의 정성을 읽어내고,
예술을 향한 숭고한 열정을 배웠던 소년 아우구스트를 동경했던 덕분일지도 모른다.

마리엔 광장에서 나를 태운 기차는 덜컹거리며 뮌헨 공항을 향해 달려갔다. 눈으로 뒤덮인 도이칠란트의 검은 숲이 차창을 통해 스쳐갔다. '바바리아의 겨울이란 이런 것이군. 그런데 바바리아란 단어를 처음 알게 된 게 언제였더라?' 차가운 유리창에 머리를 기댄 채 거기까지 생각했을 때, 잊고 있던 기억이 뇌 깊숙한 곳에서 부표처럼 떠올랐다. 기차, 뮌헨, 그리고 바바리아. 갑자기 『뉘른베르크의 난로』 속 한 장면이 생생하게 펼쳐졌다.

얼마 뒤, 갑자기 기차가 덜컹 멈춰서더니 난로 속에 갇혀 있는 소년의 귀에 역원의 목소리가 들려왔습니다.

"뮌헨! 뮌헨!"

아우구스트도 얼마쯤 지리에 대해 알고 있었으므로 마침내 바바리아의 중심지에 왔다는 것을 알았습니다.

유년의 정원에 삶의 씨앗을 뿌리다

독일 출장을 다녀왔던 그해 겨울 휴가에, 시골집에 내려가 『뉘른베르크의 난로』를 다시 읽었다. 동서문화사에서 나온 〈학습판소년소녀 세계문학전집〉으로 처음 접했던 이 이야기는 『플랜더스의 개』를 쓴 위다Ouida(1839~1908)의 1872년 작품이다. 오스트리아 티롤 지방에 살던 어린 소년이 도자기 난로 속에 숨어 열차를 타고 바바리아, 즉 바이에른까지 여행하면서 겪는 에피소드가 담겨 있다. 주인공 아우구스트는 아홉 살, 10남매의 둘째로, 엄마는 없다. 소금가마 일꾼인 아버지는 가난하다. 항상 배고픈 아우구스트에게 유일한 위안은 집안에서 대를 물려 전해 내려오는 도자기 난로 '히르슈포겔'이다.

그러나 방 한쪽에는 도자기로 만든 난로가 있어 등불 밑에서 아름다운 빛을 뿜고 있었습니다. 임금님이 손수 키운 공작과 왕비가 아끼는 보석을 합친 것 같은 빛깔을 띠었으며, 병사와 방패와 문장의 꽃장식이 달리고 맨 꼭대기에는 큰 금관이 얹혀 있었습니다.

그것은 1532년에 만들어진 난로로, 위에 H.R.H.라는 글씨가 새겨져 있었습니다. 이 글씨는 이 난로가 장식에 이르기까지 모두 뉘른베르크의 유명한 도공이었던 아우구스틴 히르슈포겔의 손으로 만들어졌음을 말하고 있습니다. 히르슈포겔이 자기 작품에 이 세 글자를 새겨 넣은 것은 세상에 널리 알려져 있습니다.

석수였던 아우구스트의 할아버지가 집을 짓다가 우연히 발견한 이 난로는 엄마 없는 아이들에게 온기를 전해주었다. "집의 성주신이며 터줏대감"이었던 이 난로를 아우구스트는 유난히 아낀다. 그에게는 예술적 재능과 꿈이 있었다. 소년은 맹세한다.

'어른이 되면 나도 이런 것을 만들어야지. 그리고 인스브룩의 성문을 나서면 밤나무가 즐비한 그 강가에 내 손으로 집을 짓고, 그 집에서도 가장 아름다운 방에 히르슈포겔을 놓아 둬야지. 어른이 되면 반드시 그렇게 할 테야.'

그러나 소년의 꿈은 성탄절을 한 주 앞둔 어느 겨울날 산산조각이 난다. 빚에 쪼들리던 아버지가 난로를 팔아버린 것이다. 눈물과 항의로 아버지를 설득했지만, 돌이킬 수 없다는 것을 깨달은 아우구스트는 그토록 사랑했던 난로를 따라가기로 결심한다. 아이는 화물열차에 실린 난로 속에 들어가 난로와 함께 여정을 시작한다. 마침내 뮌헨에 도착한 난로는 어느 골동품 상점의 창고로 옮겨진다.

아우구스트는 용기를 내어 가마니와 짚 사이로 밖을 내다보았습니다. 눈에 보인 것은 네모반듯한 작은 방으로 방 안에는 항아리며 접시, 그림, 조각품, 푸른빛 주전자, 강철로 된 갑옷과 투구, 방패, 단검, 중국의 불상, 비인의 도자기, 터키 융단, 그 밖에 골

유년의 정원에 삶의 씨앗을 뿌리다

동품 가게다운 여러 가지 미술품과 모조품이 가득 있었습니다. 아우구스트는 훌륭한 곳이라고 생각했습니다. 그러나 이처럼 많은 물건 가운데 한 방울의 물도 없단 말인가? 아우구스트는 오로지 물 생각뿐이었습니다.

아우구스트는 과연 무사히 여행을 계속할 수 있을까? 열 살 무렵의 나는 아우구스트의 갈증이 안타까워 마음을 졸이며 책장을 넘겼다. 소년이 창틀에 쌓인 눈과 고드름으로 목마름을 채울 때에야 비로소 마음을 놓고 그의 여행이 성공하길 빌었다. 한편, 여행의 결말을 알고 있는 20여 년 후의 나는 이야기의 다른 부분을 눈여겨보았다. 그날 밤 창고 안에서 아우구스트가 본 놀라운 광경이다.

아우구스트의 눈에 비친 것은 다름 아니라 방 안에 있는 골동품이 모두 움직이고 있는 광경이었습니다. 12사도의 그림이 조각된 크뤼센의 큰 물주전자가 통통하게 살찐 파엔차의 항아리와 거드름 피우며 메누엣을 추고 있었습니다. 키 큰 네덜란드의 괘종시계가 다리가 기다란 옛날 의자와 가보트를 추고 있었습니다. 아주 우습게 생긴 리텐하우젠의 도자기상이 위엄 있는 토기 병사에게 절을 하고 있었습니다. 크레모나의 낡은 바이올린은 혼자서 소리 내고 있었습니다.

어안이 벙벙한 소년에게 마이센 도자기로 만든 아가씨가 다가와 미뉴에트를 청한다. '작센 왕가의 공주'라 자신을 칭한 도자기 인형에게 아우구스트가 "어떤 인물상과 가구들은 춤을 추고 말을 하는데, 왜 나머지 몇몇은 구석에 나무토막처럼 누워 있는지 까닭을 가르쳐 달라"라고 하자 공주는 딱 잘라 말한다.

"당신은 그것을 모르셔요? 저 꼼짝도 않고 있는 것들은 다 가짜랍니다!"
귀부인은 이 한마디로 충분한 대답이 되었으리라고 여기는 것 같았습니다. 그러나 아우구스트는 잘 알 수 없었으므로 머뭇거리며 되물었습니다.
"가짜라니요?"
분홍신을 신은 공주는 아주 활발하게 대답했습니다.
"물론이어요. 가짜지요. 모조품이어요. 이런 것들은 다만 우리들을 흉내 내고 있을 뿐이어요. 눈을 뜨지도 못하지요? 모조품에는 영혼이 없는 걸요."

산업화가 한창이던 19세기, 대량생산의 산물인 모조품에 밀려난 '진품'의 가치를 골동품들의 신세 한탄으로 유쾌하게 풀어낸 작가의 기지에 감탄하며 책장을 넘겼다. '불의 제왕'을 연상시킬 만큼 위엄 있는 히르슈포겔 난로는 근엄한 목소리로 이렇게 말한다.

     유년의 정원에 삶의 씨앗을 뿌리다

옛 시대에 만들어진 우리가 값어치 있는 것은 우리의 제작자들이 열심히 성실하고 조심스럽게, 그리고 특히 신념을 가지고 우리를 만들어주었기 때문입니다. 돈을 벌기 위해서도 아니고 많이 만들어내기 위해서도 아니며, 다만 훌륭한 일을 최선을 다하여 해내고 예술과 하나님의 명예를 위해 창작하려고 했기 때문입니다.

당신들 사이에 한 소년이 끼어 있습니다. 이 소년은 나를 사랑하고 또 어린 마음으로 예술을 사랑하고 있습니다. 그래서 나는 이 소년이 오늘 밤에 있었던 일과 이제부터 하는 이야기를 영원히 잊어버리지 않았으면 합니다.

그것은 우리가 오늘날 이처럼 세상 사람들로부터 존경 받고 있는 것은 몇 백 년 전 속임수와 날림과 겉치레를 경멸했던, 몸과 마음이 깨끗한 사람들이 우리를 만들어주었기 때문입니다.

나는 내 주인인 아우구스틴 히르슈포겔을 잘 알고 있습니다. 그분은 말할 나위 없는 훌륭한 일생을 보냈습니다. 성의와 사랑이 담긴 일을 하시고 그로 말미암아 그 시대를 아름다운 것으로 만들었지요. 그분의 손으로 이룩된 온갖 빛깔의 아름다운 성당 창문도 그 가운데 하나입니다. 해가 비치면 그 창문은 고마운 성서의 이야기를 여러 가지 이야기해주지요.

정말 그렇습니다. 여러분, 우리의 주인이 있는 곳으로 돌아간다는 일! 이것이 우리에게는 가장 바람직한 일입니다.

유년의 정원에 삶의 씨앗을 뿌리다

　히르슈포겔은 과연 실존 인물이었을까? 책에는 히르슈포겔이 뒤러의 친구라고 적혀 있었다. '그래, 뉘른베르크는 뒤러의 고향이지.' 뮌헨의 알테 피나코테크에서 뒤러의 「자화상」을 보고 온 나는 점점 더 히르슈포겔의 실체가 궁금해져 인터넷을 뒤지기 시작했다. 『플랜더스의 개』에서 루벤스의 「십자가에서 내림」을 중요한 소재로 삼은 위다라면 결코 없는 인물을 만들어내지는 않았을 것 같았기 때문이다.

　검색 끝에 히르슈포겔의 철자 'Hirschvogel'을 알아내고, 이윽고 20여 년 만에 알게 되었다. 아우구스틴 히르슈포겔Augustin Hirschvogel (1503~53)이 실존했다는 것을. 히르슈포겔은 뉘른베르크에서 스테인드글라스 제작자의 아들로 태어났으며, 도예가들과 함께 공방을 운영했다. 판화가로도 유명했으며, 지도 제작에도 관심이 많았다고 한다. 어릴 때 읽었던 책을 어른이 되어 다시 읽는 일의 묘미는 이런 게 아닐까 싶다. 어릴 때는 몰라서 지나쳤던 것들을 발견하고, 이야기의 한 장면으로 스쳐지나갔던 것들을 파헤쳐 '지식'으로 새로이 습득하는 즐거움은 정말 크다.

　아우구스트는 다시 닌로와 함께 여행을 계속한다. 마침내 도착한 곳은 바바리아 국왕의 성이다. 히르슈포겔을 사들인 왕은 난로 속에서 아이를 발견하고 깜짝 놀라지만, 아우구스트의 사연을 듣고 그가 화가가 될 수 있도록 후원하기로 한다. "스물한 살이 될 때까지 네가 훌륭

한 예술가가 된다면 히르슈포겔을 돌려주겠다"라는 약속과 함께. 아마
도 아우구스트는 뒤러와 히르슈포겔 못지않은 예술가가 되었으리라.

　소년의 여행을 응원했던 어린 나는 자라서 대학에 들어가 미술사를
전공하고, 뉘른베르크가 뒤러의 고향이란 걸 알게 되고, 기자가 되고,
독일 출장을 가게 되고, 뮌헨의 기차 안에서 문득 히르슈포겔을 떠올
린다. 어릴 때 읽은 책들이 우연히 다시 떠오를 때면 나는 마치 그 책
과 내가 태어날 때부터 월하노인月下老人의 붉은 실로 엮여 있었던 것
같다는 생각을 한다. 자라면서 나는 히르슈포겔을 까맣게 잊어버렸지
만, 내가 뒤러와 루벤스를 좋아하는 미술사학도로 성장할 수 있었던
것은 어쩌면 이 책의 영향인지도 모른다. 한낱 물건에 지나지 않는 난
로에서 옛것의 아름다움과 장인의 정성을 읽어내고, 예술을 향한 숭고
한 열정을 배웠던 소년 아우구스트를 동경했던 덕분일지도 모른다. 네
로와 아우구스트처럼 예술적 재능이 있는 어린이를 사랑했던 위다 여
사는 이야기를 이렇게 마무리한다.

　　아우구스트는 집으로 돌아갈 때마다 반드시 그 큰 성당에 찾아
　　갑니다. 뉘른베르크의 난로 속에서 이상한 겨울 여행을 무사히
　　할 수 있도록 지켜주신 하나님께 고맙다는 인사를 하러 가는
　　것입니다.
　　그날 골동품이 쌓여 있던 방에서 있었던 일이 아우구스트로서는
　　아무리 생각해도 꿈으로 여겨지지 않았습니다. 자기 눈으로 본

　　　　유년의 정원에 삶의 씨앗을 뿌리다

것이며, 히르슈포겔의 목소리도 자기 귀로 직접 들었다고 지금
도 굳게 믿고 있습니다.

그것을 누가 그렇지 않다고 말할 수 있겠습니까? 왜냐하면 어느
사람의 눈에는 보이지 않는 것을 보고, 여느 사람의 귀에는 들리
지 않는 목소리를 들을 수 있는 것이야말로 시인과 예술가의 재
능이라고 할 수 있기 때문입니다.

아무도 모르게,
비밀을 탐하다

『다락방의 꽃들』
V. C. 앤드루스 지음, 이미영 옮김, 한마음사, 1990(절판)

나와 내 또래의 조숙한 아이들은 대개 사전을 뒤져가며 책으로 성(性)을 배웠다.
그 중심에 『다락방의 꽃들』이 있었다. 겨우 열두세 살 소녀들이 읽기엔 다소
부적절해 보이지만, 그 시절 내 또래들은 이미 이 책을 읽고 있었다. 엄마 몰래,
죄책감을 느끼면서. 『다락방』 시리즈에 대한 소녀들의 열광은 성장기의 한 과정이었다.
나쁠 게 뭐 있겠는가. 모든 책은 나름의 가르침을 주게 마련인데.

선행 언니를 언제 어떻게 알게 됐는지는 기억나지 않는다. 다만 언니가 내게 책을 빌려주었다는 사실은 또렷이 기억난다. 같은 아파트 단지에 살았던 선행 언니는 나보다 두 살 위였고, 중학생이었다. 초등학교 5~6학년이었던 나는 언니가 빌려주는 책들을 책상 서랍에 숨겨놓고 읽었다. 그 책들을 읽을 때면 방문을 잠갔다. 엄마에게 들키면 즉시 책을 빼앗기고 크게 혼날 것 같았지만, 책의 유혹에서 벗어나기 힘들었다. 나는 이전까지 어디에서도 그런 책을 본 적이 없었다. 짜릿한 자극과 죄의식에 휩싸여 책을 읽으면서 나는 가끔씩 '이렇게 악한 책을 빌려준 언니의 이름은 왜 하필이면 선행善行일까' 하고 곰곰이 생각했다.

언니는 내게 V. C. 앤드루스Andrews(1923~86)의 『다락방』 시리즈를 빌려주었다. 시리즈 다섯 권을 모두 읽자 내게 물어보았다. "『오도리나』는 읽었니?" 아직 못 읽었다고 하자 『오도리나』도 빌려주었다. 『오도리나』를 돌려주자 『헤븐』 시리즈도 빌려주었다. 앤드루스에 중독된 나는 『도온』 시리즈를 서점에 서서 독파했다. 이미 앤드루스의

  유 년 의 정 원 에 삶 의 씨 앗 을 뿌 리 다

작품 패턴을 파악했지만, 어린 전작주의자였던 나는 그녀가 쓴 것이라면 모두 읽어야 직성이 풀렸다.

앤드루스의 대표작 『다락방』 시리즈는 패륜과 근친상간으로 얼룩진 이야기다. '아맛빛 머리카락에 푸른 눈, 흰 피부'를 지닌 드란갱거 가족에게 불운이 찾아온다. 아버지 크리스토퍼가 36세 생일에 자동차 사고로 세상을 떠나고 만 것이다. 엄마 콜린은 열네 살 아들 크리스와 열두 살 딸 캐시, 네 살 쌍둥이 남매 콜리와 캐리를 데리고 버지니아에 살고 있는 부유한 양친에게 의탁하기로 결심한다. 병석에 누운 아버지의 유산을 받겠다는 속내도 있었다.

긴 여행 끝에 외조부모의 저택에 도착한 아이들을 기다리고 있는 것은 철벽 같은 얼굴을 한 외조모의 학대와 햇빛도 잘 들지 않는 다락방에서의 감금 생활이다. 매일 식어버린 음식을 가져다주는 외할머니는 아이들에게 툭하면 "악마가 점지한 자식"이라며 욕지거리를 퍼붓는다. 아이들에게 "함께 욕실을 써서는 안 되고, 이성을 바라보는 일을 삼가라"라는 규칙도 정해준다. 그리고 크리스와 캐시는 부모가 사실은 숙질사이였다는 놀라운 비밀을 알게 된다. 엄마 콜린이 자기 아버지의 배다른 동생이었던 크리스토퍼와 사랑에 빠져 집을 떠났던 것. 그래서 엄마는 집안에서 냉대를 당했고, 청교도적인 외할머니는 근친결혼의 결과물인 캐시 남매를 사갈시한다. 아이들이 반항하자 외할머니가 "이 집에서 불복종하면 어떻게 되는지 보여주겠다"라며 엄마에게 "콜린, 블라우스를 벗어라" 하고 명령하는 장면을 아직도 잊을 수 없다.

엄마의 등은 목에서 스커트의 허리 부분까지 빨갛게 부푼 피멍
자국으로 뒤덮여 있었다. 심한 상처에는 엉겨붙은 피가 말라붙
어 있다. 무수한 피멍자국으로 뒤덮인 등은 한 군데도 성한 부분
이 없었다. 우리들과 엄마의 감정 따위는 완전히 무시하고 조모
는 새로운 교훈을 설교했다.

"잘 보거라, 애들아. 이 채찍 자국은 너희 어머니의 발 가까지 이
어져 있으니까. 지금까지 33년간의 서른세 번과 너희 아버지와
죄 많은 생활을 보냈던 15년간의 몫을 합친 수만큼 맞았다. 이
벌은 조부님의 명령으로 내가 채찍을 들었다. 너희 엄마는 하나
님과 사회의 도덕에 반하는 죄를 범하고 더러운 결혼으로 신을
모독했던 거야! 주님의 눈을 더럽혔단 말이다. 그뿐만 아니라 아
이까지 낳았다—그것도 네 명이나! 악마가 점지한 자식! 태내에
있었을 때부터 사악한 자식들이야!"

신기한 것은 "과거 아빠가 사랑하고 다정하게 어루만진 크림색의 보
드라운 피부에 새겨진 무자비한 피멍자국"이 묘사된 이 장면이 끔찍하
면서도 묘하게 자극적이었다는 점이다. 막 10대에 접어든 어린 소녀에
게도 마조히즘에 대한 욕망이 도사리고 있었던 것일까? 당시 내게 이
소설은 『그레이의 50가지 그림자』보다 몇 십 배쯤 야했다.

엄마는 약속한다. "조금만 기다려. 너희들 외할아버지가 나를 용서
하게 되면, 너희를 여기서 꺼내줄게." 그 약속은 이렇게 변한다. "외할

     유년의 정원에 삶의 씨앗을 뿌리다

아버지는 결코 나를 용서하지 않을 거야. 외할아버지가 돌아가시고, 내가 막대한 유산을 상속 받게 되면 너희들을 여기서 꺼내줄게."

기약도 없이 다락방에 갇혀 지내며 아이들은 응달 식물처럼 파리하게 시들어간다. 반면 요트 타기 등 사교 생활을 즐기는 엄마는 나날이 아름다워진다. 엄마를 여신처럼 숭배하는 아들 크리스는 엄마에게 관대하지만, 딸 캐시는 그런 엄마가 때로는 참을 수 없을 정도로 거슬린다. 엄마는 점점 아이들에게 소홀해지고, 아이들은 종이꽃을 오려 다락방을 꾸미면서 외로움을 달랜다. 세월이 흘러 어느덧 크리스와 캐시에게 2차 성징이 나타난다. 변화하는 몸이 신기해 알몸으로 거울을 보던 캐시를 크리스가 훔쳐본다. 그리고 그 장면을 외조모가 목격한다.

"사악한 것들!"
조모는 그 가혹한 눈을 다시 한 번 내게로 돌렸다.
"제 몸이 아름답다고 생각했니? 겨우 부풀어오르기 시작한 몸을 매력적이라고 생각하고 있었군! 수없이 빗질을 해서 다듬은 금발이 마음에 드냐?"
조모는 미소를 지었다. 그것은 한 번도 본 일이 없었을 정도로 끔찍한 냉소였다.

외조모는 벌로 캐시의 아름다운 금발을 자를 것을 요구한다. 아이들이 거부하자 계속해서 굶긴다. 그러고는 캐시가 잠든 사이 머리카락에

타르를 부어 자를 수밖에 없도록 만든다. 아사餓死 직전에 몰린 아이들은 다락방의 쥐를 잡아먹는 지경까지 이른다. 맏이인 크리스는 제 손목을 베어 쌍둥이 동생들에게 피를 마시게 한다. 연하의 변호사와 재혼한 엄마는 몇 달 후에야 선물 보따리를 들고 나타난다. 엄마에게 분노를 퍼부은 캐시가 선물 받은 드레스를 입어보는 장면에서 나는 작가의 치밀한 스토리텔링에 감탄했다.

나는 오기로 벌떡 일어나 방구석으로 가서 등을 돌리고 새로운 드레스를 입어봤다. 세 벌의 예쁜 드레스를 차례로 머리부터 끼워 넣었다. 웨이스트까지는 지퍼가 부드럽게 올라갔다. 그러나 잔등까지 이르자 가슴 언저리에서 지퍼는 채워지지 않았다. 세 번째의 드레스를 벗어던지고 몸체 부분의 다아트를 찾았다. 다아트를 넣은 것은 하나도 없었다. 엄마는 아동용의 드레스를 사 온 것이다. 화려하고 앳된 소녀용의 의류. 엄마가 아무것도 모르고 있다는 증거이다. 나는 드레스들을 바닥에 내던지고 발로 짓밟아 파란 빌로드를 짓이겨버렸다.

딸이 영원히 소녀이기를, 그래서 자라지 않은 딸을 소유하길 바라는 엄마. 엄마의 아름다움을 닮고 싶어하면서도 엄마를 질투하는 딸. 닮았기 때문에 서로를 증오할 수밖에 없는 이 모녀의 관계가 이 장면에 응축돼 있다. '다아트'라는 단어를 몰랐던 나는, 사전을 뒤져 그 뜻을

     유년의 정원에 삶의 씨앗을 뿌리다

확인하고는 이 장면이 내포하고 있는 것을 명확히 이해했다. 이 소설은 결국 프로이트적 상상력에 기반한다. 아들은 어머니를 숭배하고 어머니와 관계를 맺는 아버지를 질투하며, 딸은 아버지를 숭배하면서 어머니를 시기한다. 그리고 3년 넘게 다락방에 감금돼 이성異性이라고는 서로밖에 몰랐던 남매는 결국 서로를 탐하게 된다. 후회에 몸부림치는 크리스에게 캐시는 말한다.

> "덮친 게 아니야. 만일 내가 정말 싫었다면 오빠가 못하게 할 수도 있었어. 오빠가 언젠가 가르쳐준대로 무릎을 강하게 조이고 있었으면 되니까. 나에게도 책임은 있어."

막 소녀가 되었던 나는 남매의 근친상간에 충격을 받기보다는 궁금했다. '무릎을 강하게 조인다면 강간을 피할 수 있는 것일까?' 사실 당시 나는 근친상간이 뭔지도 잘 몰랐다. 지금은 어떤지 모르겠지만 1990년대 초반의 10대 여학생에겐 학교도 부모도 제대로 된 성교육을 해주지 않았다. 학교에서 성교육이라는 이름 아래 이루어진 수업에서는 비디오로 남성과 여성의 생식기와 정자와 난자의 수정 과정을 보여주는 것이 다였다. 몇 번이나 성교육 수업을 받아도 남자와 여자가 어떻게 정자와 난자의 만남을 주선하는지에 대한 '디테일'은 알 수 없었다. 『열두 살의 봄』 같은 성교육 동화가 유행했지만 그 또한 월경, 몽정, 2차 성징 등을 설명하는 정도에서 그쳤다.

그래서 나와 내 또래의 조숙한 아이들은 대개 사전을 뒤져가며 책으로 성性을 배웠다. 그 중심에 『다락방의 꽃들』이 있었다. 『다락방의 꽃들』은 남매가 자라며 겪는 2차 성징, 이성에 대한 욕망을 상세히 묘사한다. 성행위를 노골적으로 그리진 않지만 엷은 레이스 커튼을 통해 보는 것처럼 은근히 추측하게 했다. 그리하여 어쨌든 나는 남녀가 관계를 맺을 때 옷을 벗는다는 팁 정도는 알 수 있었다. 궁금하기 짝이 없었지만 선생님에게도 부모님에게도 물어볼 수 없었던 비밀스러운 이야기가 이 책에 숨겨져 있었다.

어느 날 엄마의 방에 몰래 숨어든 캐시는 침대 머리맡 서랍에서 요상한 사진을 발견한다.

나는 눈을 크게 뜨고 숨을 죽이며 칼라사진을 응시했다. 알몸의 남자와 여자가 무엇인가를 하고 있는 믿을 수 없는 사진을…… 사람들은 정말로 이런 일을 하고 있는 것일까? 이것이 서로 사랑한다는 것인가?

캐시의 의문은 당시 내가 가졌던 성에 대한 의문과도 일치했다. 엄마에게 들킬 때의 위험을 감수하고서라도 이 책을 끝까지 읽을 수밖에 없었던 것은 이 책이 내겐 일종의 성교육 학습서였기 때문이다.

 유년의 정원에 삶의 씨앗을 뿌리다

　그렇다고 열다섯 살 때 계단에서 굴러 평생 휠체어에 의지하며 살았다는 앤드루스 여사가 에로틱한 부분에만 초점을 맞추었다고 생각하면 오산이다. 『다락방』 시리즈는 잘 짜인 한 편의 추리극이기도 하다. 쌍둥이 중 남자아이인 콜리가 시름시름 앓다가 숨을 거둔다. 엄마는 폐렴이라고 둘러대지만, 크리스는 언젠가부터 할머니가 간식으로 가져왔던 파우더 슈거를 뿌린 도넛에 주목한다. 이윽고 도넛을 먹은 쥐가 즉사하는 걸 보고 크리스와 캐시는 알게 된다. 엄마는 파우더 슈거에 비소를 섞어 아이들에게 먹여왔던 것이다. 아이들이 서서히, 조금씩 죽어가도록. 게다가 이미 1년 전 외조부가 사망했고, 외조부가 만일 어머니에게 아이들이 있을 때엔 유산을 반환하도록 유언장에 썼기 때문에 어머니가 자신들을 다락방에 방치한 채 젊은 남편과 저택을 떠나버렸다는 사실도 알게 된다.

　2권인 『바람에 날리는 꽃잎』에서는 마침내 저택을 탈출한 삼 남매가 성인이 되고, 캐시가 엄마에게 복수하는 이야기가 그려진다. 엄마를 증오하면서도 닮아간 캐시가 엄마의 재혼 상대를 유혹해 그의 아이를 가지고, 외조모의 저택에서 열린 파티에 젊은 시절의 엄마와 똑같이 차려입고 나타나 엄마의 과거를 폭로하고 마침내 엄마를 정신병원에 몰아넣는다는 자극적인 스토리.

　겨우 열두세 살 소녀들이 읽기엔 참으로 부적절해 보이지만, 그 시

「다락방」시리즈 제1권
다락방의
꽃들
V.C. 앤드류스/이미영 옮김
한마음사
한마음사

절 내 또래 소녀들은 이미 이 책을 읽고 있었다. 엄마 몰래, 죄책감을 느끼면서. 우리는 금기를 넘나드는 남매의 관계를 탐닉하는 동시에 앤드루스가 묘사하는 미국 상류사회의 화려함에도 매혹되었다. 이를테면 엄마가 쌍둥이들에게 원래 외조모의 것이었던 인형의 집을 선물하는 장면이나, 크리스마스 파티에서 아름답게 차려입은 엄마에 대한 묘사 같은 것들이다.

엘리자베스 왕조 시대의 양식으로 조각된 이 집의 거실에는 그랜드 피아노가 있고 금테 장식이 달린 반짝거리는 페이즐리 모양의 덮개가 덮여 있다. 식당 테이블 중앙에는 매우 작은 비단으로 만든 꽃이 장식되어 있다. 뷔페 테이블 위에는 양초로 만든 극히 작은 과일이 은쟁반에 담겨 있다. 두 개의 크리스탈 샹들리에에는 조그만 양초까지 달려 있었다.

엄마가 너무나 아름다웠으므로 나는 자랑스럽고 가슴 뿌듯했으나 약간은 시샘도 났다. 긴 포멀드레스의 스커트는 풍성한 그린색 시퐁이고 몸체 부분은 그보다 짙은 그린색 빌로드였다. 가슴은 깊숙이 파여져 있고 유방의 계곡을 그대로 노출하고 있었다. 밝은 그린색 시퐁 패널이 흐르듯이 겹쳐진 스커트 아래로 반짝거리는 장식끈이 흔들리고 있다. 다이아몬드와 에메랄드의 귀걸이도 빛나고 있다. 엄마의 향기는 숨이 막힐 듯한 사향의 향기가 자욱한 달밤의 동양 화원을 연상케 했다. 크리스는 넋을 잃고 엄마를 바라보고 있었다. 나는 한숨을 지었다. 아, 하나님. 모쪼록 나도 언젠가 엄마처럼 만들어주십시오……. 남자들이 넋을 잃을 정도의 저런 곡선미를 나에게도 주십시오.

나는 정교한 인형의 집과, 녹색 시폰 드레스를 입은 아름다운 콜린을 상상하며 기쁨을 느꼈다. 한창 예쁜 걸 좋아할 나이의 여자아이가 아름다운 묘사로 가득 찬 책에 빠지는 것은 당연하다. 『다락방』 시리즈는 소녀들에겐 화려한 데코레이션의 다디단 생크림 케이크 같은 책이었다. 은쟁반에 예쁘게 놓여 "절대 손대지 마시오"라는 꼬리표를 단 채 유리 찬장 안에 숨겨져 있는 희디흰 케이크.

이후 『다락방의 꽃들』은 영화로도 제작됐는데, 비디오를 빌려와 보고 있던 엄마 옆에 앉아 나는 이미 알고 있는 줄거리를 영화보다 열 배는 더 상세히 이야기해주었다. 엄마는 어이없다는 표정으로 나를 바라보았으나, 아마 내가 읽은 책의 실체는 눈치채지 못했던 것 같다. 어린 시절 한때 '소녀들을 위한 포르노'에 탐닉했던 나는 비행 청소년도, 성도착증 환자도 되지 않았다. 이 책을 읽었던 다른 친구들도 다들 멀쩡하게 성장한 걸 보면 『다락방』 시리즈에 대한 소녀들의 열광은 성장기의 한 과정이었던 것 같다. 얼마 전 페이스북을 통해 지인들과 대화하던 중 우연히 이 책 이야기가 나왔는데, 다들 하나같이 "나도 읽었다"라면서 추억을 불태웠다. 그리고 한 선배가 이런 결론을 내렸다.

유년의 정원에 삶의 씨앗을 뿌리다

"나만 '다락방교'의 충실한 신도인 줄 알았는데, 다른 신도들도 다 훌륭히 자란 걸 보니 과연 아이에게 어릴 때 야한 책을 읽히지 말아야 하는가에 대한 의문이 들어."

나는 생각했다. '읽히고, 읽히지 말고를 부모가 판단할 필요도 없을 걸. 어차피 다 몰래 읽게 될 테니까.' 나쁠 게 뭐 있겠는가. 모든 책은 나름의 가르침을 주게 마련인데.

꼬마 숙녀들을
위한 교훈

『말괄량이 쌍둥이』
에니드 블라이턴 지음, 김범경 옮김, 지경사, 1989(절판)

『말괄량이 쌍둥이』 시리즈(전 6권)를 처음 읽은 건 초등학교 3, 4학년 무렵이다.
내 또래의 여성이라면 대개 이 시리즈 중 한 권쯤은 읽었을 것이다.
1980년대 초등학교 여학생들 사이에선 권당 2,500원 했던
지경사의 〈소녀 명랑 소설〉 시리즈가 대유행이었다.
『말괄량이 쌍둥이』 시리즈는 그중에서도 매우 인기가 많았다. 소녀 시절 내가 영국,
특히 영국의 기숙학교를 동경하게 된 것도 이 책 때문이었다.

소녀 시절 나는 영국을 동경했다. 할리우드 영화를 보며 자랐고, 학교에서 배운 영어는 미국식이었지만 '한 번쯤 외국에 나가 살아보고 싶다'는 생각이 들 때 떠오르는 곳은 늘 영국이었다. 책을 통해 접한 영국은 어쩐지 귀족적이며 품위 있는 나라일 것 같았다. 특히 부러운 것은 기숙학교였다. 나는 단정한 교복을 입고 엄격한 규율에 따라 기숙학교 생활을 하고 싶었다. 그 생활이 나를, 지금의 나보다 더 나은 나로 만들 거라고 믿었다. 대학에 입학했을 때 기숙사 추첨에 떨어지고선 굉장히 의기소침했던 것도, 돌이켜보면 기숙학교 생활에 대한 엄청난 로망이 있었기 때문이다.

에니드 블라이턴Enid Blyton(1897~1968)의 『말괄량이 쌍둥이』 시리즈(전 6권)를 처음 읽은 것은 초등학교 3, 4학년 무렵이다. 내 또래의 여성이라면 대개 이 시리즈 중 한 권쯤은 읽었을 것이다. 1980년대의 초등학교 여학생들 사이에선 권당 2,500원 했던 지경사의 〈소녀 명랑소설〉 시리즈가 대유행이었다. 『말괄량이 쌍둥이』 시리즈는 그중에서

유 년 의   정 원 에   삶 의   씨 앗 을   뿌 리 다

도 특히 인기 있었다.

오설리반 가家의 열네 살 쌍둥이 자매 패트와 이자벨은 그간 다니던 레드루프스 학교를 졸업하고 '크레아 학교'로 진학하게 된다. 자매는 새 학교에 대한 불만이 엄청나다. 1학년부터 다시 시작해야 하고 학교 분위기도 마음에 안 들기 때문이다. 게다가 친구 메어리는 이렇게 부추긴다.

"함께 링메아 학교에 입학했으면 좋겠어. 거기는 부자 아이들만 가는 학교라고 엄마가 그랬어. 기숙사는, 침실도 공부방도 개별로 되어 있고, 밤에는 이브닝드레스로 갈아입는대. 식사도 굉장한 것 같더라."

"그런데 비해서 크레아는 어떤 집 아이라도 들어갈 수 있어. 기숙사는 한 방을 일고여덟 명이 함께 써."

어쩐지 귀티 나는 링미어 학교로 가고 싶은 자매는 부모님께 졸라보지만, 부모님의 뜻은 확고하다.

"레드루프스에서는 둘 다 너무 안하무인이었어. 좀 더 평범한 생활도 경험해야지? 그런 점에서 크레아는 양식이 있는 학교거든. 엄마는 교장선생님에 대해서도 알고 있는데 훌륭하시고 아주 좋으신 분이야. 엄마는 아주 좋은데?"

"이자벨, 뭔가 새로운 것을 해본다는 건 중요한 거야. 둘 다 작년
에는 최고 학년이었기 때문에 실력 이상으로 잘난 척했던 것 같
구나. 아무것도 없는 곳에서 처음부터 시작해보는 거야. 그러면
자신들의 힘이 보잘것없다는 것도 알게 될 거야."

안하무인으로 크는 요즘 아이들, 제 아이만 소중한 줄 아는 일부 부
모들에게 밑줄 쳐서 읽어보라고 권하고 싶은 대사지만, 자매는 도무지
납득할 수가 없다. 이들은 결심한다. '그래, 학교에서 말썽을 일으키는
거야. 그럼 부모님은 포기하고 우리를 다시 데려오겠지.'
드디어 새 학기가 시작되고, '크레아 학교'는 생각보다 더 엄격하다.
기숙사 방이 8인 1실인 것도 어이가 없는데 옷 수선도 자기가 직접 해
야 한다.

선생님은 두 사람의 소지품, 시트, 타올, 의류 등을 조사한 후에
엄한 목소리로 말했습니다.
"자기들 물건은 각자가 조심해서 써야 해요. 상하면 수선해야 하
니까요."
"네? 전에 다니던 학교에서는 수선을 해주는 사람이 따로 있었
는데요."
"어머나 세상에. 여자가 그런 것을 스스로 해결하지 못하면 어떻
게 해요? 하여튼 여기에는 그런 사람이 없어요. 만일 수선하는

   유년의 정원에 삶의 씨앗을 뿌리다

것이 싫으면 조심해서 쓰면 될 일이죠. 모든 것이 다 부모님께서
내신 돈으로 준비한 거니까요."

게다가 하급생은 난로에 불을 붙인다든가, 토스트를 만들어 가져온
다든가, 구두를 닦는다든가 하는 상급생의 잔심부름을 해야 한다는 규
칙까지 있다. 약 25년 만에 이 책을 다시 읽은 나는 이 부분에서 약간
어이가 없어졌다. '자기 옷을 자기가 수선하는 건 당연한 일이지만, 상
급생 잔심부름을 하는 건 비민주적이잖아. 이게 말이 돼?' 그와 함께
드는 의문 하나. '아니, 나는 이렇게 엄격한 책을 왜 좋아한 거지? 이
건 거의 좋은 숙녀 만들기 교본敎本이구만.'

어릴 때의 나는 엄격한 학교 규율보다는 우리와는 판이한 쌍둥이의
학교 생활에 더 흥미를 느꼈던 것 같다. 나는 이 책을 통해 영국 기숙학
교에서는 학과 공부 못지않게 체육 활동에도 중점을 둔다는 걸 알게 되
었다. '라크로스Lacrosse'라는 운동을 알게 된 것도 이 책을 통해서다.
라크로스는 그물이 있는 스틱을 이용해 상대편 골에 공을 넣는 경기로
농구, 축구, 하키가 복합된 형태라 할 수 있다. 전 학교에서 하키 선수
였던 패트는 한 번도 해본 적이 없는 라크로스를 해야 하는 데 불만을
표한다. 학과 시험을 볼 때마다 과목별 등수가 나온다는 것, 영국 아이
들이 프랑스어와 그리스어, 라틴어를 어려워하며 프랑스어 선생을 '마
드무아젤Mademoiselle'이라고 부른다는 것도 흥미로웠다. 선생님 몰래
잠옷 차림으로 벌이는 한밤의 파티 소동은 이 소설에서 가장 흥미진진

한 부분이다.

"히라리. 12시야, 일어나. 이자벨, 존. 파티가 시작돼. 캐더린, 캐더린. 제발 부탁이니까 일어나. 12시야."

모두들 떠들고 싶은 것을 간신히 참고 소리 안 나게 가운을 입었습니다. 이자벨이 옆 침실의 학생들을 깨우러 갔습니다. 패트는 초를 한 자루 붙여서 방 중앙 화장대 위에 놓았습니다. 다른 방에서 한꺼번에 와— 하고 소녀들이 들어왔습니다. 양초를 에워싸듯이 침대 위에 앉자 드디어 파티가 시작되었습니다.

포크파이, 초콜릿 케이크, 써딩에 밀크초콜릿과 페퍼민트 크림, 캔파인애플에 샴페인. 패트와 쟈네트가 계속 날라왔습니다.

"이런 파티는 멋져! 가슴이 두근두근해. 2학년들이 한 것보다 더 멋질 게 틀림없어."

음식이 이렇게 맛있게 여겨졌던 적은 없습니다. 모두들 분위기에 들떠 즐거워하고 있습니다. 첫 번째 샴페인도 비고 두 번째 병 마개를 땄습니다. 슉 하고 거품이 일고 펑 하는 소리가 밤의 적막 속에 퍼져 나갔습니다.

밤 순찰을 하던 당직 선생님은 소녀들의 파티를 눈치채지만 야단치지 않고 눈감아준다. 선생님 역시 학생 시절 밤에 파티를 즐겼던 경험이 있기 때문이다. 기숙사 생활을 하는 학생들에겐 집에서 보내주는

에 놓았습니다. 다른 방에
들어왔습니다. 양초들
드디어 파티가 시작되었습
로크와이, 초콜릿케이크, 새
크림, 견과인애플에 샴페
니다.
"이런 파티는 멋져! 가슴
보다 더 멋지게 풀린
이 이렇게 맛있게 여겨
분위기에 들떠 즐거워하
고 두 번째 빵마개를 땄
소리가 밤의 적막 속
따. 아무에게도 안
않고 샌드위치를 만들
헤르트가 말했습니다.
남겨 두었던 것입
이제 봤다. 와, 맛
는 샌드위치를 먹으
동안에 점점 배
의 케이크가 뭐
설탕으로 된 것
로 모두 마음에

달콤한 디저트가 큰 즐거움이고, 그 디저트는 모두 함께 나눠먹는다
는 것도 그때 알았다. 파이니, 머핀이니 하는 낯선 서양 과자들의 이름
을 익히는 일도 신났다. 이런 종류의 파티를 실제로 해본 것은 대학에
입학해서였다. 여자 동기들끼리 모여 자취하는 친구네 집을 거점 삼아
밤샘 파티를 수없이 했는데, 그런 파티는 아무리 해도 질리지 않았다.

　　말썽을 부려 학교에서 쫓겨나겠다는 쌍둥이의 계획은 자꾸만 틀어
진다. 생각보다 학교가 마음에 들었고, 천성이 올곧아 친구들과 잘 지
낼 수밖에 없었기 때문이다. 습관적으로 친구들 돈을 훔치는 캐서린을
쌍둥이가 이해하고 감싸는 장면은 작가가 책을 통해 이야기하고자 했
던 교훈을 잘 보여준다.

　　"잃어버린 돈은 전부 내가 훔친 거야. 전부. 네 2실링도. 이자벨,
　　나에게 용돈이 없는 게 싫었어. 선물도 할 수 없고 기부도 거절할
　　수밖에 없잖아. 너희들은 모르겠지만 정말 고통스러워. 게다가
　　모두들 구두쇠라는 둥 불친절하다는 둥 나도 가끔은 내고 싶었
　　어. 친구가 필요했었어. 그래서 훔쳤어."
　　쌍둥이는 깜짝 놀랐습니다. 정말 믿을 수가 없는 일입니다.
　　"난 엄마가 없어. 아빠는 외국에 계시기 때문에 할머니가 돌봐

　　　　유년의 정원에 삶의 씨앗을 뿌리다

주시고 계셔. 그런데 정말 구두쇠야. 용돈은 일주일에 고작 1페
니야. 사탕도 살 수가 없어. 언젠가 1실링이 떨어져 있는 걸 주웠
어. 그래서 선물을 샀더니 그 사람이 정말로 기뻐했어. 나도 정
말 기뻤어. 마음대로 돈을 쓸 수 있다는 것이 이렇게 즐거운 것이
구나 하고 생각했어."
쌍둥이는 캐더린이 불쌍해졌습니다. '솔직하게 돈이 없다고 하
지?'라고 생각했습니다. 하지만 캐더린의 입장에서 보면 창피해
서 그럴 수가 없었겠지요.

쌍둥이가 선생님에게 사정을 설명한 덕에 캐서린은 용서 받게 된다.
학교에는 갖가지 아이들이 있다. 문제가 많은 아이들일수록 상처도 깊
다. 캐서린의 도벽은 어른들의 소홀함 때문이다. 거만해서 아이들의
미움을 받는 셰이라는 벼락부자의 딸이라는 약점을 감추기 위해 허세
를 부리는 거다. 이들과 친구가 돼주는 쌍둥이 덕에 아이들은 상처를
딛고 바깥으로 나온다. 작가는 "성품이 나쁜 아이는 없다. 다만 환경이
나쁜 아이가 있을 뿐"이라고 말하고 싶었던 걸까? 학교에 완벽하게 적
응하고 재미를 느낀 쌍둥이는 '크레아 학교'의 장점을 발견하고 다음
학기에도 이 학교에 다니기로 결심한다. 후속편에선 쌍둥이의 진급과
성장 과정을 역시 유쾌하게, 교훈적으로 그려내고 있다.
지경사의 〈소녀 명랑 소설〉 시리즈에는 『말괄량이 쌍둥이』 연작 말
고도 블라이턴의 책들이 많았다. 무남독녀로 버릇없이 자란 엘리자베

스가 엄격한 화이테리프 학교에서 새사람이 되는 이야기를 그린 『외동딸 엘리자베스』 시리즈, 난생처음 기숙사 생활을 시작한 신입생 다렐의 이야기 『다렐르』 시리즈 등등. 초등학교 시절 나는 얼마 안 되는 용돈을 모으고 모아 2,500원이 됐다 싶으면 서점으로 달려가 그 책들을 샀다. 귀여운 삽화와 내 또래 소녀들의 밝은 이야기에 푹 빠져 있었던 것이다. 엄마를 졸라 사기에는 왠지 켕겼는데 어른이 되어 읽어보니 이렇게 교훈적일 수가! 책 내용이 '꼬마 숙녀의 품격' 수준이라는 걸 미리 알았더라면, 엄마한테 사 달라고 했을 텐데.

집에 없던 책들의 내용도 대강 다 알고 있는 것은 이 집 저 집에서 빌려 읽은 덕분이다. 화려한 걸 좋아했던 옆집 언니는 열 살 소녀 플롯시가 언니의 모피 코트를 입으면 열여덟 살 '하이틴'으로 변신하는 『플롯시』 시리즈를 몽땅 갖고 있었다. 큰 그랜드 피아노를 갖고 있던 윗집 언니는 시골 출신의 소녀 이레느가 파리로 와서 연습을 거듭해 훌륭한 발레리나로 거듭나는 『핑크빛 발레슈즈』 시리즈를 빌려주었다. 그 책들은 내게 소녀가 갖추어야 하는 덕목, 도덕성, 기품을 가르쳐주었다. 경남의 소도시에서 나는 '영국식 자기 주도 학습법'을 실천하고 있었던 셈이다.

『말괄량이 쌍둥이』 시리즈는 2006년 한언에서 『세인트 클레어의 말괄량이 쌍둥이』란 이름으로 재출간됐다. '크레아 학교'는 본디 '세인트 클레어St. Clair's'였던 것. 그러나 재출간본은 인기를 얻지 못했다. 역시나 어린 시절 이 시리즈의 팬이었다는 학과 후배는 이렇게 말했다.

“저는 ‘세인트 클레어의 쌍둥이’가 아닌 ‘크레아의 쌍둥이’ 이야기를 읽고 싶어요. 그리고 지경사 판 삽화로 보고 싶다고요.”

이런 사람들이 많아서 지경사 〈소녀 명랑 소설〉 시리즈는 헌책방을 샅샅이 뒤져도 구할 수 없는 희귀본 중의 희귀본이 됐다. 나는 『말괄량이 쌍둥이』를 비롯한 이중 몇 권을 권당 2만 원을 주고 겨우 구해 소장하고 있다. 『플롯시』 시리즈 첫 권과 『핑크빛 발레슈즈』는 도무지 구할 수가 없어 원서를 미국 온라인 헌책방에서 구해 가지고 있다. “이제 중학생이니까 이런 소녀소설 따윈 안 읽어” 하면서 이 귀중한 책들을 몽땅 버린 먼 옛날의 내가 원망스러울 뿐이다.

'땅 조금'이 지닌 의미

『비밀의 화원』 〈학습판소년소녀세계문학전집〉 45권

프랜시스 호즈슨 버넷 지음, 강성희 옮김, 동서문화사, 1983 (절판)

전형적인 '아스팔트 킨트'였던 나는 요즘 "흙을 사랑하고 거기서 자라는 것들을 사랑하는
사람"으로 변하는 중이다. 비록 메리와는 달리 은방울꽃과 초롱꽃을 구별하지 못하고,
황야에 핀다는 히스꽃이나 가시금작화가 어떻게 생겼는지는 모르지만, 땅을 뚫고 피어나는 꽃,
메마른 가지에서 돋아나는 나뭇잎이 하나하나 사랑스럽다. 흙이라면 질색하던 내가 언젠가
'땅 조금'이 생기면 수선화와 장미를 심어보리라 하고 있으니, 이 모든 것은 아주 옛날
『비밀의 화원』이 내 마음속에 뿌려놓은 '자연을 사랑하는 씨앗' 덕이 아닐까 싶다.

지금 살고 있는 집의 가장 큰 미덕은 바로 앞에 안산案山이 있어 거실에 앉아서도 계절의 변화를 감상할 수 있다는 것이다. 볕 좋은 봄날 베란다 창을 활짝 열어놓고 의자에 앉아 있으면, 갓 돋아난 연둣빛 잎사귀가 햇살을 받아 반짝이고, 나무 위에선 짝짓기 하는 새들이 경쾌하게 우짖으며, 바위 틈새에 별처럼 피어 있는 노란 꽃들이 눈을 즐겁게 한다. 산그늘 때문일까. 해는 일찍 진다. 이 집에서 우울은 낙조落照와 함께 순식간에 찾아온다. 달콤하고, 쌉싸래하며, 애잔한, 그렇게 사치스러운 우울.

몇 년 전 가을 이 집에 이사 와서 처음 겨울을 맞았을 때, 눈 내린 날 아침에 거실로 나가면서 절로 '아, 아름답구나' 하고 감탄했다. 창밖으로 보이는 것이라곤 남의 집 지붕뿐이었던 원룸에선 몰랐던 풍경이 내 앞에 있었다. 높아진 노동 강도와 낯선 업무, 나빠진 건강 때문에 회사 생활 최대의 위기를 맞았던 어느 봄, 출장을 갔다가 새벽 비행기를 타고 돌아와 아침에 집에 왔더니 어느새 창밖엔 아카시아꽃이 하얗게 피

   유년의 정원에 삶의 씨앗을 뿌리다

어 있었다. 지칠 대로 지쳤지만 꽃향기에 자그마한 위안을 받으며 ‘자연의 힘은 위대하구나’ 했었다.

　얼마 전까지만 해도 나는 자연에 그다지 관심이 없었다. 나는 전형적인 ‘아스팔트 킨트’였으니까. 내가 사랑하는 것은 냉난방 시설이 완비된 쾌적한 빌딩과 쇼핑몰이며, 여행을 가도 사원, 무덤, 박물관, 미술관 등 인간이 만든 것에 집중했다. 도시를 거니는 것을 좋아했고, 자연은 늘 관심 밖이었다. 그랬던 내가 요즘은 자연의 아름다움에 자주 경탄한다. 봄에는 더욱 그렇다. 퇴근길에 택시를 기다리다가 경복궁 뒤 인왕산 봄빛이 싱그러워 마음 설레고, 평창동에 취재하러 갔다가 북한산 기슭의 바위, 소나무의 오래되어 짙은 녹색, 새순의 갓 태어난 푸름의 어우러짐이 기가 막혀 사진을 찍고, 남도의 벚꽃이 화르르 떨어지는 광경을 보며 그 애잔함에 가슴을 움켜쥔다. ‘내가 자연을 좋아했던 적이 있었나? 내가 자연을 사랑한 것이 대체 언제부터였지?’ 고개를 갸우뚱하며 나도 모르는 자신의 변화에 의문이 생겼다.

　전시회 취재 때문에 경기도 용인 호암미술관에 들렀던 어느 날. 미술관 측에서 먼 곳까지 온 김에 한국 전통정원 ‘희원熙園’도 둘러보고 가라고 했을 때, 나는 속으로 ‘전시 보는 것도 벅찬데, 뭐 볼 게 있다고 정원까지 가나’ 했다. 하지만 희원에 들어서자마자 내가 섣부른 판단을 했다는 걸 깨달았다. 잘 정돈된 수풀과 연못이 어우러진 정원은 고즈넉하고 단정하며 아리따웠다. 때마침 탐스러운 모란이 하나둘 피어나는 중이었다. 벚꽃이 진 4월 말의 정원엔 애기사과꽃이 만발했다.

발아래엔 파스텔 톤의 키 작은 꽃들이 융단처럼 깔려 있었다. 화창한 날이었다.

"흐린 날 오셨으면 더 좋았을 텐데요. 흐린 날엔 기압이 낮아서 공기가 온통 꽃향기를 머금고 있거든요."

설명을 들으며 종처럼 생긴 꽃을 들여다보고 있는데 불현듯 이런 구절이 떠올랐다.

메리는 물었다.

"종 모양을 한 꽃이 있을까?"

디컨은 삽으로 흙을 파며 대답했다.

"비비추가 종 모양이야. 그리고 할미꽃과 종꽃도."

그날 저녁 나는 인터넷 서점에서 『비밀의 화원』을 주문했다. 어린 시절 나는 그 책을 통해 갖가지 꽃 이름과 정원 가꾸는 일의 행복, 자연의 위대함을 처음 배웠다. 화원에서 떠올렸던 대화는 『비밀의 화원』의 주인공 소녀 메리가 자연을 벗하며 자라 동물과 소통할 줄 아는 소년 디컨에게 한 질문이다.

떠받들어 키워져 제멋대로인 못생긴 열 살 소녀 메리는 부모님이 콜

 유년의 정원에 삶의 씨앗을 뿌리다

레라에 걸려 사망하는 바람에 나고 자란 인도를 떠나 영국 요크셔의 고모부 집에 맡겨진다. 요크셔는 황무지가 끝없이 펼쳐진 척박한 곳. 게다가 곱사등이 고모부는 대저택을 소유한 부자지만, 끔찍하게 아끼던 아내(메리의 고모)가 세상을 떠난 후 삶의 의지를 잃고 자기 안으로 틀어박힌 인물이다. 낯선 곳에서 그 누구에게도 환영 받지 못한 메리는 저택에서의 생활이 달갑지 않지만 순박하고 사람 좋은 하녀 마사와 그 동생 디컨, 무뚝뚝하지만 속 깊은 정원사 벤의 따뜻한 마음 씀씀이 덕에 점차 자연을 벗하며 마음을 열게 된다.

심술궂은 아이가 주변 환경의 영향을 받아 점차 따뜻한 아이로 변모해가는 이야기는 상투적이지만, 이 소설을 특별하게 만든 것은 '비밀'이라는 매혹적 단어였다. 나무에서 떨어진 충격으로 아내가 죽자, 남편이 꽁꽁 문을 닫아걸어 아무도 들어가지 못하게 됐다는 그 비밀스런 화원에 10년 만에 발을 내디딘 것은 붉은가슴울새가 부리로 쪼아 파낸 땅 속에서 녹슨 열쇠를 발견한 소녀 메리였다.

담쟁이덩굴 커튼을 밀쳐놓는 손이 떨렸다. 문을 떼밀 때는 온몸이 떨려왔다. 그 문은 더욱 힘주어 밀어야만 했다.

문이 열렸다.

메리는 한 발짝 내디뎌 안으로 들어서자 손을 뒤로 하여 문을 닫았다. 숨이 막힐 것 같아 어깨로 숨을 몰아쉬었다.

"여기가…… 여기가…… 비밀의 화원이야!"

울소리, 울새가 당중거리며 날을 뜨고 있었다. 메리
고 날을 따라다니는 게 아니라는 듯인 듯했다. 그러나 울새
가 따라온다는 것을 알고 메리는 놀라움과 기쁨으로
가슴이 울렁거렸다.
메리는 속삭였다.
"너를 위해서라고 하는구나. 정말 기특한 새야. 너는 이제 이
세상에서 가장 귀여운 내 친구야."

메리가 재미재미 흉내내며 말을 건네자 울새도 짹쫑짹쫑
하고 공기를 가닥거리고 노래부르기도 했다. 마치 정다운
친구와 이야기를 나누는 듯한 몸짓이었다.

빨간 조끼는 서민처럼 윤이 자르르 흘렀다. 그 작은 가슴
이 팔딱이는 모습은 아주 당당하고 의젓하여 마치 새도 이
닭은 의짓하고 당당하여 사람과 마찬가지라고 뽐내는 듯했
다.

메리는 좁여 다가가서 몸을 구부리고 울새의 흉내를 내어
여러 가지 목소리를 내 보았다. 울새는 달아나지 않았다. 메
리는 자기가 미운 아이라는 것도 잊어버렸다.
"어머나, 나를 아주 좋아하는구나! 이처럼 가까이 왔는
데도 달아나지 않다니! 내가 손으로 건드리거나 조금이
라도 놀라게 해 주지 않는다는 걸 알고 있나 봐. 너는 정
말 사람보다 낫다. 그것을 다 아니까. 너는 이 세상의 어
떤 사람보다 더 훌륭한 새야."
메리는 가슴이 벅찰 만큼 행복한 마음이었다.
벌거숭이 꽃밭에 아무것도 없는 것은 아니었다. 여러해살
이 꽃은 겨울 동안 쉬게 하려고 잘라 주었지만, 열기나무
는 꽃갈 자족에 그대로 있었다.

소설에서 비밀의 화원 못지않게 매력적인 존재는 베일에 싸여 있던 소년, 콜린이다. 저택에 온 다음부터 밤마다 울음소리를 들은 메리는 어느 밤 그 소리를 따라 탐험을 나선다. 그리고 마침내 울음소리의 정체를 밝혀낸다. 침대에 누워 신경질적으로 울고 있는 아이는 "갸름하고 가냘픈 데다가 상앗빛 얼굴에, 붉은 기가 도는 잿빛 눈"을 가진 콜린이었다. 죽은 고모의 아들이자 저택의 상속자인 콜린과 메리는 이내 친구가 되고, 디컨과 함께 비밀의 화원을 일궈나가기 시작한다. 태어난 직후 어머니가 죽었다는 이유로 아버지에게 냉대당하고, 몸이 약해 늘 "난 죽을 거야"라고 자기 최면을 걸어온 예민한 소년이 또래 친구들과 함께 정원을 가꾸며 건강하고 활기찬 아이로 거듭나는 과정은 소녀 메리의 성장과 함께 이야기의 주요 축을 이룬다.

초등학교 때 읽었던 이 소설을 20여 년 만에 다시 읽으면서 나는 두 번 울었다. 한 번은 어릴 때도 가슴 벅찬 감동을 받았던 건강해진 콜린과 아버지의 재회 장면이었고, 나머지 한 번은 어릴 때는 전혀 인상적이지 않아 무심히 넘겼던 장면이었다.

"저…… 내게 땅을 조금만 주시면……."
메리는 너무나 열중하여 자기의 말투가 얼마나 우스꽝스러우며, 그 말로는 듣는 사람이 무슨 말인지 알아듣지 못한다는 것도 알지 못했다.
크레이븐 아저씨는 어리둥절한 표정을 지으며 되물었다.

"땅? 뭘 하려고?"

메리는 더듬거리며 말했다.

"씨앗을 뿌릴 땅 말여요…… 여러 가지 것을 키우고…… 크고
튼튼하게 자라는 것을 보고……"

한 번도 사랑 받아본 적 없는 고아 소녀가, 무심하기 짝이 없는 고모
부를 만나러 가서, 그가 10년 전 굳게 닫아건 뜨락을 떠올리며 땅을 조
금 달라고 말하는 장면. 20년 전에는 전혀 감흥이 없었던 그 장면이 새
롭게 다가온 것은 아마도 내가 나이를 먹어서 남에게 뭔가를 부탁하는
것의 어려움을 알게 되었기 때문인지도 모른다. 그와 함께 "여러 가지
것을 키우고, 크고 튼튼하게 자라는 것을 보는" 기쁨도 말이다. 조마조
마 힘겹게 입을 열어 부탁한 것이 장난감도, 책도, 인형도 아닌 땅 조
금이라니. 메리의 조심스런 부탁에 고모부는 이렇게 말한다.

"네가 바라는 만큼 땅을 주마. 네 말을 들으니 역시 흙을 사랑
하고 거기서 자라는 것들을 사랑하던 어떤 사람이 생각나는구
나. 네가 마음에 드는 땅을 찾아내면 그걸 줄 테니 생명을 키워
보렴."

그 말을 하면서 고모부의 검은 눈은 다소 부드러워진다. 요즘의 나
역시 "흙을 사랑하고 거기서 자라는 것들을 사랑하는 사람"이다. 비록

        유년의 정원에 삶의 씨앗을 뿌리다

메리와는 달리 은방울꽃과 초롱꽃을 구별하지 못하고, 황야에 핀다는 히스꽃이나 가시금작화가 어떻게 생겼는지는 모르지만, 땅을 뚫고 피어나는 꽃, 메마른 가지에 돋아나는 새싹이 하나하나 사랑스럽다. 흙이라면 질색하던 내가 언젠가 '땅 조금'이 생기면 수선화와 장미를 심어보리라 하고 있으니, 이 모든 것은 아주 옛날 『비밀의 화원』이 내 마음속에 뿌려놓은 '자연을 사랑하는 씨앗' 덕이 아닐까 싶다.

긍정의 힘으로 지키는 마음의 고요

『폴리애나의 기쁨놀이』〈토파즈 청소년 문학〉 1권

엘리너 H. 포터 지음, 김옥수 옮김, 토파즈, 2010

어릴 때 읽었던 『시골 소녀 폴리아나』(지경사)는 결국
구하지 못해 최근 출간된 책으로 다시 읽었다.

그다지 명랑한 아이가 아니었던 내게 긍정의 힘을 가르쳐준 아이는 '폴리애나'였다.
부모님이 돌아가시고 성격 까다로운 이모 집에 맡겨진 폴리애나는,
불행이 닥칠 때마다 뭐든 한 가지 좋은 점을 찾아내는 긍정의 힘에 기대 세상을 헤쳐나간다.
이모가 벽에 거울도 없는 낡고 지저분한 다락방을 내주자 "거울이 없어서 다행이에요.
주근깨를 안 봐도 되니까"라며 방긋 웃고, 몇 벌 안 되는 옷가지에 하녀 낸시가 놀랄 때도
"오히려 정리를 빨리 할 수 있어서 다행이에요"라고 하는 식이다.

용하다는 역술인에게 상담을 하러 갔던 적이 있다. 각각 다른 직군에 속하는 주변 사람 네 명이 "지금까지 가본 곳 중 가장 잘 맞는다"라고 추천한 곳으로, 일주일에 딱 네 번, 월·화·목·금 오후 네 시 반까지밖에 예약을 받지 않는 곳이었다. 장소는 심지어 도곡동. 광화문에 있는 직장을 다니는 나는 도무지 가볼 엄두가 나지 않아 벼르고 벼르다가 겨울 휴가 첫날, 예약을 하고 다녀왔다.

인생에 고민이 없는 사람은 사주 따위 보러 가지 않는다. 사주를 보러 간다는 것은 심각하건 그렇지 않건, '어떤 문제'가 있다는 것과 동의어다. 당시의 나도 그랬다. 막 직장 생활 10년차에 접어들었는데 일이 버거워 그만두고 싶은 마음이 굴뚝같았다. 딱히 그만두지 못할 이유도 없었다. 나는 홀가분한 싱글이었고, 은행 대출도 없었고, 부모님을 부양해야 할 처지도 아니었다. 딱 내 한 몸만 책임지면 되는데 굳이 노동 강도 높기로 유명한 이 회사를 다닐 필요가 있을까? 월급을 좀 덜 받더라도 출퇴근 시간 일정하고, 스트레스 강도가 좀 더 낮은 직장을 택하는 게 낫지 않을까? 이직을 심각하게 고려하던 나날, 두근거리며 역술인을 만났다. 사주를 넣었더니 첫마디가 이랬다.

"신경이 예민하고 엄살이 심한 거 빼놓고는 인생에 걱정할 게 아무것도 없네. 이 정도면 최상급 사주야. 마음 편하게 살면 돼."

"사실 저 너무 힘들어서 회사를 옮기는 게 어떨까 하고 왔는데요."

"그냥 다녀. 옮기면 더 나빠져. 당신은 엄살이 워낙 심해서 나중에 아마 애도 제왕절개로 낳을 거야."

"저, 진짜 힘들어요……."

"지금 당신한테 필요한 건 자신을 사랑하고 인생을 즐기는 거야. 고민 내려놓고 여행이나 다니면서 즐겁게 살아. 입춘 지나면 작년보다 훨씬 마음이 편안해질 테니 기다려."

그렇게 용하다는 사주쟁이가 모든 게 다 엄살이라니 뭘 더 말하겠는가. 그만두고 싶다는 말은 더 못 꺼내고 복채만 주고 돌아왔다. 내 이야기를 들은 회사 선배는 깔깔 웃으면서 말했다.

"그런 말은 나도 해줄 수 있는데. 거기 돈 내고 왜 갔니? 난 밥 사주면서 그런 얘기 해줄 텐데."

"선배는 전문가가 아니잖아요."

그런데 복채가 아깝진 않았다. 자기 주문의 힘인지 플라시보 효과인지 모르겠지만, 신기하게도 입춘이 지나고 나니 마음이 편안해졌다. 비결은 '엄살'에 있었다. 힘든 일이 닥쳐도 '지금 난 엄살을 부리고 있는 거야. 사실 이건 그렇게 심각한 일이 아닐 거야. 용하다는 역술인이 그랬으니 그 말이 맞을 거야'라고 생각하게 된 것이다. '긍정의 힘'이라는 것이 정말 존재하는 걸까? 갑자기 궁금해졌다.

나는 긍정의 힘에 대해 시니컬한 편이다. 어떤 상황에서도 긍정적인 면보다는 부정적인 면을 먼저 생각한다. 무작정 잘될 거라고 낙관하는 경우는 거의 없다. 항상 최악의 상황을 먼저 상정하고, 최선을 다해 대비하며, 일이 잘 안 풀렸을 때를 위해 미리 마음의 준비를 한다. 절망스러울 때는 바닥까지 절망하고, 힘들 때는 못 견딜 정도로 힘들어한다. 낙관하고 긍정한다고 불운이 비껴가는가? 그렇지 않다. 불운을 피할 방법이 없다면, 최대한 대비해서 피해를 줄이는 수밖에.

나는 줄곧 그렇게 살아왔다. 예상치 못한 일이 자주 일어나는 직업을 갖게 되면서, 더 그렇게. 그런데 이번에는 달랐다. '엄살일거야'라고 생각하니까 힘든 일들이 덜 힘들게 느껴졌다. 고통도 더 빨리 지나갔다. 물론 누가 봐도 심하게 힘든 일이 닥쳤을 땐 이 방법도 소용이 없었지만, 대부분 예전보다 덜 힘들게 지나간 것을 보면 내가 꽤나 엄살을 부리고 있었던 것은 맞긴 한 모양이었다.

미약하게나마 긍정의 힘을 경험한 적이 살면서 몇 번 있다. 수원에 파견 근무를 나가 있던 2007년 무렵의 일이다. 낯선 객지에서 지내며 심리적으로 힘들기도 했고, 일마저 서툴러 선배에게서 무능하다는 질책을 받고 무척이나 위축돼 있던 어느 날이었다. 회사를 그만둘까, 홧김에 목을 맬까, 별 생각을 다 했었다. 그 무렵 어느 초등학교에 취재를 갔는데 그 학교 교장선생님이 이런 말을 했다.

유년의 정원에 삶의 씨앗을 뿌리다

"칭찬이 아이들의 능력을 계발시킬 수 있는 가장 큰 힘이에요. 칭찬은 고래도 춤추게 한다잖아요."

나는 속으로 생각했다. '나도 칭찬 받으면 잘할 수 있는데.' 교장선생님은 계속 말을 이었다.

"부모에게 늘 칭찬 받고 자란 아이들은 티가 나요. 밝고, 명랑하고. 그런데 그런 애들이 좌절에는 약해요. 한 번 실패했다고 때려치우고, 죽을 생각 하고. 오죽하면 '실패해도 괜찮다, 넘어져도 괜찮다' 하는 노래가 다 나왔겠어요."

'이 선생님, 독심술을 하시나? 어찌 내 마음을 이렇게 잘 알고…….' 마음속으로 켕겨 하고 있는데 이야기는 계속 이어졌다.

"우리 학교 아이들 명찰에는 '나는 나날이 좋아질 것이다'라고 적혀 있어요. 아이들에게 매일 이 말을 되뇌어보라고 해요. 그러면 정말 그렇게 되거든요. 이 말, 제가 1980년대 초 마인드 콘트롤하는 데 가서 12만 원 주고 받은 말입니다."

"나는 나날이 좋아질 것이다! 아, 정말 힘이 되는 말이네요."

"그렇죠? 아침에 거울 보고 화장할 때도 '나는 나날이 좋아질 것이다', 화가 나는 일이 있을 때도 '나는 나날이 좋아질 것이다' 해보세요. 그 앞에 한 구절 더 붙여서 '모든 일에서, 나는 나날이 좋아질 것이다'라고도 해보시고요."

그날 취재를 마치고 돌아오는 길에 혼자 가만히 중얼거려보았다. "나는 나날이 좋아질 것이다." 운전대를 잡은 손에 힘을 꼭 주고 다시

인터넷 헌책방에서 구한 〈동아 컬러판 소년 소녀 세계 명작〉판의 삽화.

한 번 읊조렸다. "모든 일에서, 나는 나날이 좋아질 것이다." 그러자 '때려치울까'와 '콱 죽어버릴까' 사이를 오가던 머릿속 메트로놈이 작동을 멈추고 마음이 고요해졌다.

그다지 명랑한 아이가 아니었던 내게 긍정의 힘을 가르쳐준 아이는 '폴리애나'였다. 부모님이 돌아가시고 성격 까다로운 노처녀 이모 집에 맡겨진 폴리애나는, 불행이 닥칠 때마다 뭐든 한 가지 좋은 점을 찾아내는 긍정의 힘에 기대 세상을 헤쳐나간다. 사랑하는 언니와 야반도주해버린 형부를 미워했던 이모가 벽에 거울도 없는 낡고 지저분한 다락방을 내주자 "거울이 없어서 다행이에요. 주근깨를 안 봐도 되니까"라며 방긋 웃고, 몇 벌 안 되는 옷가지에 하녀 낸시가 놀랄 때도 "옷이 적어 정리를 빨리 할 수 있어서 다행이에요"라고 하는 식이다.

폴리애나의 긍정적인 태도는 목사였던 아버지에게서 배운 것이다. 인형을 가지고 싶어서 교회 본부에 부탁을 했는데 도착한 위문품 상자엔 인형이 아니라 지팡이가 들어 있었다. 담당 직원은 '인형이 없어서 지팡이를 보냅니다. 지팡이가 필요한 아이도 있을지 모르니까요'라는 쪽지를 동봉했다. 폴리애나의 '기쁨놀이'가 시작된 것은 그때부터다. 실망하는 폴리애나에게 아버지는 말한다.

"네가 지팡이를 짚을 만큼 다리가 불편한 아이가 아니라는 걸 기뻐

해야지. 얼마나 다행이니?”

"그 뒤로 쭉 하고 있어요. 기쁨을 찾아내기가 어려우면 어려울수록 더 재미있어요. 하지만 너무 어려워서 잘 되지 않을 때도 있어요. 아빠가 천국으로 가버리고 부녀회원들밖에 의지할 데가 없게 되었을 때 무척 어려웠어요.”
"그리고 지붕 밑 휑한 다락방에 들어갔을 때도……?”
낸시가 말했다. 폴리애나는 한숨을 쉬었다.
"그것도 무척 어려웠어요. 이제 곧 좋은 것들을 갖게 될 거라고 기대에 부풀어 있었으니까요. 하지만 금방 다시 생각을 고쳤어요. 거울이 없으면 주근깨를 보지 않아도 되니 좋고, 창으로 그림같이 아름다운 경치가 보이니까 좋고, 난 곧 기쁨을 찾아낼 수 있었던 거예요. 기쁜 일을 생각하다보면 슬픈 일은 잊어버리게 돼요. 인형을 갖고 싶었을 때처럼……."

지나치게 긍정적인 이 소녀를 나는 어린 시절 텔레비전 만화영화를 통해 처음 만났다. 「시골 소녀 폴리아나」라는 제목의 일본 애니메이션이었다. 이후로 지경사의 〈소녀 명랑 소설〉 시리즈로 같은 제목의 책을 접했고, 청목출판사의 청소년 문고에서 『파레아나의 편지』라는 제목으로 출간된 것도 읽었다. 미국 작가 엘리너 H. 포터Eleanor H. Porter(1868~1920)가 1913년 발표했으며, 원제는 ‘Pollyanna’다. 이

유년의 정원에 삶의 씨앗을 뿌리다

책은 큰 인기를 끌어 단기간에 100만 부가 팔려나갔고, 이후 영화, 드라마, 애니메이션 등으로 만들어졌다. 영어 사전에 'Pollyanna'란 단어가 '낙관적인'이란 뜻으로 기록될 정도니 이 작품의 영향이 얼마나 컸는지 짐작할 수 있다. 소녀가 퍼뜨린 '기쁨놀이'는 늘 불평을 일삼는 병든 동네 아주머니, 무뚝뚝하고 사람을 싫어하는 동네 아저씨를 녹이고, 마침내는 꼭 닫혔던 폴리 이모의 마음까지 연다.

"이모는 문을 쾅 소리가 나게 닫은 적이 한 번도 없어요?"
"없을 거다."
"어머, 가엾어라."
폴리애나는 진심으로 가엾다는 듯한 표정이었다.
"뭐라고?"
"그렇다면 이모는 문을 쾅 하고 닫을 만큼 정신없이 기뻤던 일이 없었다는 거잖아요. 기쁜 일이 생기면 조용히 있을 수 없거든요. 이모가 그런 기쁨을 모른다는 게 너무 가엾어요."

나는 이 책을 재작년에 다시 읽었다. 교통사고를 당해 다리를 못 쓰게 된 폴리애나가 "아빠는 어떤 일에도 보다 나쁜 경우가 곧 있다고 했지만, 두 번 다시 걷지 못한다는 말은 못 들어봤을 거예요. 이보다 더 나쁜 일이 있다고는 생각할 수 없어요. 그렇지 않아요?" 하며 눈물을 흘렸을 때, 마음속으로 '아니야. 그렇지 않아. 그것보다 더 나쁜 경우도 있어. 세상엔 목숨을 잃는 사람도 있으니까' 하고 생각했던 것은 내가 이미 어른이 되었기 때문이다. '다리를 못 쓰는 것보다 더 나쁜 경우'를 상정하고 불행에 빠진 이를 위로하는 방법은, 어린 시절 폴리애나가 내게 가르쳐준 것이기도 하다. 폴리애나에게 위로 받은 수많은 사람들이 병석에 누워 있는 폴리애나를 방문한다. 자신 덕에 마을 사람들이 행복해졌다는 이야기를 들은 폴리애나는 이렇게 말한다.

"와…… 무척 기뻐요!"
폴리애나는 손뼉을 치며 환히 웃었다
"저에게도 기쁨이 생겼어요. 아무튼 전에는 다리가 건강했다는 거죠. 그러지 않았으면 그런 일이, 도저히 그렇게 되지 않았을 테니까요."

일이 적성에 안 맞아 힘들었을 때, 직업이 없는 경우를 생각했다. 대학에 떨어졌을 때, 대학에 갈 형편이 안 되어 못 가는 경우를 생각했다. 연애에 실패했을 때, 그와 결혼했으면 생겼을지 모르는 각종 어려움을 생각했다. 그렇게 불행의 좋은 점을 찾고 그것을 극복해나가는 힘을 나는 폴리애나에게 배웠다. 돌이켜보면 긍정의 힘이 내 인생에 큰 영향을 끼치고 있었던 것 같다. '이것도 엄살이야 난 괜찮아' 하고 되뇌며 힘든 고비를 넘겼던 어느 날, 도곡동 역술인과 폴리애나에게 감사하며 결국 사람이 앞을 보며 살아나가게 하는 원동력은 긍정의

　　　　　　유년의 정원에 삶의 씨앗을 뿌리다

힘일지도 모르겠다고 인정했다.

빈사의 삶을
구원하는 것은
오직 꿈

『꿈꾸는 발레리나』
G. 말반 지음, 김경애 옮김, 김숙 그림, 지경사, 1994(절판)

안나 파블로바라는 러시아 발레리나의 존재를 나는 『꿈꾸는 발레리나』를 통해 알았다.
어린 시절에는 잘 몰랐지만, 다시 읽으면서 나는 내가 왜 그토록
이 책을 좋아했는지 알 수 있었다. 발레의 화려한 의상과 우아한 동작은 포장일 뿐,
이면엔 중력과 싸우며 인간의 한계를 넘어 날아오르고자 하는 발레리나들의 욕망이 숨어 있다.
발레소설은 성취를 위해 투쟁하는 인간의 이야기,
1980년대 소녀들이 드물게 접할 수 있었던 '일하는 여성'의 분투기였다.

흑조黑鳥가 한 다리로 다른 다리를 걷어차며 힘찬 회전을 시작할 때, 나는 조마조마한 마음으로 숫자를 셌다. 스물아홉, 서른, 서른하나, 그리고 마침내 서른둘! 완벽한 32회전 푸에테fouetté. 박수가 쏟아졌고, 나는 두 손을 모아 쥐고 환호했다.

'봤어! 흑조의 32회전, 드디어 봤어!'

차이스콥스키의 발레 〈백조의 호수〉를 본 것은 서른두 살이 되어서였다. 당시 같은 부서에서 공연을 담당하던 선배에게 "〈백조의 호수〉가 보고 싶어요"라고 부탁하니, 마침 공연이 있다며 흔쾌히 표를 건네주었다. 서울 능동의 유니버설아트센터 대극장에서 유니버설 발레단의 공연으로 봤다. 주역이 누구였는지는 기억나지 않는다. 발레 팬이 아니라 주역이 누군지는 큰 관심이 없었던 것이다. 다만 흑조의 32회전을 보고 싶었을 뿐이다.

나는 발레를 글로 배웠다. 1980년대 10대 소녀들 사이에선 지경사의 『핑크빛 발레슈즈』라든가, 동광출판사 〈파름 문고〉의 『춤추는 하얀

 유년의 정원에 삶의 씨앗을 뿌리다

새』라든가 하는 발레를 주제로 한 소설이 유행했었다. 아마도 일본 소설을 중역重譯했을 그 책들을 통해 나는 무용수들이 무대에 설 때 무대용 화장품인 '도란Dohran'을 바른다는 것, 아라베스크arabesque, 피루에트pirouette 같은 발레 동작, 파드되pas de deux 등의 발레 용어를 배웠다. 〈백조의 호수〉에서는 한 발레리나가 백조와 흑조를 동시에 연기하며, 엄청난 기교가 요구되는 흑조의 32회전은 발레리나에겐 하나의 '도전'이라는 것도 배웠다. 〈지젤〉이 사랑 때문에 미쳐버린 여인의 슬픈 이야기라는 것, 〈호두까기 인형〉의 군무가 경쾌하다는 것, 〈코펠리아〉가 인형을 사랑한 남자의 이야기라는 것도 익혔다.

20대 후반까지 진짜 발레를 본 것은 초등학교 때인가 중학교 때인가 경남문화예술회관에 순회공연을 온 어느 발레단의 〈고집쟁이 딸〉이 전부였다. 대신 책을 읽으며 수백 번도 넘게 머릿속으로 발레 장면을 상상했다. 그래서인지 발레에 친근감을 갖고 있었고, 기회가 될 때마다 보려고 노력했다. 그리하여 스물일곱 살 봄에 역시나 회사 선배가 준 티켓으로 서울 예술의전당에서 〈지젤〉을 보았고, 수원에 파견 근무 중이던 스물아홉 살 겨울에 경기도 문화의전당에서 〈호두까기 인형〉을 보았다. 그리고 마침내 〈백조의 호수〉까지 보게 됐다.

불현듯 어릴 때 읽었던 발레소설을 다시 읽어보고 싶었다. 나를 매혹시켰던 그 설렘의 근원이 궁금했던 것이다. 여주인공과 상대역 발레리노와의 달콤한 연애담, 의상과 무대에 대한 화려한 묘사가 내가 발레에 끌린 이유의 전부였을까? 아니, 분명히 다른 이유가 있을 것 같았

고운 멜로디
소리—— 갈은 멜로디
안나는 여기도 모르
춤을 추고 있습니
마이어서 16세 된 공주

모두에게서 장미
요정이 변신한 마녀는
꽃다발을 받고 기
괴로운 듯이 비틀
몸서림을 멈추
왕자들은 합니다. 마녀는 기분
요정이었습니다. 요정
성이 모두

흥미가 있었습니다. 머리 앞쪽이
촬영하고 있는 동안 안나는 자기가
모습을 열심히 조각하는 것이었습니다.
빨은 작은 상은 발레의 기쁨을 한껏 나
같았습니다.
거운 취미도, 영화사에서 들어온 요정 때
추가 없게 되었습니다. 안나는 그 요정
이었지만, 단트레는 이렇게 말하며 웃언

의 '백조'를 추지 못하게 되더라도 당신
를 어떤 형태로든 남길 수 있다면 얼마나
? 영화라면 그게 가능해."
횟결을 승낙했습니다. 반짝이는 조명 이
슬께 될 것입니다.
막 인생되었습니다. 하지만 얘숙 만든
기울이 발달되어 입시 말았기 때문에 바
일죄히 감이 도텼습니다.
씩 묵죄서 잘 썩럭때. 게다가 멋진 은

다. 하지만 어린 날의 즐거움이었던 발레소설을 다시 구하는 것은 쉽지 않았다. 대개 절판됐고, 나처럼 다시 읽으려는 이들이 많아 헌책방에도 없었다. 기적적으로 인터넷 중고책 판매 사이트에서 『꿈꾸는 발레리나』를 발견했을 때, 2만 원이라는 고가도 아랑곳없이 당장 샀다. 책장을 넘기자 만화가 김숙의 어여쁜 삽화가 나를 과거로 인도했다.

"너도 저 아이들처럼 춤추고 싶니?"

"여럿이 춤추는 데 끼어 있는 건 싫어. 난 주역인 공주님이 되고 싶어. 반드시 출 수 있을 거야!"

안나는 단호하게 말했습니다.

안나 파블로바Anna Pavlova(1881~1931)라는 러시아 발레리나의 존재를 나는 이 책을 통해 알았다. 그녀의 대표작이 「빈사瀕死의 백조」라는 것도 책을 통해 알았다. '빈사'라는 단어를 이 책에서 처음 배워 이후 '빈사 상태'라는 단어를 쓸 때마다 항상 안나 파블로바가 떠올랐다.

책은 세탁부인 홀어머니 밑에서 궁핍하게 자란 안나가 프리마 발레리나라는 꿈을 위해 전진하는 이야기를 담고 있다. 여덟 살 크리스마스 때 이머니가 보여순 〈잠자는 숲속의 미녀〉가 안나에게 발레리나의 꿈을 갖게 한다. 재능이 있던 안나는 열 살 때 황실 발레학교에 입학하고, 그렇게 꿈은 한 발짝 다가온다.

엄지발가락이 유난히 길었던 아이. 나는 안나를 그렇게 기억한다.

발끝으로 섰을 때 체중이 온통 쏠리는 엄지발가락이 길다는 것은 발레리나에게 치명적 약점이라는 걸 이 책을 읽으며 알았다. 언젠가 굳은살이 잔뜩 박힌 발레리나 강수진의 발 사진이 공개되었을 때, 나도 모르게 엄지발가락 길이부터 살폈던 것도 그 때문이다. 책에 이런 구절이 나온다.

안나는 목욕하는 시간도 아까워하면서 연습에 몰두했습니다. 엄지발가락이 남달리 길었던 안나는 발끝으로 서면 체중 전부가 엄지발가락에 실려서 너무 아파 몸이 다 굳어버리는 것이었습니다. 그 때문에 다른 사람보다 훨씬 더 연습을 해야만 했습니다. 밤이 되면 다리가 쑤시는 바람에 소리를 죽여 운 적도 여러 번 있었습니다.

창밖 산등성이에 노란 꽃이 점점이 피기 시작하던 서른다섯 살 봄의 거실에서, 25년쯤 전에 읽었던 구절을 다시 읽었다. 나는 불현듯 사회생활이 힘겨울 때마다 나를 지탱해준 건 이 구절이었던 것 같다는 생각을 했다. 완벽한 신체 조건을 타고나지 못했지만, 그에 굴복하지 않았던 소녀, 다른 사람보다 더 많이 연습하면서 괴로워 남몰래 소리 죽여 울었던 소녀. 나는 순간순간 피가 마르는 기자 일을 하기엔 지나치게 예민한 성품을 가졌다. 갑자기 '사건'이 터질 때마다 허둥대고, 당황하고, 발을 동동 구른다. 다른 사람보다 수백 배쯤 더 긴장하면서,

   유년의 정원에 삶의 씨앗을 뿌리다

심장이 쪼그라드는 것 같은 고통을 느끼며 마감을 한다. 그런 하루를 보내고 화장실에서, 혹은 퇴근 후 아무도 없는 집에서 소리 죽여 울 때면 종종 안나의 엄지발가락을 생각했다. 엄지발가락이 부서지는 듯한 고통을 느끼면서도 무대 위에선 천사의 미소를 지었을 안나를 떠올렸다. '그에 비하면 이건 아무것도 아니야.' 그렇게 스스로를 다독였다.

발레가 왜 좋았는지, 이제 나는 알 것 같다. 화려한 의상과 우아한 동작은 포장일 뿐, 이면엔 중력과 싸우며 인간의 한계를 넘어 날아오르고자 하는 발레리나들의 욕망이 숨어 있다. 발레소설은 성취를 위해 투쟁하는 인간의 이야기, 1980년대 소녀들이 드물게 접할 수 있었던 '일하는 여성'의 분투기였다.

학교를 졸업한 후 단역을 맡게 된 안나는 전설의 이탈리아 무용수 마리 탈리오니를 능가하고 싶다는 꿈을 키운다. 지나치게 빨리 성장하는 딸이 불안해진 어머니는 이렇게 충고한다.

"있잖니, 안나. 이상을 너무 높이 갖지 않는 편이 좋지 않겠니?"

"왜?"

안나는 이상하다는 듯 되물었습니다.

"꿈은 웬만해서는 이루어지지 않는 법이야. 이후로 어떤 일이 생길지도 모르고……. 이쯤에서 만족을 해야 할 것 같아."

'그럴까? 엄마 말처럼 도중에 만족해버리면 노력도 진보도 못하게 되잖아. 그런 건 싫어. 나는 꼭 타리오니처럼 춤추고 싶어. 반드시 해낼 수 있을 거야.'

안나는 단호하게 어머니에게 말했습니다.

"나는 훌륭한 발레리나가 될 거야. 무슨 일이 있어도."

그 소리는 힘이 있었고, 굳은 결의에 차 있었습니다.

이런 결심의 순간은 중요하다. 남성보다 사회적 제약이 많은 여성에겐 더더욱 중요하다. 내 또래의 일하는 여성이라면 아마 이런 경험을 한 적이 있을 것이다. 언제나 격려해주던 주변 사람들이 어느 순간 걱정스러운 기색으로 "그 정도면 충분하잖아? 이제 그만 살살 하지"라고 한다거나, 여성의 행복은 가사와 육아에 있으니 그곳에서 성취를 찾는 게 어떻겠냐고 조심스레 혹은 노골적으로 충고하는 것이다.

하지만 나의 롤 모델은 퀴리 부인이나 힐러리 클린턴보다는 소녀소설 속 발레리나 안나에 가까웠다. 일하는 여성에게 배우자의 외조가 얼마나 중요한지를 알려준 것도 이 책이다. 발레에 조예가 깊은 광산기사 단드레가 안나에게 청혼하는 장면은 아마도 모든 커리어 우먼의 이상理想일 것이다.

"안나, 나와 결혼해줘."

   유년의 정원에 삶의 씨앗을 뿌리다

단드레는 용기를 내어 말했습니다.

갑자기 그런 말을 들은 안나는 눈이 동그래져서 가만히 단드레를 쏘아봤습니다.

"나는 결혼할 자격이 없어요. 자나 깨나 무용만……. 아내로서는 낙제감이에요."

"무용이야말로 당신의 사는 보람이 아니오? 나는 춤을 추고 있는 당신이 좋아. 평생 춤만 춰줬으면 좋겠어."

안나는 차근차근 성장한다. 미국 현대 무용가 이사도라 던컨을 만나 큰 영향을 받은 뒤 그녀는 세계로 뻗어나간다. 냉정하기로 이름난 스톡홀름 사람들마저 그녀의 공연에 열광한다. '사람들은 왜 내 춤을 사랑할까?' 생각에 빠진 안나에게 호텔의 하녀가 이런 말을 들려준다.

"선생님은 몇 시간 동안 우리들이 가난하다는 것과 나이를 먹었다는 것과 지쳐 있다는 것을 완전히 잊게 해주었습니다. 고민과 공포와 걱정 근심을 떨쳐버리게 해주었습니다. 모두가 여기 모여 있는 것은 선생님이 저 사람들의 생활에 기쁨을 주었기 때문이에요."

사람들의 생활에 기쁨을 주는 것. 25세의 안나는 평생 그것을 목표로 삼기로 한다. 나이가 좀 더 들고서는 '발레란 신에게 받은 육체를 통해 인간의 영혼의 멋과 영원한 것을 향한 동경을 표현한 것'이라는 신념을 지니게 된다.

그러나 '백조의 춤'은 영원하지 않았다. 1929년, 아일랜드 공연에서 큰 부상을 입은 48세의 안나는 점점 쇠약해진다. 그리고 1931년, 안나는 늑막염에 걸려 숨지고 만다.

"무엇이 필요하시죠?"

안나는 잠깐 웃었습니다. 약하고 쓸쓸해 보이는 미소였습니다.

"내…… 백조 의상을 좀 가지고 와……."

단드레와 마르게리타, 의사가 지켜보는 가운데 안나의 가느다란 팔이 서서히 올라갔습니다. 그 손은 약하게 날갯짓을 했습니다. '빈사의 백조'가 무대에서 날갯짓을 하던 때처럼.

팔의 움직임은 조금씩 힘이 빠지더니 결국 풀썩하고 흰 의상 위에 떨어졌습니다. 신기할 정도로 조용한 끝마침이었습니다. 그 아름다운 얼굴에는 미소가 떠올라 있었습니다.

내 사회생활의 괴로움은 대개 잘하고 싶었는데 잘하지 못했기 때문에 온다. 스스로에게 너그러운 성품이 아니기 때문에 고통은 배가 된다. 아무리 주변에서 "기사 재미있더라" "책 좋더라" 칭찬해도 나는 마음속으로 사소한 팩트의 부실함, 주술 호응이 어긋난 어느 문장을 떠올리며 '아니야, 그렇지 않아. 나는 잘하지 못했어'라고 자책하며 움츠

러든다. 타인의 평가보다는 스스로 느끼는 성취감을 더 중요시하는 습성, 나를 괴롭히면서도 한편으로는 도약하게 하는 이 버릇도 안나에게서 배운 것 같다. 프리마 발레리나가 되고 첫 공연을 마친 후, 관객과 비평가들의 찬사가 쏟아졌지만 안나는 슬프게 고개를 가로젓는다.

"설사 푸티파 선생님과 황제, 그리고 세상 사람들이 나를 칭찬해 준다고 해도 나는 만족스럽지가 못해. 스스로 무용에 대한 만족감이 부족하다고. 내가 해낼 수 있을까? 나는 어렸을 때 성공만 하면 행복해질 수 있다고 생각했어. 하지만 그렇지가 않아."

모험과 용기,
죽음을 배우다

『사자왕 형제의 모험』

아스트리드 린드그렌 지음, 일론 비클란트 그림, 김경희 옮김, 창비, 2000

책장을 펼친 순간, 나는 정신없이 책 속으로 빠져들었다. 목숨을 내걸고서라도 악과 싸워
이기는 형제의 정의감이 좋았다. 요나탄이 기침에 시달리는 동생을 다정히 끌어안고
노래를 불러주는 장면, 죽은 형을 기다리는 동생을 비둘기가 데리러 오는 장면, 이승에선
늘 아팠던 카알이 낭기열라에서는 건강한 몸으로 마음껏 말을 타고 달릴 수 있어서
기뻐하는 장면을 읽을 때, 내 마음속엔 아이스크림처럼 달콤한 행복이 사르르 퍼져갔다.

사무실을 나서다가 나도 모르게 발걸음을 멈췄다. 어린이책 담당인 선배의 자리에 〈창비아동문고 대표동화〉 시리즈 35권 세트가 있는 걸 보았기 때문이다. "〈창비아동문고〉네요!" 탄성을 질렀더니 선배가 말했다.

"왜? 좋아해?"

"어릴 때 무척 좋아했던 전집이에요."

나는 초등학교 저학년인 선배의 딸을 떠올렸다. 아빠가 저 책을 들고 집으로 들어서면, 그 아이도 어린 날의 나처럼 행복감에 가득 찰까?

100권이 넘는 〈창비아동문고〉가 내 책장을 가득 채웠던 것은 초등학교 4학년 때였다. 〈에이브 전집〉을 갖고 싶다고 졸랐던 내게 아버지는 이렇게 말씀하셨다.

"〈에이브 전집〉은 큰집에서 얻어서 보자. 대신 〈창비아동문고〉 사줄게. 100권짜리야."

'그게 대체 뭐람……' 나는 실망했다. 집으로 온 그 전집의 첫인상 역시 실망스러웠다. 하드커버의 멋진 책이 아닌 문고판에, 표지에 사

유년의 정원에 삶의 씨앗을 뿌리다

각형으로 들어간 삽화를 제외하곤 전체적으로 디자인도 밋밋했다. 게다가 1권 제목을 보자니 『꼬마 옥이』라니, 아, 촌스럽게……. 『빵 포도주 마르셀리노』 『부엌의 마리아님』 같은 〈에이브 전집〉의 웅장하고 멋있는 제목들과 비교됐다. 그래도 새 책이 생겼다는 기쁨은 커서, 그날 아버지에게 감사하다는 내용의 일기를 써서 담임선생님에게 칭찬을 들었다.

편견도 잠시, 나는 곧 한 권씩 책을 읽기 시작했다. 전집을 손에 넣으면 마음에 드는 제목의 책부터 먼저 읽고, 끌리지 않는 제목의 책은 한껏 미루다가 맨 뒤에 읽는 버릇이 있던 나는 우선 세계 각국 민화부터 읽었다. 정채봉의 『오세암』, 이주홍의 『아름다운 고향』, 권정생의 『몽실 언니』 같은 우리 동화들은 뒤에 읽었다. 당시 우리 작가들은 어쩜 그렇게 슬프고 비참한 이야기만 썼을까. 고아 남매의 죽음을 그린 『오세암』도, 일제 치하의 비참함을 그린 『아름다운 고향』도, 가난과 고생으로 뒤범벅된 『몽실 언니』도……. 나는 책을 읽으면서 그 신산함에 몸서리쳤지만, 돌이켜보면 『빨강머리 앤』이나 『소공녀』 『집 나간 아이』 같은 서구 동화에 길들여진 내가 제대로 된 우리 동화를 읽게 된 것은 〈창비아동문고〉를 통해서였다.

아스트리드 린드그렌Astrid Lindgren(1907~2002)의 『사자왕 형제의 모험』은 내가 그 전집의 100여 권 중 미루고 미루다 한 90번째쯤 집어드는 책이었다. 린드그렌이 『말괄량이 삐삐』를 쓴 작가라는 것은 알고 있었지만, '사자왕'과 '모험'이란 단어가 영 끌리지 않았기 때문이다.

하지만 책장을 펼친 순간, 나는 정신없이 책 속으로 빠져들었다. 형제의 우애에 감동해 울었고, 그들의 모험이 아슬아슬해 손에 땀을 쥐었고, 결말이 가슴 찡해 또 울었다.

홀로 두 아들을 키우는 어머니가 일을 하러 나간 사이 집에 불이 난다. 학교에서 돌아온 형 요나탄이 침대에 누워 있던 병든 동생 카알을 구하기 위해 불길에 휩싸인 집 안으로 달려 들어간다. 카알을 업은 채 2층 창문으로 뛰어내린 요나탄은 동생을 살리고 자신은 숨진다. 실의에 빠진 카알은 형이 늘 들려주던 이야기 속 사후세계 '낭기열라'로 형을 찾아나선다. 낭기열라의 '벚나무 골짜기'에서 다시 만난 형제에게는 사자왕이라는 별명이 붙는다. 원래 형제의 성姓은 사자라는 뜻의 '레욘'이지만, 무시무시한 괴물을 거느리고 이웃 '들장미 골짜기'를 지배하는 독재자 텡일과 맞서 싸우는 요나탄의 용기가 가히 왕이라 불릴 만하기 때문이었다. 병약하고 겁 많은 아이였던 카알이 형과 함께 텡일 무리를 물리치며 성장하는 과정이 이 소설의 중심축을 이룬다.

모든 괴물과 악당 중에서도 텡일이 가장 끔찍하고 잔인한 것 같았습니다. 나는 무엇 때문에 요나탄 형이 그처럼 위험한 일을 해야 되느냐고 물었습니다. 기사의 농장 벽난로 앞에 앉아 편안히 살면 안 될 까닭이 뭐란 말입니까? 그러나 형은 아무리 위험해도 반드시 해내야 되는 일이 있다고 말했습니다.

"어째서 그래?"

내가 다그쳤습니다.

"사람답게 살고 싶어서지. 그렇지 않으면 쓰레기와 다를 게 없으니까."

목숨을 걸고서라도 악에 대항하는 형제의 정의감이 좋았다. 요나탄이 기침에 시달리는 동생을 다정히 끌어안고 노래를 불러주는 장면, 죽은 형을 기다리는 동생을 비둘기가 데리러 오는 장면, 이승에선 늘 아팠던 카알이 낭기열라에서는 건강한 몸으로 마음껏 말을 타고 달릴 수 있어서 기뻐하는 장면 등을 읽을 때, 내 마음속엔 아이스크림처럼 달콤한 행복이 사르르 퍼져갔다.

기억 속에 묻어두었던 이 책을 다시 만난 것은 책을 처음 읽었던 때로부터 20여 년이 훌쩍 지난 2010년이었다. 당시 어린이책 담당이었던 나는 어느 날 회사로 온 책 봉투를 뜯으며 반가움에 환호성을 질렀다. 창비에서 그동안 출간한 린드그렌 책 세 권의 개정판을 냈던 것이다. 나는 당장 『사자왕 형제의 모험』부터 읽기 시작했다. 역시나 어릴 땐 보이지 않던 것들이 보였다. 이를테면 독재자 텡일이 키우는 무시무시한 괴물에 대한 것이다.

"네가 숲 속으로 딸기 따러 간 사이에 엘프리다 할머니가 무슨 얘기를 하셨는지 아니? 할머니가 어렸을 적에 어른들은 카름하고 캬틀라 얘기로 이따금씩 아이들을 겁나게 했대. 엘프리다 할머니는 캬틀라 동굴의 용하고 캬르마 폭포의 바다뱀 전설을 수없이 들으셨다는 거야. 그 무서운 얘기를 꽤나 좋아하셨다나 봐. 그래서 할머니는 캬틀라나 카름이라는 게 그저 예로부터 어른들이 아이들을 놀래주려고 들려주던 전설 속 괴물일 거라고 그러셨어."

"그럼 캬틀라도 진짜 살아 있는 괴물이 아니겠네?"

"응, 진짜 괴물은 아닐 거라고 엘프리다 할머니가 그러셨어."

결국 '진정한 괴물'이란 인간의 마음속에 있다는 걸 작가는 말하고 싶었던 걸까? 걸핏하면 사람들을 끌고가 강제노동을 시키거나 죽여버리는 독재자 때문에 이웃과 교류가 단절된 들장미 골짜기에 대한 묘사에서 분단의 현실을 떠올리는 나를 돌아보며 '아, 나도 결국 어른이 되고 말았구나' 하며 쓴웃음을 짓기도 했다. 그런데 신기하게도 악의 무리를 소탕하는 과정에서 치명상을 입은 형을 업은 카알이 또 다른 사후세계 '낭길리마'를 찾아가는 마지막 장면을 읽는 순간, 처음 그 구절을 읽었던 어린 날처럼 눈물이 뚝뚝 떨어지기 시작했다. 내 안에 아직 동심이 조금은 살아 있었던 모양이다.

나는 요나탄 형을 등에 업고 팔을 내 목에다 두르게 한 채 낭떠러지 끄트머리로 갔습니다. 내 귓가에 들리는 형의 숨결은 아주 고르고 조용했습니다. 하지만 나는 그렇질 못했습니다. 어째서 나는 늘 요나탄 형처럼 용감하질 못한 걸까요?

깎아지른 듯한 낭떠러지가 보이지는 않았지만 바로 내 발아래 있다는 것은 분명합니다. 한 발짝만 내딛으면 곧장 어둠 속으로 떨어질 테고 그러면 모든 일이 끝나는 것입니다. 눈 깜짝할 사이에 모두 지나가버리겠지요.

"사자왕 스코르빤, 무섭지 않니?"

"아니…… 형, 사실은 무서워. 하지만 해낼 수 있어. 지금, 바로 지금 할 테야. 그러고 나면 다시는 겁나지 않겠지. 다시는 겁나지……"

"아아, 낭길리마! 형, 보여! 낭길리마의 햇살이 보여!"

그 책을 읽었던 주말의 신문 서평면 어린이책 코너에 나는 『사자왕 형제의 모험』을 톱기사로 소개했다. 훌륭한 책이지만 소개하기로 결정을 내리기까지 꽤나 용기가 필요했다. 일단 1983년 첫 출간됐던 책의 개정판이라 신간 위주로 책을 소개하는 신문 서평으로는 적합하지 않았고, 이야기가 화재로 인한 어린이의 죽음으로 시작해 사후세계를 탐방하다가, 심지어 마지막엔 또 다른 사후세계를 찾아가기 위해 아이들이 동반 자살(?)하는 것으로 끝난다는 것 등 걸리는 점이 많았다. 게다가 나는 당시 지나치게 어두운 내용의 어린이책을 많이 소개한다는 이유로 데스크에게서 "어린이책을 선정할 땐 제발 부모들의 심정을 좀 생각하라"라는 당부를 듣고 있던 참이었다. 부모들은 자기 아이들 마음속에 어두운 그림자가 자리 잡는 걸 좋아하지 않는데, 특히나 토요일 아침 신문을 펼쳐보고선 애들 책으로 어두운 이야기가 소개돼 있는 걸 반기겠느냐는 이야기였다. 부모가 돼본 적 없는 내게 꼭 필요한 지적이라 생각하고 받아들였지만, 이 책만은 그 모든 제약에도 한때 아이였던 내가 지금의 아이들에게 꼭 권할 만하다고 확신했다. 그 기사의 말미에 나는 고백하듯 썼다.

"마지막 장면을 읽는 순간 20여 년 전 이 책을 처음 읽었을 때와 마찬가지로 눈시울이 뜨거워졌다. 아동문학의 고전古典이란 이런 것이다."

기사가 나가고 며칠 후 이메일 한 통을 받았다. 1983년 이 책을 처음 번역해 국내에 소개했던 역자가 "기사 잘 봤고 고맙다"라며 식사를 하자고 하셨다. 책을 읽은 감동에 젖어 역자 후기까지 열심히 읽었던 그 초등학생은 훗날 역자를 만날 날이 올 줄은 까맣게 몰랐을 테지! 어린 시절로 돌아가 책 이야기를 실컷 나누었던 역자와의 식사 자리에서 나는 익숙한 문구 하나를 떠올렸다.

'사람은 책을 만들고, 책은 사람을 만든다.'

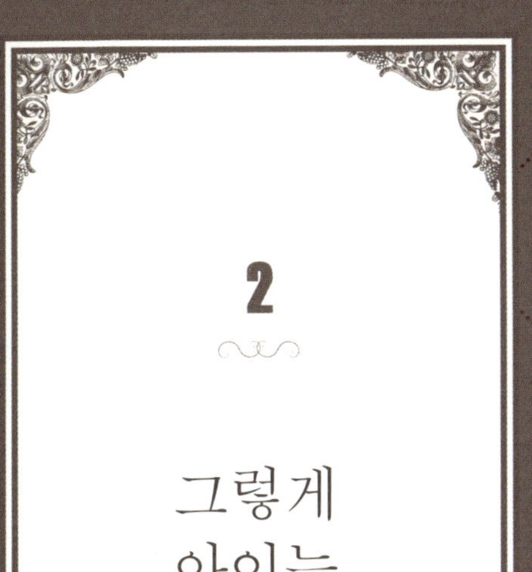

2

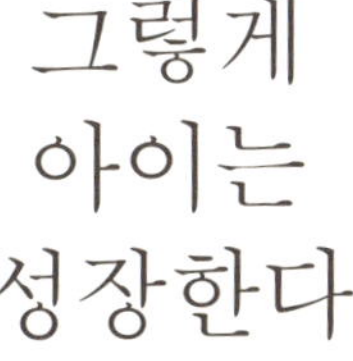

그렇게
아이는
성장한다

같은 책의
독자라는 유대

『바람의 선물』〈소년소녀 한국문학/현대문학 중·장편〉 34권

강신재 지음, 금성출판사, 1986(절판)

엄마가 책 한 권을 집으며 말했다. "이거, 내가 어릴 때 읽었던 책이야. 참 좋아했던 책인데."
어린 엄마가 좋아했던 책. 고전 말고도 어린 시절의 엄마와 내가 공유할 수 있는 책이
있다는 것이 신기했다. 그 책을 읽어야 나도 엄마처럼 어른이 될 수 있을 것 같았다.
엄마의 하이힐을 몰래 신어볼 때와 비슷한 심정으로, 나는 '그 책'을 가장 먼저 읽었다.

우리 가족은 책으로 단단히 이어져 있다. 자궁 속에서도 나는 탯줄을 통해 책을 섭취했을 것이다. 엄마는 늘 책을 읽고 있었다. 아버지도 마찬가지였다. 아침에 잠을 깨면 거실에서 이런 대화가 들려왔다.

"카로타가 범인 맞지? 아니야?"

"글쎄, 끝까지 읽어봐요. 미리 알면 재미없잖아."

애거서 크리스티의 『13인의 만찬』을 먼저 읽은 어머니와 읽는 중인 아버지가 나누는 대화였다.

부모님은 매사 근검절약했지만 책에는 후했다. 출판사 외판원이 내놓은 책 카탈로그를 현관에 앉아 골똘히 들여다보던 엄마의 모습이 기억난다. 초등학생이었던 어느 날, 연보라색 표지의 36권짜리 하드커버 전집이 집으로 배달돼왔다. 금성출판사에서 나온 〈소년소녀 한국문학/현대문학 중·장편〉이었다. 첫인상이 그다지 좋지는 않았다. 삽화는 어설프고 제목도 뭔가 이상했다. 『쌍무지개 뜨는 언덕』『가는 날 오는 날』『달 속의 푸른 바람』『별을 헤는 소녀들』『남궁동자』『얄개전』 등

등. 좋게 말하면 복고적이고, 나쁘게 말하면 촌스러웠던 것이다. 시큰 둥해 있던 내게, 엄마가 책 한 권을 집으며 말했다.

"이거, 엄마가 어릴 때 읽었던 책이야. 참 좋아했었는데."

어린 엄마가 좋아했던 책. 고전 말고도 어린 시절의 엄마와 내가 공유할 수 있는 책이 있다는 게 신기했다. 그 책을 읽어야 나도 엄마처럼 어른이 될 수 있을 것 같았다. 엄마의 하이힐을 몰래 신어볼 때와 비슷한 심정으로 나는 그 책, 『바람의 선물』을 가장 먼저 읽었다.

『바람의 선물』은 『젊은 느티나무』로 잘 알려진 강신재康信哉(1924~2001)의 작품으로, 명랑하고 다정한 소녀 '미화'를 주인공으로 한 청춘소설이다. 이야기는 초등학교 5학년인 미화가 폐병으로 요양 중인 아버지를 만나러 기차를 타고 H라는 도시의 자혜병원으로 가는 장면으로 시작된다. 그곳에서 미화는 아버지의 친구이자 자혜병원 원장인 오 박사의 집에 묵게 된다.

갑순이, 을식이, 병호, 정혜, 무영이……

오 박사님네 형제들은 순차례로 그런 이름들을 가지고 있었다.

갑, 을, 병, 정……

미화는 처음 농담인가 싶었는데 정말임을 알고는 신기하기도 하고 우습기도 하였다.

엄마를 따라잡고 싶어 이 책을 집어든 나는 이 장면에서부터 막혔다. 십간++이 뭔지 몰랐던 내가 '갑을병정무기경신임계'의 순서를 알리 만무했다. 뭔가 어려웠지만 어쨌든 '갑을병정무'의 순서를 외우고선 책장을 넘겼다. 다음 날 아버지를 만나고 온 미화는 다시 오 박사네 집에서 묵었다가 평생 잊을 수 없는 광경을 보게 된다.

잘 때 되어서 보니 그 집 식구들은 누구나 다 밀가루 자루 같은 흰 자리옷을 입는 것이었다. 영락없는 자루에다 목과 팔이 나올 구멍만 뚫려 있다. 정혜는 매우 부러운 듯이 미화의 핑크색 잠옷을 만져보았다.

그날 밤 미화는 정말 놀라운 일을 당하였다. 한밤중에 무언지 소란한 기색이 나 눈을 떴다. 파리장 문이 있으므로 모기장은 치지 않고 사이의 문도 모두 열어놓고 자고 있었다. 저쪽 방에서 무슨 일인가가 일어나고 있었다. 깜깜한 속에 뭔가 허옇고 커다란 그림자가 너울너울 방을 질러가는 것이었다. 그러더니 방 안 이 구석 저 구석으로 횟닥횟닥 뛰기 시작하였다.

미화는 너무 놀라고 무서워서 악! 하고 소리를 지르고 말았다. 그리고 이불을 뒤집어썼다. 갑순이와 을식이, 정혜까지 모두 뛰어 일어나 그쪽으로 달려간다.

"어머니, 어머니, 정신 차리세요. 어머니!"

"불이야!"를 외치며 너울대는 그림자의 정체는 오 박사의 부인이었다. 진정 주사를 맞고서야 비로소 부인은 잠이 든다. 이 여행을 다녀오고 나서 두 달 뒤 미화는 아버지의 부고計告를 받는다. 아버지의 죽음 후 미화네는 서울로 이사를 한다. 그로부터 2년 반, 중학생이 된 미화에게 또 다른 변화가 찾아온다. 여성 관련 기관에서 일하던 어머니가 1년간 미국으로 파견을 가게 된 것. 어린 남동생은 시골 외가에 맡겨지고, 미화는 마침 서울로 옮겨온 오 박사네 집에서 신세를 지게 된다. '갑을병정무'의 어머니는 세상을 뜨고, '미시즈 오'라고 불리는 새 부인이 들어와 있었다. 미화, 오 박사네 아들 병호, 병호의 여동생 정혜, 병호의 친구 현, 그리고 미시즈 오의 조카인 홍콩 소년 주안. 이들 사이에 오가는 미묘한 화학작용이 소설의 중심이지만, 초등학생이었던 나는 사춘기 소년 소녀의 밀고 당김을 이해하기엔 너무 어렸다.

감정 표현이 솔직한 홍콩 소년 주안은 미화에게 적극적으로 호감을 표시한다. 그는 자기 루비 목걸이를 미화의 짐 속에 몰래 넣어둔다. 시골 외가에 내려가 짐을 풀던 미화는 뜻밖의 물건에 깜짝 놀란다.

레이스가 많이 달린, 미화가 제일 소중해하는 흰 블라우스를 꺼냈을 때에 무언가 버거버거 하는 것이 함께 손에 잡혀졌다. 옷섶 사이에 흰 각봉투가 들어 있었던 것이다.
'이게 뭘까?'
미화는 봉투를 열어보았다. 노란 체인 가운데에 달린 한 알의 구슬, '루비'라고 하는 빨간 아름다운 구슬. 쥬안이 언젠가 목에 늘

이고 있는 것을 흘깃 본 일이 있었던 바로 그것이었다.

목걸이가 탐난 미시즈 오가 주안에게 목걸이의 행방을 묻지만, 쑥스러웠던 주안은 잃어버렸다고 둘러댄다. 그러자 화살은 애꿎은 현에게 돌아간다. 경솔한 미시즈 오가 형편이 어려운 현이 목걸이를 훔쳐갔다고 단정해버린 것. 나중에 주안이 미화에게 목걸이를 주었음을 알고 미화를 원망하는 현, 현에 대해 미안함과 서운함을 함께 느끼는 미화의 섬세한 감정 묘사가 이 풋풋한 소설을 읽어나가는 재미다. 미국의 어머니가 병호에게 주라고 보내온 사자머리 버클을 미화가 현에게 선물하는 장면을 보자.

"어머니가 먼 데서 보내신 거니까 받아주세요."
현은 분명히 거절하고 싶다는 얼굴을 지었다. 미화는 물러서지 않았다. 현은 마지못한 듯,
"감사합니다."
그 작은 물건을 받아 쥐었으나 기뻐하지 않는 표정이었다.
그 뒤로 미화는 물론 몇 번이나 현을 볼 기회를 가졌었다. 그러나 그는 한 번도 미화가 선사한 버클을 하고 있지 않았다. 그는 아마 그 물건을 잘 펼쳐 보는 일도 없이 서랍 속 같은 데에 집어넣고 말았을지도 몰랐다.
'쥬안의 일은 내 본의가 아니었어요……'

그렇게 아이는 성장한다

"그거 목구이예요. 틀림없이
그럴 거야. 그리고 집에 가면
또 있어요."
"또 있는 건 있는 거구."
"그만두시라니까."
규안이 악을 쓰므로 그만두
기는 하였으나 다음 날 현이
와서 명호와 같이 앉아 있을
때에 부인은 불현듯 현에게 의
심이 일어나 그처럼 명호의 방
으로 달려갔던 것이다.

제발 그런 일 갖고 떠들지 말아 달라고 규안이 날뛰어서
주인도 하는 수 없이 더 소동은 안 피우고, 어물어물 그 자
리 일어 온 채 규안은 흥분에 쌓여가 버린다.
하나, 거북한 것은 명호의 입장이었다. 그는 애매하나

현에게 보인 태도나 자기에게
한 일을 생각하면 할수록 의분(義憤)
이 솟구쳐 올라서, 규안이
없어진 뒤로는 더 노골적으로
일그러붙인 얼굴만 보이고 있
었으므로, 부인도 현이 수상쩍
다는 얘기를 더 꺼내지는 않았
지만, 명호가 없는 자리에서는
여전히 넋두리를 늘어놓는지,
오 박사도 그 소리를 귀에 담
은 눈치 같았고, 정혜는 정혜
대로, 진작부터 기미를 알아차
린 듯 행금행금 명호의 낯색을
엿보는 것이었다.

명호는 몹시 피로왔다.

규안은 아마 어디서 떨어뜨렸을 것이라고 도시 문제삼지
도 않는 태도이으니까, 현에게 그런 혐의가 가 있으리라고는
꿈에도 모르고 출발하였지만, 당사자인 현으로 보면 얼마나
굴욕적인 처지에 놓인 셈인가!

미화는 서운하였으나 어떻게도 할 수 없는 일이었다.

　세월이 지나 각각 여고생과 의대생이 된 미화와 현이 병호 남매와 어울려 음악회를 감상한 다음 이런 장면이 나온다.

미화는 잠깐 눈을 들었으나 곧 앞을 향해 고개를 돌렸다. 할 말은 아무것도 없다는 얼굴이다. 위치는 완전히 뒤바뀌었다. 현은 무어라고 말을 붙여볼 여지도 발견할 수가 없었다.
'그처럼 기분이 상했어? 그렇다면 할 수 없군, 할 수 없군 그래…….'
언젠가 미화가 한 것같이, 이번에는 현이 그렇게 중얼거렸으나, 가슴속을 스산한 바람이 불고 지나가는 듯한 감을 금할 길이 없었다. 바람이 불고 지나간 자국에는 쓰라림이 남았다.

　이 소설은 내게 '여고생'을 동경하게 했다. 여고생인 미화를 참 어른스럽고 멋있게 묘사했기 때문이다. 미화의 친구인 옥순이, 정혜의 친구인 리인도 마찬가지다.

이사 하고 얼마 있지 않아 놀라웠던 일은 리인이 하학길에 책가

총명스런 얼굴만 보여 온 것은   ...가 잘못이 아니기에,
도대체 미화가 자기에게 무슨 해를 끼쳤기에……
상냥하게 웃는 얼굴을 다시 보고 싶다. 하디 못해 보기라
쳐다보는 눈길이라도 도로 찾았으면 좋겠다. 하디 못해 보기라
하지만 무슨 방법으로 그렇게 할 수 있을까……
방안도 떠오르기 전에 미화의 얼까지 와 버리고 말았다.
미화는 잠깐 눈을 들었으나 곧 있을 함해 고개를 돌렸다.
말은 아무것도 없다는 얼굴이다. 현은 무어라고 말을 붙여
…지는 완전히 뒤바뀌었다.
…도 발전할 수가 없었다.
'그처럼 기분이 상했
이? 그렇다면 할
수 없군, 할 수
없군 그래……'

…런가 미화가 한 것같이,
…에는 현이 그렇게 중얼거
…었다. 가슴 속을 스산한 바
…을 묻고 지나는 듯한 감을
…길 길이 없었다. 바람이 불
…난 자국에는 쓰라림이 남
…었다.
…악회가 끝나고 거리에 나
…데 그들은 모두 각기 벅
…은 기분이랄 수는 없었다.

걸어차면서 걸어가고 싶은 마음을 돌멩이라도
예상 그럴 수는 없으니까 내색은 하지 않는다……
…가 제일 또랑또랑하여 별호와 몇 마디 주고받았다. 그래도
…그릇이라도……

방을 들고 옥순이를 찾아온 사건이었다. 시니쯜러의 책을 두고
가면서 옥순이로부터는 니이체를 가져갔다. 열을 띤 그들의 대
화를 미화는 조용히 귀 기울여 들었다. 예민한 감성을 가지고,
그러나 겸허한 태도로.

이 책이 출간된 1967년의 여고생은 과연 '니이체'(니체)와 '시니쯜
러'(슈니츨러)를 읽었을까? 1997년의 여고생이었던 나는 도무지 이해
할 수 없는 경지다. 아무튼 시간이 흘러 미화와 현 사이의 오해는 눈
내리던 어느 날 눈 녹듯 사라진다. 맹장염으로 입원한 미화의 어머니
를 병문안 오던 현이 우연히 마주친 미화의 짐을 들어준 것이 계기였
다. 그날 저녁, 병원을 나서던 미화는 다시 현과 마주치게 되고 문제의
그 '목걸이'에 얽힌 일을 낱낱이 털어놓는다.

현은 걷기 시작하였다. 맹렬한 속도를 내어서 미화를 혼자 뒤에
버려두고 간다. 한참 가더니 생각이 났는지 멈춰 서서 고개를 돌
려 보고, 그리고 이편으로 되돌아왔다.
"미화에게 사과를 해야겠어. 나는 미화가 누군가로부터 그런 것
을 받았다는 일에 사실은 굉장히 화를 내고 있었어요. 당치 않은
일이라고 생각하면서도……. 미안했습니다. 미화, 용서해줘요."
미화는 살래살래 머리를 저었다. 그런 일은 조금도 사과하지 않

그렇게 아이는 성장한다

아도 좋고, 또 자기는 여러 가지 면에서 그를 위로하고 격려해주고 싶다는 생각으로 가슴이 가득하다고 알리고 싶었으나 말을 할 수가 없어 입술만 물면서 그렇게 하였던 것이다.

미화에게 화가 났던 건 자신이 목걸이 도둑으로 의심 받았기 때문만이 아니라, 미화가 다른 남자로부터 선물을 받았기 때문이라는 사실을 솔직하게 인정함으로써 현은 마음의 짐을 내려놓는다. 오랫동안 죄책감을 가졌던 미화도 마음 놓고 현에게 호감을 표시한다. 두 사람의 관계는 크리스마스 이브, 주안이 느닷없이 약혼녀와 함께 그들을 찾아오면서 더욱 단단해진다. 이 책의 제목이 『바람의 선물』인 것은 결국 스쳐 지나가는 바람이었을 뿐인 주안의 '선물' 덕에 두 사람이 마음을 확인할 수 있었기 때문일 것이다. 소설은 이렇게 끝난다.

현과 미화는 또 얼굴을 마주 보았다. 그리고 미소한다. 다시금, 어째서랄 것도 없는 행복감이 전신으로 따뜻한 물처럼 번져가는 것이었다.

고향집에 있는 이 책을 엄마에게 부쳐달라고 부탁해 다시 읽었던 날, 집에 전화를 걸어 물어보았다.

"엄마, 엄마는 이 책이 왜 좋았어?"

"책에서 주인공이 폐병에 걸린 아버지 병문안을 가잖아. 예전에 마산에 결핵 요양원이 있었거든. 그런 걸 떠올리게 하는 게 어쩐지 좋았지. 그리고 그 아이 많은 집 식구들이 엄마가 아파서 신경을 못 쓰니까 다들 자루 같은 잠옷을 입고 있잖아. 그것도 재밌었고."

"그런데 이 책을 왜 나한테 사줬어? 그리고 그 전집은?"

"엄마가 다 어릴 때 읽은 책이거든. 그러니까 너희들한테도 읽히고 싶었지."

그 전집 속 현실은 대개 가난하고 참혹했다. 김내성의 『쌍무지개 뜨는 언덕』에선 쌍둥이 자매 중 한 명이 가난 때문에 부잣집에 입양된다. 최정희의 『별을 헤는 소녀들』에선 고아가 된 자매가 어머니의 어릴 적 친구 집에서 더부살이를 한다. 이영호의 『아버지의 수여도』 주인공은 나병에 걸린 아버지 때문에 따돌림 당하는 소녀이고, 박화목의 『밤의 걸어가는 아이』의 전쟁고아는 미군 기지에서 구두를 닦는다. 1980년대 후반의 내게도 낯설었던 이야기가 요즘 청소년들에게 호응을 얻을 리가 없다고 생각한 모양인지 이 전집의 책들은 대개 절판됐다.

"하긴 그 책들 덕분에 난 전쟁 직후의 사회상을 알게 됐어. 문학의 힘이란 겪어본 적 없는 시공간을 이해할 수 있도록 해주는 것 아닌가? 그 책들이 절판된 게 참 아쉬워."

수화기 너머로 엄마가 웃었다. 어쩌면 책을 통해 딸과 한층 더 깊게 연결된 듯한 기분에 흡족해하고 있었을지도 모르겠다.

그렇게 아이는 성장한다

집을 떠난 지도 벌써 15년이 되었다. 나는 이제 엄마와 옷을 같이 입지도, 부모님과 한 식탁에서 밥을 먹지도 않는다. 그럼에도 여전히 우리 가족은 단단히 이어져 있다고 생각한다. 나는 종종 집으로 택배 상자를 부친다. 상자 속엔 내가 읽은 책들이 들어 있다. 책이라면 가리지 않고 모조리 집으로 보낸다. 『그레이의 50가지 그림자』부터, 마이클 코넬리 신작까지. 나 못지않게 남독濫讀하는 부모님이 모든 책을 다 반길 것을 알고 있기 때문이다. 집에 전화를 할 때마다 나는 어김없이 묻는다.

"엄마, 요즘은 무슨 책 읽고 있어? 아버지는 뭐 읽으셔? 내가 보내준 책은 다 읽었어?"

그러면 엄마는 "그레이 씨가 아나에게 선물한 팔찌의 가격이 궁금해 원화로 환산해보곤 지나치게 비싼 데 놀랐다"느니, 책을 읽은 아버지가 "아람이 수준이 그럼 그렇지" 했다느니 등의 이야기를 신나게 전해준다. 엄마의 목소리를 들으며 나는 내가 세상에 혼자가 아니란 것에 안도한다. 서울에서, 천 리 길 진주에서, 우리는 같은 책을 읽고 있다. 우리 가족은 한솥밥을 먹는 '식구食口'라기보다는 같은 책을 읽는 '독인讀眼'인 셈이다.

상처 없는 삶은
없다

『스물네 개의 눈동자』

쓰보이 사카에 지음, 김난주 옮김, 자유포럼, 1997(절판)

여성과 아이는 무력해서 평화를 중시하는 것일까. 아니면 반전(反戰)은 여성과 아이의
본능인 것일까? 『스물 네 개의 눈동자』를 다시 꺼내 읽은 것은 그런 생각들의 답을 찾기 위해서였다.
이 책을 읽을 때면 언제나 그랬듯, 책장을 넘기는 내내 흐느껴 울었다.
이 책은 안온하게 자라온 내게 전쟁의 무서움과 가혹함, 반전과 생명의 소중함을 가르쳐주었고,
막연히 '악의 무리'라고만 생각해왔던 일본을 나름 균형 잡힌 시각으로 바라보게 해주었다.

수년 전 보았던 이준익 감독의 영화 「황산벌」에서, 가장 인상에 남았던 것은 배우 김선아가 맡았던 계백의 처가 한 말이었다. 전장戰場에 나가기 전 자식들을 제 손으로 죽이려는 계백에게 아내는 암호랑이처럼 달려들며 이렇게 소리친다.

"전쟁을 하든 말든 나라가 망하든 말든 그것이 뭐인데 니가 뭔데 내 새끼를 죽여!"

나는 딱히 반전주의자도 평화주의자도 아니지만, 어쨌든 새끼를 빼앗기지 않겠다는 어미의 울음만큼은 마음에 깊이 박혔다. 얼마 전에는 류승완 감독의 「베를린」을 보았다. 영화에서 전지현이 맡은 베를린 주재 북한대사관 통역관 역이 「황산벌」의 김선아 역할과 겹쳐 보였다. '공화국의 영웅'으로 칭송 받는 북한 공작원 남편(하정우)과는 달리, 공화국보다, 당黨보다 배 속 아이와 남편의 사랑이 우선인 여자. 여성과 아이는 무력해서 평화를 중시하는 것일까, 아니면 반전反戰은 여성과 아이의 본능인 것일까? 쓰보이 사카에壺井榮(1900~67)의 1952년

작 『스물네 개의 눈동자』를 다시 꺼내 읽은 것은 그런 생각들의 답을 찾기 위해서였다.

이 책을 읽을 때면 언제나 그랬듯, 책장을 넘기는 내내 흐느껴 울었다. 휴일 집에서 혼자 동화책을 읽으며 우는 30대 중반 여자라니. 남들에겐 시트콤의 한 장면처럼 우스꽝스러울지도 모르지만, 이 책에는 사람을 울리는 힘이 있다. 이 책은 안온하게 자란 내게 전쟁의 무서움과 가혹함, 반전과 생명의 소중함을 가르쳐주었고, 막연히 '악의 무리'라고만 여겼던 일본을 나름 균형 잡힌 시각으로 바라보게 해주었다.

초등학교 때 친구네 집에 있던 금성출판사 〈소년소녀세계문학〉 전집에서 이 책을 우연히 읽고 큰 감동을 받았던 나는, 그 친구네 집에 갈 때마다 이 책을 반복해 읽었다. 대학교 시절에는 이 책이 단행본으로 나왔다는 것을 알고 당장 살 만큼 좋아했다. 보통 어릴 때 읽은 책을 나이 들어 다른 번역으로 읽으면 감동이 반감하는 경우가 많은데, 이 책만큼은 김난주 선생의 명번역 덕인지 처음 읽었을 때의 감흥이 고스란히 느껴졌다. 나는 가장 친한 친구 생일에 이 책을 선물하고, 읽을 자신도 없으면서 일본어 원서를 사기도 했는데, 안타깝게도 금성출판사 판은 물론 내가 기지고 있는 재발행된 책마저 지금은 절판돼 구하기 어렵다.

1928년 4월 시코쿠四國 가가와香川 현의 한 섬마을에 젊은 여교사 오이시가 부임해 오는 것으로 이야기가 시작된다. 섬마을 분교 1학년 학생 열두 명을 맡게 된 오이시 선생은 학생들의 반짝이는 눈동자를 보

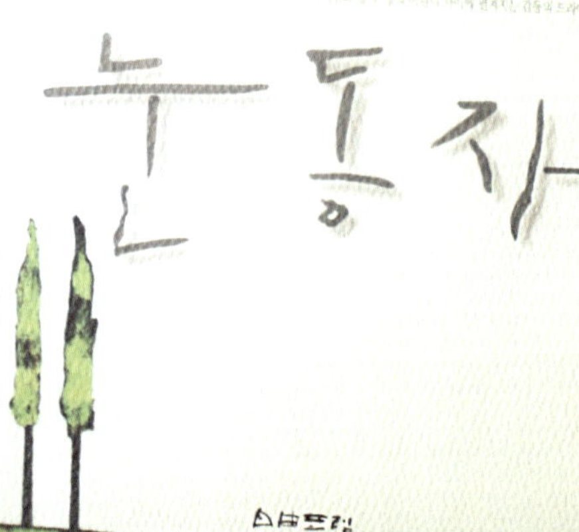

왼쪽은 내가 어릴 때 읽었던 금성출판사 판본이고 오른쪽은 대학생이 되어 다시 읽은 판본이다.

면서 '이 눈동자를 더럽혀서는 안 되리라' 결심하고, 그들과의 인연을 수년간 이어나간다. 소설 제목이 『스물 네 개의 눈동자』인 것은 그 때문이다.

근대 이후 일본을 배경으로 한 책을 처음 접했던 내게 가장 놀라웠던 것은 소설 속에 묘사된 지독한 가난이었다. 부국富國 일본에 이렇게 가난한 시절이 있었다니. 나는 동질감과 안쓰러움이 뒤섞인 감정으로 책을 읽어나갔다. 사고로 발목을 다치는 바람에 분교를 떠나게 된 오이시 선생은 그로부터 4년 후인 1932년 분교로 재발령을 받아 5학년이 된 첫 제자들과 재회한다. 당시 대공황 때문에 일본은 불황에 허덕였고, 아이들은 운동화는 꿈도 못 꾼 채 새 짚신만으로도 만족했다. 다만 가난한 목수의 딸 마쓰에에겐 갖고 싶은 것이 하나 더 있었다. 바로 나리꽃이 그려진 알루미늄 도시락통이다. 낡은 버들고리 도시락통이 창피했던 마쓰에는 어머니에게 계속 나리꽃 도시락을 사 달라고 조른다. 얼마나 갖고 싶었으면 갓 태어난 여동생 이름에 '유리ゆり'(나리꽃)를 넣을 정도다.

마쓰에는 신나는 일이라도 있는 양 씨 웃으면서

"선생님."

작은 돌 선생님을 불렀다.

"그래그래, 좋은 일이라도 있는 모양이로구나. 뭔데?"

"저 있죠, 엄마가 자리에서 일어나면 알루미늄 도시락 사준다고 그랬어요. 뚜껑에 나리꽃 그림이 있는, 그런 도시락이요."

마쓰에는 숨을 훅 들이쉬면서, 얼굴 가득 기쁨을 드러내었다.

"어머나, 좋겠구나. 나리꽃이 그려져 있다고. 아아, 그럼 동생 이름도 그거니?"

그러자 마쓰에는 수줍음과 기쁨을 온몸으로 나타내듯 어깨를 비틀면서,

"아직, 몰라요."

"아니, 알도록 해봐. 동생 이름도 유리(나리꽃이라는 뜻)로 하면 어떨까. 유리코? 유리에? 선생님은 유리에 쪽이 더 좋은데. 유리코는 요즘 흔하니까."

어릴 때 읽은 금성출판사 판엔 '나리꽃'이 아니라 '백합'이라 번역돼 있었기 때문에, 나는 이 책을 통해 '백합'이 일어로 '유리'라는 것을 알게 되었다. 이후로 백합꽃을 볼 때면 어김없이 백합꽃이 그려진 도시락통을 가지고 싶어했던 마쓰에와 여동생 유리에를 떠올리곤 했다.

마쓰에의 천진한 유년기는 나리꽃 도시락통에 대한 욕망을 끝으로 막을 내린다. 어머니가 산욕열로 숨지고, 유리에도 곧 죽고 만 것이다. 어린 동생이 둘이나 더 있는 맏딸 마쓰에는 어머니 역할을 대신하느라 학교를 그만둔다. 오이시 선생이 나리꽃 도시락통을 선물하며 학교에 나오라고 설득했지만 그녀는 오사카의 친척네 집에 양녀로 갔다는 소문만 남긴 채 섬에서 자취를 감춘다. 그리고 이듬해 가을 6학년 수학

여행으로 간 다카마쓰의 우동집에서 오이시 선생은 이런 광경을 보게
된다.

"어묵 하나!"
하고 외치는 소녀의 힘차고 낭랑한 목소리에 오이시 선생님은
퍼뜩 놀랐다. 엉겁결에 소리를 지를 뻔했을 만큼 마음을 울리는
소리였다. 이 주변에서는 보기 드물게 새끼줄로 포렴을 드리운
가게 안에서 들려온 소리였다. 언뜻 그 가게를 들여다보자, 모모
와레(머리채를 양 갈래로 고리처럼 묶어 올리고 가운데를 부풀린) 머
리를 요란한 비녀와 조화로 장식하고, 손은 빨간 앞치마로 감싸
듯 포개고 서 있는 여자애가 있었다.
(중략)
"마쓰에, 너 마쓰에 맞지?"
들어온 손님이 느닷없이 그런 말을 하자, 소녀는 숨을 삼키며 한
걸음 뒤로 물러났다.
"오사카에 간 거 아니었니, 마쓰에. 죽 여기 있었던 거야?"
빤히 들여다보는 손님의 표정에 마쓰에는 간신히 정신이 들었는
지, 훌쩍훌쩍 울기 시작하였다.

가난은 아이를 일찍 어른이 되게 한다. 오이시 선생의 제자들에게도
유년은 가혹하리만치 짧았다. 소녀들은 소학교 졸업 후 저마다 교사

로, 산파産婆로, 식모로 자신의 길을 가고, 소년들의 절반은 군인이 되고 싶다고 한다. 정성 들여 가르친 제자들이 절반이나 군인이 되겠다고 하는 현실에 넌더리가 난 오이시 선생은 교사직을 그만두고, 이후 8년간 세 아이의 엄마로 묵묵히 살아간다. 태평양전쟁이 발발하고, 남편이 전사한다. 제자들은 징집당해 전쟁에 나간다. '천황'의 이름으로 명예롭게 싸우다 죽겠다는 제자들에게 오이시 선생은 속삭인다.

"명예로운 전사 따위, 할 필요 없어. 꼭 살아 돌아와야 해."

1945년 8월 15일, 일본은 패전한다. 소설에서 그날의 상황은 오이시 선생과 초등학교 5학년생 맏아들 다이키치의 대화를 통해 이렇게 묘사된다.

"왜 그렇게 풀이 죽어 있는 거야. 이제부터야말로 어린이들은 어린이답게 공부할 수 있게 되었잖니. 자, 밥 먹자."
그러나 여느 때 같으면 요란 법석을 떨 밥상머리에서, 다이키치는 눈길조차 돌리지 않고 말했다.
"엄마, 전쟁, 졌대요. 라디오, 못 들었어요?"
그의 목소리에 비장감마저 어려 있었다.
"들었다. 하지만 아무튼 전쟁이 끝났으니, 잘된 일 아니니?"

그렇게 아이는 성장한다

“졌는데도요?”

“그래. 엄마는 그렇게 생각한다. 앞으로는 전쟁 때문에 사람들이 죽는 일이 없을 테니까. 살아 있는 사람들은 돌아오고.”

“일억옥쇄—億玉碎가 아니었어요!”

“그래, 아니라서 다행이잖아.”

“엄마, 안 울어요? 졌는데도.”

“엄마는 기쁘다.”

힐난하듯 말했다.

“어리석은 마음은 먹지 말아라 다이키치. 어떻게 된 거니. 우리 아빠도 전사하지 않았니. 이제 돌아오지 않아, 다이키치.”

그 싸늘한 목소리에 깜짝 놀라, 처음으로 다이키치는 어머니를 똑바로 쳐다보았다.

일본인은 다 전쟁을 지지하는 것이 아니었던가? 그들은 피에 굶주린 민족이 아니었던가? 패전은 그들에게 치욕스러운 날이 아니었던가? 나는 다소 충격을 받아 이 장면을 읽고 또 읽었다. 남편이 전사하자 정부에서 보내온 명예문패를 싸늘하게 무시하며 “이런 것을 문에 단다고 죽은 사람이 돌아오나. 기가 차서”라고 하는 오이시 선생을 보면서 나는 처음으로 생각했다. ‘전쟁은 대체 누구를 위한 것인가.’ 「황산벌」과 「베를린」이 던진 그 물음을, 나는 쓰보이 사카에를 통해 처음 품게 된 셈이다. 남자가 대의를 말할 때, 여자는 새끼를 챙긴다. 여자였고 엄마였던 작가가 모성의 눈으로 바라본 전쟁은 명분 없는 살육이 었던 것이다.

패전 후 오이시 선생은 생계를 위해 다시 섬마을 분교 교사로 복귀한다. 18년 전 그를 설레게 했던 스물 네 개의 눈동자, 그 열두 명의 아이들 중 세 명이 전사했다. 행방불명이 된 제자도, 폐병으로 죽은 제자도, 화류계로 팔려간 제자도, 전쟁에서 눈을 다쳐 장님이 된 제자도 있다. 소설은 살아남아 오이시 선생과 연락을 계속한 제자 몇몇이 어느 봄날의 휴일, 요릿집에 모여 오이시 선생과 만나는 것으로 끝난다. 딸을 오이시 선생에게 맡긴 마쓰에가 그 나리꽃 도시락통에 쌀을 담아와 친구들에게 보여주는 장면에서, 그리고 장님이 된 이소키치가 1학년 때 선생님 댁 병문안을 가서 모두 함께 찍었던 사진을 손가락으로 짚어보는 마지막 장면에서, 나는 언제나 심하게 흐느껴 운다.

"조금은 보이는 거야, 손키?"
이소키치는 웃었다.
"눈동자가 없는데 어떻게 보여, 키친. 그래도 이 사진은 보여. 자여기 한가운데에 선생님이 계시고, 그 앞에 나랑 다케이치랑 니타가 나란히 서 있고. 선생님 오른쪽의 애가 마쓰에고, 이쪽이 후지코잖아. 마쓰에가 왼쪽 새끼손가락을 깍지 끼고 있고. 그리고."
이소키치는 확신에 찬 말투로, 사진 속의 친구들을 한 명 한 명 집게손가락으로 짚어 보였지만 조금씩 빗나간 곳을 더듬고 있었

다. 맞장구를 치지 못하는 기치지를 대신하여 오이시 선생님이
대답하였다.

"그래, 그래, 정말이네."

명랑한 목소리로 호흡을 같이 하고 있는 선생님의 뺨으로 눈물
이 줄기를 이루었다. 모두들 잠잠한 가운데, 사나에가 벌떡 일어
났다. 취한 마스노는 혼자 난간에 기대어 노래를 불렀다.

봄날의 꽃밭
빙빙 도는 술잔의 그림자에

자신의 아름다운 노랫소리에 취한 듯 마스노는 눈을 감고 노래를
부르고 있었다. 그것은 6학년 학예회 때, 마지막 프로그램으로
독창을 한 덕분에 그녀의 인기가 단번에 올랐던 노래였다. 사나
에가 느닷없이 마스노의 등에 달려들면서 흑흑 흐느껴 울었다.

폐허 속에서
아이들은 어떻게
살아남는가

『슬픈 나막신』
권정생 지음, 우리교육, 2002

『슬픈 나막신』은 내게 『스물네 개의 눈동자』와 이란성 쌍둥이처럼 기억되는 책이다.
한 권은 한국인이 썼고, 다른 한 권은 일본인이 썼다는 차이만 있을 뿐
두 책의 주제는 동일하다. 전쟁은 누구를 위한 것인가,
나아가 어른들이 총칼로 싸우는 동안 아이들은 현실과 어떻게 싸우는가.

『스물네 개의 눈동자』를 읽었던 일요일, 권정생權正生(1937~2007) 선생의 『슬픈 나막신』을 이어 읽었다. 예상했던 대로 또 울었다. 책을 읽는 동안 간간이 회사에서 전화가 걸려왔다. 코맹맹이 소리를 내지 않으려 애써 멀쩡한 척 전화를 받고, 일을 처리하고, 다시 책장을 넘기며 눈물을 삼키는 일의 반복.

『슬픈 나막신』은 내게 『스물네 개의 눈동자』와 이란성 쌍둥이처럼 기억되는 책이다. 지은이도 다르고, 출판사도 다른 두 책을 책장에 나란히 꽂아두었던 것은 도저히 두 책을 분리해 생각할 수 없었기 때문이다. 한 권은 한국인이 썼고, 다른 한 권은 일본인이 썼다는 차이만 있을 뿐 두 책의 주제는 동일하다. 전쟁은 누구를 위한 것인가, 나아가 어른들이 총칼로 싸우는 동안 아이들은 현실과 어떻게 싸우는가.

『슬픈 나막신』을 나는 『꽃님과 아기 양들』이라는 제목의 책으로 처음 접했다. 초등학교 4~5학년 무렵이었다. 당시 엄마는 내 성화에 못 이겨 어린이 월간지 『새벗』을 정기구독하게 해줬는데, 2년 정기구독자에게 사은품으로 준 〈새벗 문고〉에 『꽃님과 아기 양들』이 있었다. 30권 가량의 〈새벗 문고〉는 공짜로 얻은 책이라 그런지 내게 깊은 인상을 남기진 않았고, 슬그머니 나타나 우리 집 책장을 차지했던 것처럼 언제인지 기억도 안 나는 어느 날 홀연히 사라져버렸다. 그 시절 나타났다 사라진 아동문고들이 대개 그러하듯, 지금 〈새벗 문고〉는 돈 주고도 못 구하는 희귀본이 되어버렸다.

대접 받지 못했던 그 30여 권의 책 중에서도 두고두고 기억나는 책이 두어 권 있다. 『꽃님과 아기 양들』이 그중 하나다. 배경은 일제강점기, 가난한 조선인들이 모여 살았던 도쿄 시부야의 혼마치. 그 동네 조선 아이들과 일본 아이들의 우정과 갈등이 책의 중심축을 이룬다. 제목에 나오는 꽃님은 여주인공으로, 부유한 조선인 남자와 일본인 여자 부부에게 입양된 고아 소녀다. 어린 시절에 책을 읽으면서 내가 꽤나 헷갈린 부분이 있는데, 고아원에 남아 있는 꽃님이의 동생 이름이 '스즈코'였다는 점이다.

언니는 한글 이름인데, 여동생은 왜 일본 이름을 가지고 있을까? 이 의문은 20여 년 후인 2002년 우리교육에서 『슬픈 나막신』이란 이름으로 재발간한 책을 보면서 비로소 풀렸다. 원래 작가가 지은 여주인공의 이름은 '하나코'였지만, 일본 아이를 주인공으로 내세울 수 없었던 시대 분위기 때문에 '꽃님'으로 고쳤다는 것이다. '하나코'가 '화자花子'니까 꽃님이라 했구나 하고 생각했다.

책에는 당시 조선과 일본의 관계, 국가 대 국가의 문제 때문에 미묘하게 번지는 아이들 사이의 갈등, 결국 다시 화해하고 사이좋게 노는 아이들의 세계가 조선 소년 준이와 일본 소녀 하나코의 시선을 중심으로 섬세하게 그려져 있다. 작가 자신이 1937년 도쿄에서 태어나 광복 직후인 1946년 귀국했기 때문에, 아마도 책에 나오는 아이들의 이야기엔 작가의 체험이 반영돼 있을 것이다.

히로시는 턱이 뾰쪽한 삼각형 얼굴을 무섭게 하고 째려봤다. 땀방울이 흐르는 용이의 얼굴을 그렇게 노려보더니, 대뜸 커다란 손바닥으로 용이의 왼쪽 뺨을 호되게 갈겼다.
"조센징 자식!"
준이는 가슴이 철렁 내려앉는 것 같았다. 용이는 와악, 소리를 지르며 뺨을 두 손으로 움켜잡고 땅바닥에 털썩 주저앉아 하늘이 떠나가도록 울기 시작했다. 히로시는 카즈오의 손을 잡고 아무렇지도 않게 성큼성큼 걸어서 가버렸다.
준이는 히로시의 뒷모습을 뚫어져라 바라보았다. 억울하고 분했다. 속이 꿈틀거렸다. 보통 때는 아이들이 '조선놈, 조선놈' 하고 놀려도 별로 화를 내지 않았다. 아이들은 함께 놀다가도 곧잘 노래처럼 조선 애들을 놀렸다.

조선 사람 가엾다
어째서냐 말하면

어젯밤의 지진에
집이 모두 납작꽁
모두 모두 납작꽁

에이꼬도 준이한테 예사로 놀린다. 하나꼬도 한몫 어울릴 때가 있다. 카즈오도, 미쯔꼬도 같이 웃으며 놀려 댄다. 그럴 때면 조선 아이들도 지지 않고 맞서서 소리소리 질렀다.

일본 사람 가엾다
어째서냐 말하면
어젯밤의 공습에
집이 모두 납작꽁
모두 모두 납작꽁

아이들은 떠들다가 떠들다가 헤어져 갔다. 그러나 다음 날이면 언제 그랬냐는 듯 깨끗이 잊어버리고 어울려 놀았다. 다만 모두 같은 아이들이었다

'다만 모두 같은 아이들'이었지만, 어른들은 모두 같은 어른들이 아니었다. 준이의 큰형은 숨어서 독립운동을 하고, 어머니 청송댁은 몰래 정화수를 떠놓고 일본이 지기를 빈다. 술장사를 하며 거칠 대로 거칠어

『슬픈 나막신』은 『꽃님과 아기 양들』(새벗문고, 1975년)이라는 제목으로 먼저 출간되었었다.

진 분이네 엄마 호남댁은 '조선에서 제일 아름답고 쌀이 많이 난다는 고향'을 꿈에도 잊지 못한다. 가즈오와 용이는 때때로 다퉈도 친구이 지만, 가즈오의 형 히로시는 준이의 작은형 걸이와 걸핏하면 주먹다짐 이다. 어른들의 이 복잡한 세계를 이해할 수 없는 아이들은 묻는다.

"준아, 왜 조선 애는 나쁘니?"

용이가 준이 곁에 다가와서 물었다.

"괜히 미우니까 그러는 거야."

"왜 밉니?"

"그건 말이지, 조선 사람은 저 바다 건너 먼 나라에서 온 사람들 이기 때문이야."

"바다 건너 먼 곳에 조선 사람의 나라가 있니?"

"그렇단다."

"그럼, 무엇 때문에 여기 와 있니?"

"가난하기 때문에 돈을 벌러 왔단다."

준이는 자꾸 목 안이 소물거리고 콧등이 찡해졌다. 바느질을 하 면서 구슬프게 부르던 이머니의 타령소리가 귓바퀴에 뱅글뱅글 돌고 있다.

"준아, 그런 게 아니야. 조선 사람은 나쁘지 않어. 그리고 일본 사람도 역시 가난하단다."

에이꼬는 기어코 검은 눈에 눈물이 맺힌 채 고개를 가로저었다.

그래, 일본인도 가난했지……. 준이를 좋아하는 일본 소녀 에이코의 말처럼, 가난은 전쟁 중인 일본을 비껴가지 않았다. 겨우 초등학교 4학년이지만 병든 아버지를 수발하던 에이코, 감자로 끼니를 때우거나 늘 배를 곯던 에이코, 같은 일본인이면서도 부유하다는 이유로 하나코를 미워하고 괴롭혔던 에이코는 결국 어느 겨울날 폐결핵으로 숨져 준이와 하나코 곁을 영원히 떠나버린다. 길고 하얀 목덜미에 새카만 눈동자, 조숙한 소녀 에이코를 떠올릴 때면 언제나 생각나는 풍경이 있다.

점심이 끝나자 에이꼬는 언제나처럼 '이로하 카드'를 장롱 서랍에서 꺼내었다. 6조방 벽에 바싹 붙여서 장롱이 놓여 있고, 장롱 위에는 예쁜 인형이 얹혀 있다.
준이는 그 인형을 볼 때마다 어쩐지 부러운 생각까지 들었다. 네모 유리상자 속에 든 한 쌍의 옛날 일본 옷차림의 인형이다. 방긋이 웃고 있는 모습이 꼭 살아 있는 것만 같았다. 에이꼬네 집 안을 이 한 쌍의 인형이 조금이나마 따뜻하게 밝혀주고 있었다. 쳐다보고 있으면, 어느 만큼 마음이 가라앉는 것이다.

낡은 다다미방에 고이 모셔진 고급스럽고 섬세한 일본 인형이 가난하지만 뼈대 있는 일본 가문의 자존심 같아서 이 이미지는 내 머릿속에 오래도록 남았다. 아버지의 약값을 대느라 에이코네가 제값도 못 받고 인형을 팔아버리는 장면에서는 나 역시 준이나 에이코 못지않은

그렇게 아이는 성장한다

상실감을 느꼈다.

전세戰勢가 일본에게 불리하게 돌아가자 젊은이들이 속속 징집된다. 가즈오의 형 히로시도, 준이의 형 걸이도 입대한다. 밀수를 하던 하나코의 양아버지 마에다 씨는 끌려간다. 양어머니는 빈집에 하나코만 남겨두고 사라진다. 하나코는 두 번 고아가 된 것이다. 그리고 공습. 하나코네 집도, 준이네 집도, 분이네 집도, 미쓰코네 집도 모두 불타 없어진다. 방공호 생활을 하게 된 아이들은 일본 아이 조선 아이 할 것 없이 뒤섞여 폐허의 잿더미를 뒤져 고철을 주우러 다니다가, 틈이 나면 빈터에 모여 〈이리와 아기 양들〉 연극놀이를 한다. 엄마 양이 집을 비운 사이 나쁜 이리가 찾아와 아기 양들을 꿀꺽꿀꺽 삼켜버리지만 돌아온 엄마 양이 이리를 죽이고 아기 양들을 구하는 이야기다. 빼앗긴 나라 조선이 나쁜 이리 배 속에 들어 있는 아기 양들 같다고 여긴 준이는 생각한다. '대체 엄마 양은 누구인가?'

비가 주룩주룩 내리는 날, 준이와 하나코가 추녀 끝에 종이로 만든 인형을 달아놓고 비가 그치기를 비는 노래를 부르는 장면으로 소설은 끝이 난다.

아이들은 칼을 들지 않고도, 총을 겨누지 않고도, 폭탄을 떨어뜨리지 않고도, 조용히 그러나 가장 아프게, 쓰라리게, 기도로써 눈물겹게 싸운다.

준이의 눈에도 싸움터로 간 걸이의 모습이 아른거렸다. 히로시

형도 보였다.

'언니도 비 맞고 싸우고 있을까?'

무엇 때문에 위험한 그 싸움터에 가게 된 것인지, 그것도 모른 채 걸이는 일본을 위한다는 이름 아래 떠나간 것이다. 히로시 형도 어쩌면, 커다란 이리의 배 속에서 아우성치며 살려 달라고 목메이게 부르짖고 있을지 모른다. 온 세상이 이리의 배 속에서 몸부림치고 있는 것이다. 엄마 양이 오기 전에 이리의 배 속에서 새끼 양들이 서로 자기들의 힘으로 배를 가르려고 피를 흘리며 싸우고 있다. 아, 엄마 양이 어서 와야 한다.

준이는 두 손을 꼬옥 마주 잡고 힘줘 비틀며, 노래를 계속했다. 하나꼬의 목멘 듯한 목소리도 더욱 높아져 갔다.

까까머리 도련님, 까까머리 도련님
내일은 해가 반짝 나게 하셔요
우리들의 소원을 들어주시면
맛나는 사탕물을 드리겠어요

그러나 비는 아직도 주룩주룩 구슬프게 내리고 있었다.

이리와 아기 양들에 일본과 미국, 조선의 역학관계를, 주룩주룩 그치지 않고 내리는 비에 암울한 현실을 대입하게 된 것은 어른이 되어 이

그렇게 아이는 성장한다

책을 다시 읽으면서다. 어릴 땐 멋모르고 읽었다. 다만 지독한 가난에 대한 묘사, 자존심 강한 소녀 에이코의 죽음, 두 번 고아가 된 하나코의 슬픔, 그리고 공습의 무서움과 비가 그치길 빌며 두 아이가 노래를 부르는 장면 등은 정교하게 그린 수채화처럼 머릿속에 각인돼 좀처럼 잊히지 않았다. 좀 더 나이가 들어 읽은 같은 작가의 『몽실 언니』를 그 신산한 줄거리에도 불구하고 나도 내 동생도 몹시 좋아했던 걸 보면, 아이들은 밝고 명랑한 이야기만 좋아한다는 건 아무래도 편견인 것 같다.

'왜놈'이란 말이 일상용어로 쓰였던 1980년대였다. 학교에서는 '일제시대에 일본을 위해 일했던 자는 무조건 매국노'라는 교육을 받았다. 동시에 나는 이 책을 통해 위정자와 일본 국민을 구분해 일제시대를 입체적으로 바라보는 시각을 키웠고, 휴머니즘을 배웠다. 나이가 들어서도 과하다 싶은 친일 논란과 반일 감정에 크게 휘둘리지 않았던 것은 8할이 이 책 덕분이다.

걸이와 히로시가 입대하는 날, 조선 사람 일본 사람 할 것 없이 일장기를 흔들어대는 장면을 작가는 이렇게 묘사한다.

걸이는 여전히 싱글거리고 있었다. 식구들과 헤어지는 쓰라림도, 억울하게 끌려가는 설움도, 모두 웃음으로 흘려보내고 싶은 지금의 마음이었다. 언젠가 남이에게 우스개처럼 했던 말이 생각났다. 일본을 위해 싸우는 것이 아니라, 자신을 위해 싸우겠다고 했던 말. 그래서 걸이는 부끄러운 일장기를 마구 흔들 수 있었던 것이다.

찰나와도 같은
유년의 시간

『이얼링』〈학습판 소년소녀세계문학전집〉 13권

마저리 키넌 롤링스 지음, 김성한 옮김, 동서문화사, 1983(절판)

'이얼링(Yearling)'은 '한 살배기'를 뜻하는 말로, 이 제목이 낯선 독자라도 아마
1985년 MBC에서 방영된 만화영화 「개구쟁이 죠디」는 기억하리라 믿는다.
'빙글빙글 돌아라 물레방아야 빙글빙글 돌아라'라는 애달픈 후렴구가 인상적이었던 주제가도.
『이얼링』은 소년과 아기 사슴의 우정을 그린 그 만화의 원작이다.

키우던 금붕어가 죽었던 날 한참을 울었다. 초등학교 2학년 때였다. 며칠 후 저녁 하늘을 올려다보았더니 물고기 모양 구름이 떠 있었다. 노을에 붉게 물든 그 구름이 꼭 죽은 우리 집 금붕어 같았다. 나는 시를 지었다. "금붕어는 금붕어는 죽으면 구름이 되나 봐요"라고 시작하는 그 만시輓詩는 내가 태어나 유일하게 시심이 우러나 지은 시였고, 칭찬에 박한 아버지와 주변 어른들의 극찬을 받았다. 일생 단 한 곡의 대표곡만 가진 가수처럼 나는 몇 년간 그 시를 우려먹었지만, 서정抒情의 유통기한은 금세 다했다. 하수구로 빨려들어가 사라진 금붕어 사체처럼, 어느 날 홀연히 그 시도 기억에서 사라졌다.

금붕어를 제외하곤 동물을 키워본 적이 없다. 동물은 좋아한다. 나는 수많은 동물을 책으로 접했다. 짝을 잃은 슬픔으로 괴로워하는 늑대왕 로보(『시튼 동물기』), 모험을 통해 성장하는 혈통 좋은 검정말 블랙 뷰티(『블랙 뷰티』), 주인을 위해 충심을 바치는 썰매개 벅(『야성이 부르는 소리』)……

마저리 키넌 롤링스Marjorie Kinnan Rawlings(1896~1953)의 1938년 작 『이얼링』은 내 '이야기 동물원'의 첫 번째 우리에 있는 책이다. 'Yearling'은 '한 살배기'를 뜻하는 말로, 이 제목이 낯선 독자라도 아마 1985년 MBC에서 방영된 만화영화 「개구쟁이 죠디」는 기억하리라 믿는다. '빙글빙글 돌아라 물레방아야 빙글빙글 돌아라'라는 애달픈 후렴구가 인상적이었던 주제가도. 『이얼링』은 소년과 아기 사슴의 우정을 그린 그 만화의 원작이다.

배경은 19세기 미국 플로리다 주의 개척지. 주인공인 열두 살 소년 조디는 부모님과 함께 외딴 숲에서 살고 있다. 체구는 작지만 굳건한 아버지의 별명은 '페니Penny', 아름다운 갈색 머리칼의 어머니는 아버지보다 두 배 이상 덩치가 크다. 밭일을 하지 않고 놀다 온 조디를 아버지가 너그러운 마음으로 이해하는 소설의 도입부가 생생하다.

'놀러간 조디를 좀 나무랄 걸 그랬군.'
자기가 어렸을 때 같으면 어림도 없는 일이었다.
'하지만 그렇더라도 좋아. 언제까지나 아이로 있는 건 아니니까.'
지난 세월을 돌이켜 보면 자기에게는 소년 시절이 없었던 것 같다.

처음 책을 읽었던 초등학교 2학년 무렵엔 열두 살 소년이 왜 놀면 안 되는지 이해하지 못했다. 19세기 개척지에선 10대 초반 소년도 엄연한 노동력이라는 사실을 몰랐으니까. 목사의 손자로 엄격하게 자란 아버지 페니는 정직하지 못한 세상에 상처를 받는다. 그래서 결혼 후 숲으로 들어가 오두막집을 짓고 산다. 자식을 많이 낳고 싶어했고, 많이 태어났지만 대부분 허약해 금세 죽고 말았다. 떡갈나무 빈터에 아이들 묘지가 생겼다. 오랜 세월이 지나 태어난 막내 조디는 무럭무럭 자랐고, 아들이 두 살 때 남북전쟁에 나갔다 4년 후 돌아온 페니는 그새 부쩍 늙었다. 책은 이렇게 쓰고 있다.

조디의 어머니는 왠지 마지막으로 태어난 이 아이에게 무관심했다. 죽은 아이들 때문에 어머니의 정을 모두 잃은 듯했다. 아버지는 아들을 무척 사랑했다. 아버지로서의 애정보다 훨씬 많은 것을 쏟았다. 조디가 일하다 말고 놀러가도 이해할 수 있었다. 새, 짐승, 꽃, 나무, 바람, 비, 달 등에 놀라움의 눈을 크게 뜨는 것이 사랑스러웠다.

늙은 아버지가 늦게 본 자식을 아끼는 마음이 애틋해서, 이 문단을 오래오래 곱씹어 읽었다. 아버지는 생각한다.
'그 애가 하고 싶어 하는 대로 내버려둬야지. 물레방아도 만들고……. 언제까지나 어린아이로 있을 수 있는 건 아니니까.'
'언제까지나 어린아이로 있을 수 있는 건 아니니까'라는 문장이 이 소설의 주제라는 것을 깨달은 것은 얼마 전 엄마가 부쳐준 이 책을 다시 읽고 나서였다.

그렇게 아이는 성장한다

소설의 또 다른 주인공인 아기 사슴은 전반부 3분의 1 정도가 지나서야 등장한다. 아버지가 방울뱀에게 물리는 사고가 일어난다. 몸에 독이 퍼지는 걸 막기 위해 지나가던 암사슴을 잡아 그 간을 상처에 갖다 대 독을 빨아들인다. 아기 사슴은 졸지에 어미를 잃고 이를 가엾게 여긴 조디가 아기 사슴을 거둔다. 어머니는 "우리 먹을 것도 없는데 사슴을 어떻게 키우냐"라고 하지만, 아버지가 "어미에게 은혜를 입었는데 죽게 할 수 없다"라며 조디 편을 들어준다. 아기 사슴의 이름은 '플랙Flag'이라고 짓는다. 동물을 사랑했던 조디의 친구 포더윙이 열병으로 죽기 전 지어준 이름이다.

"아, 그렇지! 조디, 아기 사슴의 이름은 그 아이가 벌써 지어두었단다. 그 아이는 말했지. '아기 사슴은 꼬리가 무척 귀엽지요? 아기 사슴 꼬리는 작은 플랙(깃발) 같아요. 그러니 조디의 아기 사슴에게 플랙이라는 이름을 지어주는 게 좋겠어요'라고."
조디는 여러 번 되풀이해서 불러보았다.
"플랙, 플랙."

조디는 아기 사슴을 동생처럼 여기며 끔찍이 사랑한다. 시간이 흐른다. 조디는 아버지와 함께 마을의 골칫거리였던 큰곰 슬루풋을 죽이며 아기사슴은 코를 처들고 조디의 냄새를 맡았다.
가만가만 발을 뻗어 부드러운 혹 위에 살그머니 앉는
다. 그 감촉이 무어라 말할 수 없이 기분좋았다.
조디는 땅에 엎드려 재 아기사슴이 있는 바로 옆에 지키
고 아기사슴의 몸에 두 발을 올렸다. 아기사슴은 가만
있었으나 가만히 앉아 있었다. 조디는 아기사슴의 배
를 가만가만 쓰다듬어 주었다.
아기사슴의 빼는 지 흰빛 라군의 털보다 부드러웠다. 조디는 아기사
슴을 안으며 향긋한 풀 냄새가 좋았다. 줄리어보다 조금 기
쁘고 가만가만 있어났다. 줄리어보다 조디는 높이 밭을 시
켰지만 다리가 굉장히 길어

조디는 엄마사슴의 주검을 보거나 그 냄새를
맡거나 울어 딛지 모른다고 걱정했다. 그래
서 될 수 있는 한 풀덤불을 헤치며 나가기로 했다. 그래
도 풀이 많으므로 풀숲을 헤쳐나가기가 무척 힘
들어 힘없이 쑥 늘어져 자구만 땅줄에
발로 발을 움직일 수가 없었다.
또 가시나무에 휜리지 않도록 조
심히 있으므로 가슴이 두근거릴
로 가는 길과 잇 찰리는 곳
에 조금 쉬려고 아기사슴의

어엿한 사냥꾼으로서의 자질을 키우고, 플랙도 긴 목과 늘씬한 다리를
지닌 수사슴으로 성장한다. 그러나 곧 한 살배기가 되는 장난꾸러기
플랙은 담배 밭에 뿌린 씨를 짓밟아 못 쓰게 만든다.

아버지는 알 수 없는 표정으로 플랙을 바라보고 있었다. 눈을 가
늘게 뜨고 무슨 생각에 잠겨 있는 듯했다. 슬루풋을 뒤쫓아 떠났
을 때처럼 아주 냉혹해 보였다. 조디는 가슴이 섬뜩했다.
"아빠……."
아버지는 문득 정신을 차린 듯 조디를 보았다.
"네 플랙이 아주 많이 자랐구나. 이제는 훌륭한 한 살배기다."

플랙이 수확해놓은 고구마를 짓밟았을 때에도, 담배 밭을 망쳤을 때
에도 편들어주던 아버지는 플랙이 힘들여 심어놓은 옥수수 싹을 두 번
이나 몽땅 먹어버리자 결단을 내린다.

"조디, 우리도 할 수 있는 데까지는 다 해보았다. 내가 지금 얼마
나 마음 아프게 생각하고 있는지 도저히 말할 수 없을 정도란다.
하지만 1년 동안의 농사를 엉망으로 망쳐버리고도 가만히 있을
수는 없구나. 우리가 고픈 배를 움켜쥐고 살아갈 수는 없는 일 아
니겠니? 가엾지만 플랙을 숲으로 데려가 쏘고 오너라."

차마 플랙을 죽일 수 없었던 조디는 플랙을 동물원에 데려다주러 길

을 떠나지만, 한눈 판 새 집으로 돌아간 플랙은 강낭콩 싹까지 깡그리
먹어버린다. 화난 아버지는 어머니에게 플랙의 처분을 맡긴다. 결국 다
리에 총을 맞은 플랙은 피를 흘리며 달아나고, 울부짖던 조디는 "괴로
움을 멈추게 해주라"라는 아버지의 말에 총을 들고 플랙을 쫓아간다.

소년이 아기 사슴을 죽였다는 사실을 나는 기억하지 못했다. 꽤 충
격적인 장면인데 기억에 남지 않았던 것은 왜 사슴을 죽일 수밖에 없
었는지 이해하지 못했기 때문인 것 같다. 이 책을 읽던 당시 나는 조디
보다 어렸고, 게다가 먹을 것이 부족한 개척시대가 아니라 풍요로운
20세기 대한민국에 살고 있었으니까.

죄책감을 견디지 못한 조디는 무작정 길을 떠난다. 보스턴으로 가
선원이 되리라 결심한다. 밤엔 이끼 위에서 자고, 낮엔 걷는다. 곧 아
무것도 먹지 못한 소년에게 허기가 닥쳐온다.

그렇게 아이는 성장한다

히 떠올라 견딜 수가 없었다. 위 가장자리를 뜨겁게 달군 칼로 도려내는 것 같았다. 조디는 배고프다는 것이, 어머니가 말하는 '굶주림'이 얼마나 괴로운 것인지 그제야 똑똑히 알았다.

견디다 못한 조디는 나흘 만에 집으로 돌아가고, 아버지는 아들을 따뜻이 맞아준다.

"아빠는 몸이 어떠세요?"

아버지는 난롯불을 가만히 지켜보며 말했다.

"이제 네게도 숨김없이 이야기하는 게 좋겠다. 정말은 나는 다시는 일할 수 없을 것 같구나. 좋아질지 어떨지 모르겠으니 말이다."

"아빠, 내가 아빠 대신 어떤 일이라도 하겠어요. 그러니 염려 마세요. 씨뿌리기가 끝나면 윌슨 선생님을 모셔올 테니 아빠도 반대하지 마세요."

"너는 나흘 동안에 아주 달라졌구나. 여러 가지 고생을 하고 나더니 철이 들었나 보지? 이제 너는 한 살배기가 아니다. 그렇지, 조디?"

조디는 눈을 크게 뜨고 아버지를 뚫어지게 쳐다보았다.

"이제 너도 어른이 되었어. 어른의 세계에서는 모든 일이 어떻게 되어가는지 알았으리라고 생각한다. 그렇지 않니, 조디? 우리가 먹고 살아야 할 것들을 망쳐놓은 플랙은 아무래도 그대로 살려 둘 수가 없었단다. 하지만 나는 언제까지나 너를 플랙과 마음껏 놀게 해주고 싶었지. 너하고는 둘도 없는 친구였으니까. 정말 플랙을 죽여버리는 것은 섭섭한 일이었다. 그러나 우리는 그것을 알면서도 필요할 때는 용감히 해내야 한다. 그걸 잘 아는 것이 어른이야. 그리고 슬플 때나 외로울 때도 용감하게 살아나가야 한단다. 어떠냐, 꿋꿋하게 해나갈 수 있겠니?”

소년은 그렇게 어른이 된다. 유년의 반드르르한 목덜미에 차가운 총부리를 가져다 댐으로써. 친구와의 이별보다 굶주림이 더 가혹하고, 결국 사람은 누구나 다 혼자라는 걸 깨달으면서. 이 작품이 1938년 퓰리처상을 받은 것은 누구나 겪는 어린 시절과의 결별을 아기 사슴을 빌려 구체적으로 표현해 공감을 자아냈기 때문인 것 같다.

나는 대학에 입학해 상경하면서 유년과 결별했다. 객지 생활은 내게 정신적, 물질적 허기를 안겨줬다. 어두컴컴한 자취방에 홀로 누워 나는 냉혹해졌다. 이 도시에서 이를 악물고 버텨야 한다고 생각했다. 고등학교 때까지 독서광이었던 나는 대학 시절엔 좀처럼 책을 읽지 않았다. 부모님의 지지와 같은 든든한 ‘외부’가 있어야 비로소 내면에 몰입할 수 있다는 걸 그때 알았다. 외부와의 투쟁이 끊임없이 이어지는데 내면을 탐색하는 것은 사치였다. 그렇게 나는 어린 시절과, 그리고 독서와 멀어졌다.

그렇게 아이는 성장한다

그로부터 10여 년이 흘렀다. 30대 중반의 나는 떠나보낸 줄로만 알았던 유년과 다시 손을 맞잡기 시작했다. 어린 시절 읽었던 동화 다시 읽기는 내게 유년의 기억을 끄집어내는 작업, 지금까지의 삶을 점검하는 행위다. 유년은 쉽게 죽지 않는다. 인간은 인생의 어떤 고비에서 다시 '한 살배기'가 된다.

"플랙!"

조디는 그리운 듯이 플랙을 불러보았다. 아기 사슴과 나란히 숲속을 즐겁게 뛰어가는 자신의 모습이 눈앞에 떠올랐다.

'하지만 그것은 이제까지의 나였어. 나는 이제 한 살배기가 아니다. 어른이 된 거야.'

물웅덩이 저쪽 목련꽃을 지나고 떡갈나무 밑을 지나 소년과 한 살배기 사슴이 뛰어간다. 그리고 영원히 자취를 감추어버렸다.

지나간 것들이 지켜주는 것

『집 나간 아이』 〈에이브 전집〉 60권

E. L. 커닉스버그 지음, 박옥선 옮김, 학원출판사, 1999(절판)

지나치게 드넓은 메트로폴리탄 미술관에서 길을 잃고선 조금씩 지쳐가던 나는 불현듯
『집 나간 아이』를 떠올렸다. 두 아이가 일주일씩이나 미술관에 숨어 있어도
왜 발견되지 않았는지 비로소 이해가 갔다. 각종 갑옷과 무기로 가득 찬 중세 전시실을
지나면서 '클로디아와 제이미도 여기를 헤맸겠지' 하고 속으로 읊조렸다.
로비의 분수에 쌓인 동전들을 보았을 때는 웃음을 참지 못했다. 그 분수는 클로디아와
제이미의 목욕 장소이자, 가출한 남매가 쏠쏠한 '수익'을 올리는 곳이었기 때문이다.

지하철은 낡고 지저분했다. 아이를 안은 집시 여인이 구걸을 하며 비좁은 통로를 지나갔다. 출장으로 난생처음 방문한 뉴욕, 나는 여행 안내서를 꼭 끌어안고 잔뜩 긴장한 채 지도를 보고 있었다. "어딜 가는 거죠?" 다정한 목소리에 고개를 들어보니 옆자리 할머니가 나를 보고 있었다.

"구겐하임 미술관이요. 다음 역에서 내리면 되나요?"

"맞아요. 그리고 5번가로 가서 89블록으로 가요. 아 참, 잊지 말아요. 구겐하임에서 다섯 블록만 내려가면 메트로폴리탄 미술관이 있다오."

그래, 메트로폴리탄! 시차와 빠듯한 일정에도 그날 굳이 메트로폴리탄 미술관을 찾아간 것은 딸이 서울 존슨&존슨에서 근무한다는 할머니의 친절, 그리고 〈에이브 전집〉 중 한 권인 『집 나간 아이』덕분이었다.

"마침내 여기에 왔군."

그리스 신전을 연상시키는 웅장한 미술관 건물 앞에서, 나는 『집 나간 아이』의 주인공 클로디아가 된 듯한 기분으로 뇌까렸다. 거대한 미술관 입구에 서 있는 자그마한 남매를 그린 이 책의 원서 표지 삽화가 떠올랐다.

뉴욕 외곽 그리니치 빌리지에 사는 클로디아는 4남매의 맏이인 열한 살 소녀. 집안의 장녀로 동생들 뒤치다꺼리를 하는 생활에 진력이 난 클로디아는, 모두가 자기의 값어치를 조금 더 알아주면 집으로 돌아올 생각으로 가출을 계획한다. 가출 동지로는 끝에서부터 두 번째 동생인 아홉 살 제이미를 선택한다. 이유는 구두쇠에 트럼프의 명수인 제이미가 동생들 중 가장 재력이 탄탄하기 때문.

그리하여 어느 수요일 오후, 남매는 가출을 감행한다. 속옷을 가득 넣은 바이올린 케이스를 든 클로디아와, 갈아입을 옷과 트랜지스터라디오를 넣은 트럼펫 케이스를 든 제이미가 가출 목적지로 삼은 곳은 바로 맨해튼 5번가의 메트로폴리탄 미술관. 매일 2만6,000여 명이 넘는 사람들이 드나드는 이 거대한 미술관은 두 아이가 자취도 없이 숨어버리기에 제격이었다. 게다가 이 이야기가 쓰인 1960년대 후반에는 입장료도 없었다.

　　　두 오누이는 여기저기 돌아다니다가 프랑스와 영국의 훌륭한 가구들이 있는 방으로 돌아왔다. 그곳은 클로디아가 세계에서 가장 훌륭한 숨을 곳을 골랐다고 생각하게 만든 방이었다. 클로디

아는 마리 앙투아네트를 위해 만든 긴 소파에 앉든가 아니면 그
책상 앞에 앉아보고 싶었다. 그러나 어느 게시판에나 '이 위에
올라가지 마시오'라고 써 있었다. 게다가 몇몇 의자의 팔걸이에
는 비단 줄을 치고 조금도 만져보지 못하도록 되어 있었다. 마리
앙투아네트가 되어보려면 불이 꺼질 때까지 기다려야 했다.
마침내 클로디아는 아주 호화로운 침대를 발견하고 오늘 밤은
여기서 자라고 제이미에게 말했다. 그 침대에는 높다랗게 천개
가 덮여 있었고, 한쪽 끝은 화려한 조각을 새긴 널빤지였고, 다
른 쪽은 두 개의 굵은 기둥이 받쳐져 있었다.

박물관에 전시된 침대를 보고, '나도 저기서 한 번쯤 자봤으면' 하
는 생각은 누구나 해보지 않았을까. 이 장면이 오랫동안 기억에 남았
던 것은 나 역시 어린 시절부터 박물관의 화려한 장신구, 예쁜 세공품
을 볼 때마다 소유욕을 느꼈기 때문이다. 막상 그 침대에서 잠을 청한
클로디아는 침대에서 나는 곰팡이 냄새에 기겁해 가루비누로 빨아버
리고 싶다고 생각하지만 말이다.
메트로폴리탄 미술관에 입장해 처음 기웃댄 전시실에서 나의 첫 책
『그림이 그녀에게』 첫 챕터에 소개했던 마리 드니즈 빌레르의 「그림
그리는 여자」(1801)와 눈이 딱 마주친 나는 오래된 친구라도 만난 듯
반가웠다. 그러나 이내 드넓은 전시장에서 길을 잃고선 조금씩 지쳐가
기 시작했다. 두 아이가 일주일씩이나 미술관에 숨어 있어도 왜 직원

이요. 그리고 나는 그따위 거울보기를 좋아하지 않아요.)

클로디아는 이 훌륭한 침대야말로 자기에게 어울린다고
늘 생각하고 있었다.

그리고 제이미도 집에서 도망쳐 나와 옥실 바닥이라면 모
르지만 다른 침대에서 자는 것은 전혀 아무런 문제도 아니
라고 생각하고 있었다.

이윽고 클로디아는 제이미를 침대 옆으로 데리고 가고 그
곳 카드에 씌어 있는 것을 읽어보라고 말했다.

제이미가 읽었다.

"저 위에 올라가지 마시오."

제이미가 입가의 주름살이 벌긋을 폈다. 클로디아는 곧
그 카드를 받아서 제이미에게 돌려 읽어 주었다.

"국왕헨리대라의 침실, 침대.

토막도 바닷가 별장 및 무의 제미 로브서트가 죽은 침대.
아주머 것은 구대의 걸작……"

제이미가 얼굴에 주름을 띠고 말했다.

"클로디아 그건 거짓일지 모르지만 이런 생각은 나쁘지
않은 것 같아."

"그래 제이미, 거기서 줄곧 지르는 너도 나쁜 아이가 아
니다."

이 말도 나쁘지는 않은 말이다.

"어쨌든 내가 할 말이 있어요. 나는 무슨 일이 일어
났는지 알았다. 그것은 조각이가 한 걸이 되었다는 것
입니다. 걸작들이 순식간에 걸쳐서 한 걸이 되는 것은 아님
니다. 한 가슴이 되어 서로 친근하게 되는 것입니다. 무

오누이는 '한 마음'의 걸이 된 것입니다. 그것은 '정교

들에게 발견되지 않았는지 이해가 갔다. 각종 갑옷과 무기로 가득 찬 중세 전시실을 지나면서, '클로디아와 제이미도 이 전시실을 헤맸겠지' 하고 속으로 읊조리던 나는 미술관 로비의 분수에 관람객들이 던져놓은 동전을 보고선 웃음을 참지 못했다. 소설에서 그 분수는 클로디아와 제이미의 목욕 장소이자, 돈이 궁한 이들 남매가 쏠쏠한 '수익'을 올리는 곳으로 묘사되기 때문이다,

옷을 벗고 분수 속에 들어갔다. 클로디아는 세면기에서 가루비누를 갖고 왔었다. 아침에 종이 타월에 발라 두었었다. 몸이 얼어버릴 것만 같은 추위였으나 클로디아는 물을 끼얹고 즐겼다. 제이미도 목욕을 즐겼다. 다만 다른 까닭 때문에 분수에 들어갔을 때 제이미는 그 바닥에 무엇인가 단단한 물건이 있는 것을 느꼈다. 몸을 웅크리고 손으로 만져보니 그것은 움직였다. 움직일 뿐만 아니라 주워 올릴 수도 있었다. 그 차갑고 동그란 것을 만져본 제이미는 물을 튀기면서 클로디아에게 뛰어왔다.
"벌었어, 클로디아. 벌었어!" 하고 제이미가 속삭였다.
클로디아도 곧 알아챘다. 못 바닥에서 발에 닿는 것을 주워 올리기 시작했다. 발에 닿은 것은 모두 소원을 풀기 위해 분수 속에 던져 넣은 1센트 동전, 5센트 백동전이었다.

    그렇게 아이는 성장한다

　뉴욕 출장에서 돌아온 뒤 『집 나간 아이』를 꺼내 다시 읽었다. 아이들이 미술관으로 가출한다는 설정, 16세기 침대에서 잠을 자고, 분수에서 목욕을 한다는 아이디어가 주는 재미 말고도, 책이 어린 내게 주었던 감동이 분명히 있었다. 그 감동의 실체가 무엇인지, 나는 알고 싶었다. 감기 기운이 가시지 않아 약을 먹고 잤다 깼다 반복했던 어느 휴일, 쿠션에 기대 앉아 책장을 넘기다 말고, 나는 그 감동이 어디서 연유했는지 비로소 알아차렸다.

　미술관에서 사는 기회를 제대로 활용하기로 마음먹은 모범생 클로디아는 매일 미술관 전시실 중 한 곳을 골라 작품을 몽땅 외우자고 제이미에게 제안한다. 제이미가 고른 이탈리아 르네상스 진열실엔 그날따라 수많은 사람들이 몰려 있었고, 남매는 미술관이 새로 사들인 아름답고 우아한 천사 석상을 보러 관객들이 운집했다는 걸 알게 된다. 다음 날 신문에서 그 천사 석상이 미켈란젤로의 작품일지도 모른다는 기사를 읽은 클로디아는, 작품의 제작자를 직접 조사해보기로 결심한다.

　도서관을 찾아가 두꺼운 미켈란젤로 관련 서적을 뒤지며 실마리를 찾아 나서는 클로디아의 열정이 나를 감동시켰다. 쓸모없어 보이는 먼 옛날의 유물, 그 유물에 숨겨진 수수께끼, 그 유물을 만든 사람들에 대한 애정과 관심을 나도 한때 알고 있었다. 나는 대학에서 고고학과 미술사를 전공했고, 그것들은 클로디아의 호기심을 충족시키기 위한 일을 하는 학문이었으니까. 천사상을 마주한 클로디아의 의문 역시 내가 대학 시절 늘 품고 있었던 것이었다.

매일 공부를 계속했지만 천사상의 수수께끼를 푸는 데 실패한 두 아이는, 결국 천사상의 원래 소장자였던 프랭크와일러 부인을 찾아가기로 결심한다. 어이없어하면서도 호기심에 두 아이를 맞아준 프랭크와일러 부인의 서재에 있던 서류철에서 두 아이는 마침내 작품이 미켈란젤로의 것임을 증명하는 천사 스케치를 찾아낸다.

는 소리 같았다.

"생각해봐, 제이미. 미켈란젤로가 직접 이것을 만졌어. 4백70년
이나 옛날에."

클로디아가 왜 울었는지, 나는 짐작할 수 있었다. 몇 년 전 비슷한
이유로 눈물을 흘린 적이 있기 때문이다. 출근 준비를 하며 라디오를
듣던 어느 아침, 「장일범의 가정음악」에서 미사 합창곡 「천사의 양식
Panis Angelicus」이 흘러나왔다. 대학교 때 수강한 교양 라틴어 시간에
그 노래를 원어原語로 배운 적이 있다. 'Angelus'(천사)의 격 변화를 설
명하며 악보를 나눠주고 노래를 부르게 했던 그 강사는, 학생들이 청
하자 직접 강단에 서서 그 노래를 진지하게 독창했다. 수년이 지나 라
디오를 들으며 나는 생각했다. 그때 그 사람은 왜 굳이 학생들 앞에서
노래까지 불러주며 이 단어, 이 노래를 각인시키려 했을까? 교양 수업
에 불과했고, 그 수업 수강생들 중에서 살면서 라틴어 같은 걸 필요로
하게 될 학생은 거의 없었을 텐데. 그렇게 최선을 다해 수업하지 않아
도 됐을 텐데. 그는 그 낯선 고대의 언어가 학생들에게 어떤 영향을 끼
치리라고 믿었을까?

당시 강사가 그 노래를 부를 때 나는 어떤 '정신의 고양' 같은 걸 느
꼈다. 세월이 흘러 나는 '천사의 양식'과는 너무나 동떨어진 비루한
'지상의 밥벌이'를 위해 일하게 되었다. 인문학은 가진 자들의 학문이
며, 삶의 잉여에 불과하다고도 생각하게 되었다. 그래도 삶이 무참할

때, 마음이 메말라 비틀어질 때, 결국 삶에 위안과 풍요를 주는 것은 그 '잉여'라는 사실을 부정할 수 없다는 걸 그날 아침 「천사의 양식」을 들으며 깨달았다. 쓸모없어 보였던 그 수업이 내 세계를 확장시켜주었다는 것을 다시금 실감했다. 세상에는 엄청난 세월이 지나도 기억되는 언어가 있고, 그 언어로 쓰인 아름다운 노래가 있고, 그 언어를 연구하는 사람들이 있다는 사실에 대한 자각. 험한 세상살이에서 나다운 나를 보호하는 것은 그런 자각과 기억 들이라는 것도.

'달라지기 위해' 집을 나왔던 클로디아, '달라지지 않고서는' 집으로 돌아가기 싫다고 했던 클로디아는 천사상이 미켈란젤로의 작품이라는 증거가 있다는 '비밀'을 유지하겠다고 프랭크와일러 부인과 약속한다. 부인은 제이미에게 말한다.

"비밀을 가슴에 간직하고 돌아가는 것이 클로디아의 소원이야. 천사에게는 비밀이 있었기 때문에 클로디아를 열중하게 했고 중요하다고 생각하게 한 거야. 클로디아는 모험을 좋아한 것은 아니다. 목욕이나 기분 좋은 것을 좋아하는 사람은 모험에는 어울리지 않아. 클로디아에게 필요한 모험은 비밀이었어. 비밀은 안전하고 사람을 달라지게 하는 데 큰 도움을 주는 법이야. 사람에게 힘을 주게 돼."

비밀을 지키는 대가로 부인은 자신이 죽은 뒤 천사 그림을 클로디아

와 제이미에게 물려주기로 하고, 유언장을 고치는 이유를 '미술관이라
고는 한 번도 가본 적 없는' 변호사에게 설명하기 위해 클로디아와 제
이미에게 들은 이야기를 소설로 쓴다. 『집 나간 아이』의 원제가 '배실
E. 프랭크와일러의 부인의 뒤죽박죽 서류철에서From the Mixed-Up Files
of Mrs. Basil E. Frankweiler'인 것은 그 때문이다.

반나절밖에 안 되는 메트로폴리탄 미술관 관람은 클로디아처럼 나
도 달라지게 만들었다. 나는 미켈란젤로, 조르주 드 라 투르, 페르메이
르, 벨라스케스 같은 옛 화가들이 왜 나를 설레게 하는지 새삼 기억해
냈다. 『영원한 제국』을 쓴 이인화 교수를 인터뷰했을 때, 카뮈의 『결
혼·여름』에 대해 이런 얘기를 들은 적이 있다.

"카뮈가 『결혼·여름』에서 말하고자 하는 것은 찬란한 젊음이 이미
지나가버린 과거가 아니라, 마음만 돌려먹으면 언제든 내 안에 존재하
는 현재로 느낄 수 있는 시간이라는 것이다."

나는 메트로폴리탄 미술관을 통해, 〈에이브 전집〉을 통해, 클로디아
를 통해, 이미 지나가버렸다고 생각했던 대학 시절의 그 기억들이 여
전히 나를 지탱하고 있다는 걸 깨달았다. 어둑한 강의실에서 르네상
스와 바로크 시대 그림 슬라이드를 보던 미술사 수업과, 정신의 고양
을 느꼈던 라틴어 수업. 이 금력金力의 시대에 인문人文이 여전히 힘을
가질 수 있음을 증명하는 그 기억들. 그 기억들이, 아직도 나를 나답게
한다.

초콜릿이
녹아버릴 정도로
따스한

『초콜릿 공장의 비밀』〈메르헨 전집〉 4권
로알드 달 지음, 신호웅 옮김, 학원출판공사, 1992(절판)

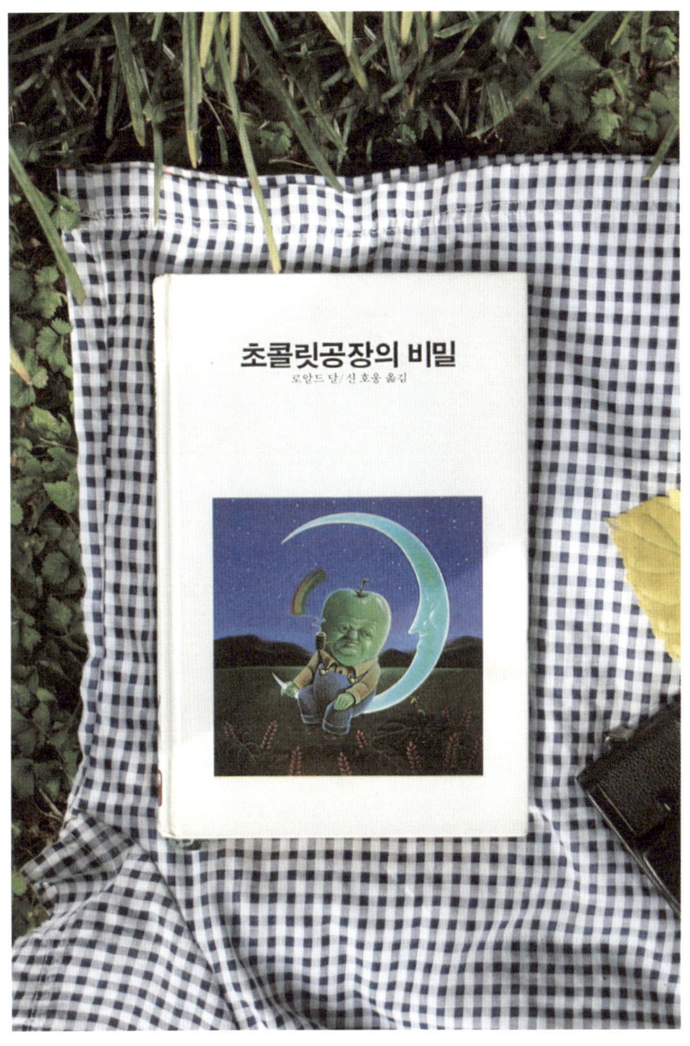

열 살쯤 되었을까. 여름방학을 맞아 외가에 가 있던 나는 심심해 미칠 지경이었다. 지루해하는 손녀를 보다 못한 외할머니는 이웃집에서 책을 몇 권 빌려오셨다. 그날 외할머니가 빌려오신 책은 〈메르헨 전집〉 중 몇 권이었고, 그중에 『초콜릿 공장의 비밀』이 있었다. 제목과 표지 그림을 보곤 뭔가 엄청난 음모극이 펼쳐질 걸로 상상하며 책장을 넘겼던 나는, 이내 신비스러운 초콜릿 공장에서 펼쳐지는 찰리의 모험에 푹 빠져들었다. 세상에 이렇게 '맛있는 책'이 다 있었다니!

'소녀시대' 일정 못지않게 빡빡했던 홍콩 출장길. 지친 몸을 이끌고 호텔로 돌아왔더니 침대 머리맡 테이블 위에 빨간 상자가 있었다. 뚜껑을 열었더니 초콜릿과 초대에 응해줘서 고맙다는 내용의 카드가 있었다. 나를 전시회 개막식에 초청한 프랑스 화랑 담당자가 보낸 선물이었다. 오랜만에 받아보는 서구식 환대에 피로가 싹 풀리는 듯했다. 단 것을 그다지 좋아하지 않는 나는 초콜릿을 썩 즐기진 않지만, 그래도 초콜릿을 선물 받는 것은 언제나 유쾌한 일이다. "당신에게 달콤한 존재가 되고 싶어요" 혹은 "당신은 참 달콤한 사람이에요" 같은 고백을 듣는 느낌이랄까.

홍콩에 분점을 낸 그 화랑의 한자 이름이 금박으로 박혀 있는 납작한 초콜릿을 보고 있자니, 가난한 소년에게 엄청난 행운을 안겨준 '납작 초코'가 생각이 났다. 로알드 달Roald Dahl(1916~90)의 1964년 작 『초콜릿 공장의 비밀』 이야기다. 초콜릿 100개를 먹는 것보다, 『초콜릿 공장의 비밀』 한 권을 읽는 게 훨씬 더 맛있었지. 달콤한 상상을 하며 흐뭇하게 잠들었던 나는 출장에서 돌아와 〈메르헨 전집〉을 뒤져 『초콜릿 공장의 비밀』을 꺼내 읽었다. 처음 책을 읽었던 초등학교 때의 기억이 책에 묘사된 갖가지 초콜릿의 맛과 함께 또렷하게 되살아났다.

낚아채듯이 초콜릿을 잡은 소년은, 얼른 포장지를 찢고 한 입 베어 물었다. 이어 다시 한 입, 또 한 입…… 혀까지 녹아버릴 듯이 달콤하고 향기로운 맛! 꿈만 같다! 천국에 온 것만 같다!

초콜릿쯤은 단번에 녹아버릴 만큼 더운 날이었다. 열 살쯤 되었을까. 여름방학을 맞아 통영 외가에 가 있던 나는 심심해 미칠 지경이었다. 친구도 없었고, 일사병을 염려한 외할머니는 해가 한 풀 꺾일 때까지 기다리라며 나가 놀지도 못하게 하셨다. 지루해하는 손녀를 보다 못한 외할머니는 내 또래 아이들이 있는 이웃집에 가서 책을 몇 권 빌려오셨다. 외할머니가 어떤 기준으로 책을 빌려오셨는지는 아직도 모르겠지만, 그 책들은 모두 〈메르헨 전집〉이었고, 그중에 『초콜릿 공장의 비밀』이 있었다. 제목과 표지 그림에서 뭔가 엄청난 음모극이 펼쳐질 걸로 상상하며 책장을 넘겼던 나는, 이내 신비스러운 초콜릿 공장에서 펼쳐지는 찰리의 모험에 푹 빠져들었다. 세상에 이렇게 '맛있는 책'이 다 있었다니!

절판된 〈메르헨 전집〉을 몇 년 전 옥션에서 발견했을 때 망설임 없이 구매한 것은 순전히 그 전집 중 내게 추억이 묻어 있는 유일한 책 『초콜릿 공장의 비밀』을 다시 읽고 싶어서였다. 초등학교 고학년 무렵 단행본으로 나온 이 책을 다시 읽었지만, 처음 책을 읽었을 때만큼의 감흥은 없었다. '첫 경험'이란 그래서 중요한 것 같다.

찰리네 아버지는 치약 공장에 다니며 종일 나무 걸상에 앉아 치약 튜브에 마개를 끼우는 일을 한다. 벌이는 시원치 않았지만 먹여 살려야 할 식구는 많다. 찰리, 찰리의 부모, 찰리 외할아버지 내외, 찰리 친할아버지 내외. 일곱 식구의 식탁은 늘 가난하다. 아침엔 빵과 마가린, 점심에는 삶은 감자와 양배추, 저녁에는 양배춧국. 찰리네 가족은 항상 배가 고프다. 한창 나이의 찰리가 가장 먹고 싶은 건 초콜릿. 그러나 가난한 찰리는 1년에 딱 한 번, 생일날에만 납작한 초콜릿 한 개를 먹을 수 있었다.

찰리네 동네에는 세계에서 가장 유명한 초콜릿 공장이 있다. '윌리 웡카'라는 신비스러운 인물이 경영하는 곳이다. 산업스파이가 제조기법을 빼내간 사건 이후 그 누구에게도 공개되지 않았다는 그 '비밀의 공장'에서 어느 날 신문에 광고를 낸다. 납작 초코에 들어 있는 다섯 장의 초대장을 발견한 어린이들에게 공장 견학을 시켜주고 특별 선물로 평생 먹고 남을 초콜릿과 과자를 주겠다는 것.

자본주의 사회에선 행운마저 가진 자의 편이다. 온종일 초콜릿을 입에 달고 사는 비만아 오거스터스, 땅콩 공장의 공장장인 아버지가 초콜릿 몇 십만 개를 사서 여공들에게 땅콩 대신 초콜릿 포장지를 까게

한 편법을 동원해 초청장을 받은 베루카, 온종일 껌을 씹는 소녀 바이올릿, 텔레비전에 빠진 소년 마이크. 가난한 소년 찰리에겐 도무지 기회가 주어질 것 같지 않다. 생일 선물로 받은 초콜릿에도 초청장은 없었다.

살을 에는 것 같은 바람이 불던 겨울날, 학교에서 돌아오던 찰리는 길에 떨어진 반 크라운짜리 은화를 발견한다. 지독하게 배가 고팠던 소년은 그 돈으로 가게에서 초콜릿을 산다. 하나를 먹고, 배가 고파서 하나 더 산다. 바로 그 초콜릿에 행운이 깃들어 있었다.

찰리는 납작 초코를 집어 들고 얼른 포장지를 찢었다…… 그러자…… 포장지 안쪽에…… 반짝이는 것이!
소년은 심장이 멎는 것만 같았다.
주인은 소스라치게 놀라며 소리쳤다.
"금빛 카드구나! 애가 금빛 카드를 뽑았다. 마지막 한 장이 나왔어! 애, 아가, 이건 꿈이 아니야! 여러분 와서 이것 좀 봐요! 이 아이가 왕카의 마지막 카드를 뽑았어요!

그렇게 가난한 소년은 웡카의 초콜릿 공장에 초대 받는다. 보호자로는 친할아버지가 동행한다. 굶주린 소년과 앙상한 노인이, 분홍색 설탕과자 배를 타고 초콜릿 강물을 기슬러가는 상면을 잊을 수가 없다. 아프리카에서 데리고 온 피그미족 움파룸파족이 강둑에서 노래 부르며 일을 하는 것, 허락도 없이 손으로 초콜릿 강물을 떠먹은 먹보 소년 오거스터스가 딸기 초코캔디 공장으로 통하는 파이프에 빨려들어가 탈락자가 되고 마는 것도 인상적이었지만, 무엇보다도 기억에 남는 것은 이 장면이다.

이때, 찰리의 맞은편에 앉아 있던 왕카 씨가 뱃바닥에서 큼직한 그릇을 집어들더니 강물을 푹 떠서 찰리 앞에 내밀었다.
"자, 먹어봐. 맛있는 초콜릿이야. 몹시 시장해 보이는구나."
그리고 한 그릇을 더 떠서 할아버지에게 주었다.
"노인 어른도 한 그릇 드십시오. 노인 어른은 마치 해골처럼 여위셨군요. 댁에는 먹을 것이 모자랍니까?"
"네, 좀."
할아버지는 더듬거렸다.
찰리가 초콜릿 그릇에 입을 갖다 댔다. 끈적하고 따끈한 초콜릿이 목구멍을 지나 텅 빈 위 속으로 흘러들어갔다. 그러자 머리 꼭대기에서 발끝까지 온 몸이 기쁨으로 떨리기 시작하고, 행복감이 가슴 가득 번져나갔다.

"댁에는 먹을 것이 모자랍니까?" 이 아픈 질문, 거기에 더듬거릴 수밖에 없는 할아버지. 그리고 목구멍과 위를 채우는 뜨끈한 초콜릿의 위로. 한 번도 핫초코를 마셔본 적이 없던 어린 나는, 달고, 이를 상하

 그렇게 아이는 성장한다

게 하며, 열량이 높아 몸에 해로운 먹을거리로 여겼던 초콜릿이 '위안'의 음료가 될 수도 있다는 걸 그때 처음 알았다.

언제나 이런 이야기가 그렇듯, 탐욕스러운 나머지 아이들은 룰을 지키지 못해 모두 탈락하고, 최후의 승자인 찰리에게 초콜릿 공장의 상속자라는 엄청난 행운이 주어진다. 작가는 이 달콤한 이야기를 통해 성실한 어린이가 결국은 보상을 받게 된다는 교훈을 전달하고 싶었던 것 같다. 다만 어른이 된 내 눈엔, 어릴 때 재미있게 읽었던 움파룸파족의 노동 장면이, 저임금으로 카카오 채취에 동원되는 서아프리카 지역 어린이들과 연관되며 계속 거슬렸다. 작가는 달콤한 초콜릿 뒤에 숨은 부조리한 현실을 지적하기 위해 일부러 움파룸파족 노동 장면을 설정한 것일까? 책 뒤에 출판사 측에서 덧붙인 '배움 노트'에 "경쟁은 필요하되 올바른 경쟁을 하라"면서 어린이들에게 산업스파이가 얼마나 나쁜 것인지만 알려주고 있는 걸 보면 딱히 그런 것 같지는 않다.

『초콜릿 공장의 비밀』을 다시 읽으면서 나는 내가 정말 어른이 되었다는 사실을 실감했다. 나는 찰리에게 주어진 엄청난 부(富)보다, 아이에게 양가 조부모가 모두 살아 계시다는 사실이 훨씬 부러웠다. 찰리가 할아버지와 함께 초콜릿 공장을 견학하는 장면을 보면서 나는 몇 년 전 돌아가신 내 친할아버지를 떠올렸다. 말 없고 감정 표현 드물었던 할아버지가 내가 신문사 입사 시험에 합격했을 때, 진심으로 기뻐하시며 "가나다순이겠지만, 합격자 명단에 네 이름이 가장 먼저 나와 있으니까 정말 좋더라!" 하시던 장면을. 열 명의 손주 중 하나였을 뿐인 내가, 그 순간만큼은 할아버지의 특별한 손녀가 된 듯해 흐뭇했다. 입사 직후 부모와 함께하는 회사 견학 프로그램에 어머니와 참석했는데, 할아버지가 드물게 기뻐하셨던 얘기를 이후에 전해 듣고는 '아, 할아버지도 모시고 갈걸' 하고 두고두고 후회했었다. 일제강점기에 태어나 일본인이 경영하는 약방에서 소사 일을 하며 자수성가한 우리 할아버지께, 어쩌면 신문사라는 곳은 찰리의 할아버지가 그토록 궁금해하던 윙카의 초콜릿 공장 같은 곳이었을지도 모르겠다.

『초콜릿 공장의 비밀』은 내게 그런 책이다. 어린 손녀의 지루함을 달래주고 싶었던 외할머니 덕에 처음 읽게 된 책, 돌아가신 할아버지를 떠올리게 하는 책. 초콜릿 공장을 상속 받게 된 찰리는 집으로 돌아가 당장 공장으로 이사 가자고 어른들을 설득한다. 노인들이 "나는 이 집 침대에서 죽겠다"며 제안을 거절할 때, 뭔가를 해드리고 싶어 여쭤볼 때마다 "나는 괜찮다" 하시던 할아버지가 떠올라 뭉클해졌다. 소설은 이렇게 끝이 난다.

찰리는 침대에 올라가서 아직도 무서움에 떨고 있는 노인들을 달래기 시작했다.

"할머니, 할아버지, 조금도 무서워할 건 없어. 안전하다니까. 지금부터 우리는 이 세상에서 제일 멋진 곳에 가서 사는 거야!"

"찰리의 말이 맞아요."

할아버지가 옆에서 거들었다.

“거기 가면, 뭐 먹을 것이라도 있느냐? 우리는 지금 배가 고파 죽
겠다. 모두 아무것도 먹지 못했어.”

친할머니가 물었다. 찰리는 유쾌하게 소리 내어 웃으며 대답했다.

“뭐 먹을 것이라도 있느냐고? 아무 걱정 말고 우리한테 맡겨 놔,
할머니!”

진짜 세상,
진정한 관계를
원한다면

『여보세요, 니콜라』〈신세계 창작동화 은하수 시리즈〉
자닌 샤르도네 지음, 배기열 옮김, 금성출판사, 1996(절판)

페이스북으로 연결된 그 다정한 친구들 중 내가 쓸쓸하고 외로울 때 전화를 걸어
하소연할 수 있는 사람은 과연 몇 명이나 될까? 전화 가능한 친구를 헤아려보면서
나는 『여보세요, 니콜라』를 떠올렸다. 도시 소녀 리즈와 시골 소년 니콜라가
전화를 통해 우정을 쌓아가면서 서로를 알아가고, 마침내 만나게 된다는 내용의
이 책을 난 참 좋아했다. 무엇보다 아무렇게나 누른 전화번호가 좋은 친구를
선물했다는 설정이 참 낭만적이었다.

요즘 나는 두 개의 세계에 살고 있다. '세계 1'에서의 나는 말수 적고, 잘 웃지 않으며 까칠하다. 그 세계에서 나는 오직 일에만 열중한다. 세계 1의 사람들은 회사 동료거나 취재원들, 대개 일로 얽힌 사람들이다. 낮의 자투리 시간과 밤 시간에 나는 '세계 2'에서 활동한다. 그 세계에서 나는 말 많고, 잘 웃고 친절하다. 세계 2의 사람들은 어릴 때 친구들, 대학 동기나 선후배들 등 대개 일과는 상관이 없는 사람들이다.

대체 세계 1과 세계 2가 뭐냐고? 무라카미 하루키의 『1Q84』에 나오는 '두 개의 달이 뜨는 세계'쯤 되면 얼마나 고차원적이고 좋겠냐마는 그렇지는 않다. 전자는 내가 두 발을 딛고 서 있는 진짜 세계, 후자는 온라인 가상현실의 SNS, 바로 페이스북이다.

한동안 나는 세계 2에서의 내가 진짜 나라고 털끝만큼도 의심 없이 믿어왔다. 세계 2에서의 나는 감정 표현에 솔직하고, 우주와 인간에 대해서 깊이 생각하며, 보드랍고 여린 심성을 지닌 사람이다. 그런 내가 나는 마음에 들었다. 반면 세계 1의 나는 성미 급하고 신경질적이며,

종종 감정을 억누르고, 서투른 업무 능력 때문에 자주 상사에게 야단 맞고 주눅 들곤 했다. 그런 내가 나는 못마땅했다. '괜찮아. 진짜 나는 여기 있으니까.' 현실에서의 내가 마음에 들지 않을수록 나는 더욱 더 세계 2의 나와, 그 속에서의 관계에 몰두하곤 했다. 사실 계약으로 맺어진 관계를 넘어선, 제법 소중한 관계들은 대개 그곳에 있었으니까. 나는 그렇게 믿었다.

그러나 과연 그런가? 어느 단계를 넘어가자 나는 페이스북에서도 '눈치'를 보기 시작했다. 일단 남들의 포스팅과 내 포스팅이 뒤섞이는 그 '뉴스 피드News feed' 시스템이 문제였다. 내 감정을 글로 드러내는 데 익숙한 나는 우울하거나 힘들거나 아플 때의 부정적인 감정들을 자주 페이스북에 적어놓곤 했다. 그때는 그런 감정들이 해소가 되는 것 같아 좋았지만 시간이 지나 다시 들여다보면 참담해졌다. 다른 사람들이 올려놓은 행복하고 신나고 기쁜 소식들에 내 아픔은 묻혔고, 나는 자주 위축되었으며, 초라해졌고, 민망했다.

"남들은 다 갑옷 두르고 있는데 나만 발가벗고 있는 기분이야."

언젠가 나는 말했다. (우습게도 이 글마저 페이스북에 썼다.) 한 친구가 기기에 동의하며 댓글을 달았다

"그래서 나는 모두가 익명으로 발가벗고 있는 블로그를 써."

실명으로 발가벗든, 익명으로 발가벗든, 다수의 사람을 대상으로 제 애기를 문자로 풀어내는 인터넷 공간에서 사람은 어쩔 수 없이 자기를 포장하게 된다.

타인에 대해 굳이 몰라도 될 것까지 시시콜콜 알려주는 페이스북이 점점 피곤해졌다. 잊고 지냈던 옛 남자친구를 '알 수도 있는 사람'으로 추천해 굳이 그의 근황을 알게 한다거나, 별로 친하지 않은 사람이 정치색을 드러내며 쓴 글을 보게 해서 그에 대해 선입견을 갖게 하는 것에 피로해진 것이다.

돌이켜보면 나는 정말 친한 친구들과는 페이스북을 통해 소통하지 않았다. 그들과는 직접 만나거나 전화를 했다. 그들은 페이스북에 올리는 자잘한 내 일상에는 무심했지만, 내가 인생의 고비에서 마주친 커다란 고통의 순간에는 언제나 내 곁에 있었다. 페이스북에서는 커다란 슬픔에 맞닥뜨려도 통곡할 수 없었다. 통곡이란 일대일의 관계에서나 가능한 거니까. 그러다보니 나는 대개 페이스북에 나 자신을 희화화하여 여럿에게 웃음을 줄 수 있는 글을 주로 올리게 됐다. '눈물'에 거부감을 가지는 사람은 많지만, '웃음'을 싫어하는 사람은 없으니 말이다.

페이스북으로 연결된 그 다정한 친구들 중 내가 쓸쓸하고 외로울 때 전화를 걸어 하소연할 수 있는 사람은 과연 몇 명이나 될까? 전화 가능한 친구를 헤아려보면서 나는 『여보세요, 니콜라』를 떠올렸다.

프랑스 작가 자닌 샤르도네Janine Chardonnet가 쓴 『여보세요, 니콜

     그렇게 아이는 성장한다

라』의 주인공은 프랑스 파리에 사는 여덟 살짜리 여자아이 리즈다. 간호사인 엄마와 백화점 경비원인 아빠가 일하러 나가느라 집을 비운 밤이면 리즈는 무서워서 잠을 이루지 못한다. 어느 밤, 리즈는 두려움을 견디다 못해 전화기를 들고 무작정 아무 번호나 누르는데, 전화를 받은 사람은 '라무아느리'라는 시골에 사는 남자아이 니콜라였다. 울먹이는 리즈를 니콜라는 창밖의 올빼미 소리를 들려주며 달래고, 두 아이는 어느덧 친구가 된다. 말하자면 '폰팔'이 된 것이다.

도시 소녀 리즈와 시골 소년 니콜라가 전화를 통해 우정을 쌓아가면서 서로를 알아가고, 마침내 만나게 된다는 내용의 이 책을 난 참 좋아했었다. 아무렇게나 누른 전화번호가 좋은 친구를 선물했다는 설정이 참 낭만적으로 다가왔기 때문이다.

어렵사리 인터넷 헌책방에서 구한 책을 다시 읽자니 역시나 어릴 땐 보이지 않던 것들이 많이 보였다. 특히 리즈와 니콜라가 서로의 생김새를 궁금해하는 부분에 대한 묘사가 퍽 재미있었다.

"음, 나는 너의 머리카락이 짧은 금발이고 고수머리가 아닌가 해."

"그긴 또 왜?"

"우리 사촌, 그 애도 리즈라고 하는데, 그 아이가 짧은 금발에 고수머리이기 때문이야."

"어머, 내 머리카락은 짙은 갈색이야. 말꼬리처럼 뒤에서 묶어 올렸는데, 풀어놓으면 허리까지 닿을 정도로 길어."

"뭐, 리즈 플라랭? 난 너를 모르겠는
고 있지?"
"파리야. 넌?"
"난 라무아느리……라고 해도
의 농장이야. 시골이지

"그래, 다행이다. 난 그런 걸 좋아하거든."

"정말?"

"응, 난 그 사촌을 굉장히 싫어해. 내 사촌 리즈는 나를 보면 얼굴을 찡그리거든. 그러면 나는 테이블 밑으로 걷어차준단다. 그래서 사실 나는 너한테 다른 이름을 붙여주고 싶어."

"나는 너한테 다른 이름을 붙여주고 싶다"니, 이것은 전형적인 '작업 멘트' 아닌가? 더 이상 순진무구한 초등학생이 아닌 '30대 독신녀'는 의미심장한 미소를 지으며 계속해서 책장을 넘겼다.

"다른 이름이라니?"

"응. 나, 마음속으로는 샹들뢰르라고 부르고 있어."

"어머! 이름으로는 좀 이상하잖아."

"달력에 씌어 있잖아."

여기서 달력에 씌어 있다는 얘기는 '샹들뢰르Chandeleur'라는 단어가 '성촉절'(매년 2월 2월 봄이 오는 것을 기뻐하는 명절)을 뜻하기 때문이다. 대화는 다음과 같이 이어진다.

"그래, 파크(부활절)와 같은 축제일의 이름인 모양이구나."

"맞아, 하지만 노엘(크리스마스)도 축제일 이름인데 사람의 이름도 있단 말이야. 그렇다면 샹들뢰르도 상관없잖아."

"좋아. 샹들뢰르란 이름, 아름다워서 마음에 쏙 들었어."

"'촛불의 축제'라는 뜻인데…… 우리 시골에서는 예쁜 꽃 이름이기도 해."

"그래! 어떤 꽃인데?"

"음…… 가장자리가 초록빛이 도는 흰 초롱꽃 같은 꽃이야. 아네모네라고도 하고, 샹들뢰르라고도 해. 아마 겨울에 피기 때문인가 봐."

"너의 집 뜰에도 피어 있니?"

"으응, 그리고 난 무더기로 많이 피어 있는 곳도 알고 있어. 나무딸기며, 가시덤불 속에 숨어 있긴 하지만."

"그래서 이제부터 너는 나를 샹들뢰르라고 부를 작정이니?"

"응, 너만 좋다면."

"조금 실감이 나지는 않지만, 좋아."

합의는 이루어지고 이후 리즈는 니콜라에게 샹들뢰르란 애칭으로 불리게 된다. '내가 그의 이름을 불러주기 전에는 그는 다만 하나의 몸짓에 지나지 않았다 내가 그의 이름을 불러주었을 때 그는 나에게로 와서 꽃이 되었다'고 하는 시의 한 구절처럼 말이다.

그래, 이 책을 통해 프랑스에는 성촉절이라는 명절이 있으며, 그것을 샹들뢰르라고 부른다는 것을 알게 됐지. 크리스마스는 불어로 '노

그렇게 아이는 성장한다

엘'이라는 것을 가르쳐준 이 책 덕분에 고등학교에 입학해 불어를 처음 배웠을 때 크리스마스 인사인 'Joyeux Noël'이 전혀 낯설지 않았지……. 이 책은 내게 단순한 이야기책을 넘어 다른 나라의 문화를 체험하게 해준 하나의 창구였다.

책의 말미에서 리즈는 혼자 사는 병든 할머니를 도와준 상으로 부모님에게서 니콜라가 사는 라무아느리로 가는 티켓을 선물 받는다. 마침내 두 아이가 만나는 마지막 장면을 읽고서는 흐뭇해하며 책장을 덮다가 나는 문득 내 연애가 항상 한밤의 전화로 점철됐던 것은 어린 시절 이 책을 읽었기 때문일지도 모르겠다고 생각했다. 연애를 할 때마다 나는 남자친구와 잠들기 전 오래 통화하는 것을 좋아했다. 오죽하면 이상형이 '밤마다 전화해주는 남자'였겠는가. 아무래도 내 마음속엔 니콜라가 이상형으로 자리 잡고 있는 모양이다.

지친 몸으로 퇴근해 아무도 없는 집에 누워 있자면 내 숨소리보다 더 큰 정적靜寂의 기척이 구렁이처럼 스르르 목을 휘감을 때가 있다. 그 정적을 견디다 못해 나는 인터넷에 접속해 페이스북을 했다. '친구'들이 올려놓은 각종 이야기에 '좋아요' 버튼을 누르거나 댓글을 달고, 혹은 내 시시콜콜한 이야기들을 포스팅하면서 내가 혼자가 아니라는 것, 적어도 그 세계에서는 그들과 함께 존재한다는 것을 느끼고 싶었다. 타인의 관심과 애정에 대한 갈구, 그리고 나라는 인간에 대한 해명. 그것이 내가 페이스북에 매달리는 가장 큰 이유였지만, 사실 내가 진정으로 갈망하는 것은 수화기 너머로 들려오는 다정한 음성, 함께 이야기를 주고받으며 울고 웃고 떠들 수 있는 그 누군가였다. 업무용이 아닌 통화를 해본 것이 대체 언제였더라. 전화기를 들고 있던 나는 페이스북 앱을 터치하려던 손가락을 잠시 거두고, 다이얼의 숫자를 눌렀다. 신호음에 귀를 기울이며 "여보세요" 하고 말을 걸었다.

"있어. 하지만 거부스
류하고 안함해 보여. 나
무들도 모두 자고 있는
모양이야. 나룻라, 네
가 있는 꽃은 어떠니?"
"나무가 아주 많아. 내
방 창문 오른쪽에는 떡
갈나무, 조금 앞 목정
왼쪽에는 포플러 가로
수가 있어."
"무슨 소리가 나니?"
"응, 포플러는 킨히 울
찌이고 있지 않은 것 같
은데 언제나 노래를 부
르고 있지."
"어떻게 부브니메?"
"비가 오는 것 같은 느낌
이야. 그리고 떡갈나무
에는 올매미가 잠고 있
자. 너도 들어 봐.
소리가 들리지?"
"응."

천국과 지옥, 그 사이에서

『작은 아씨들』

루이자 메이 올컷 지음, 유수아 옮김, 펭귄클래식코리아, 2011

천성에 맞지 않는 베토벤을 굳이 연주하는 피아니스트 안드라스 시프처럼, 누구나 천성에 맞지 않는 일과 맞서 분투하고 있을까? 내가 하고 있는 일이 천성을 망가뜨리면서까지 해야 할 만큼 가치 있는 일일까? 그리고 이 일이 과연 내게 '겸손'을 깨우쳐줄까? 고민이 이어지던 나날. 겸손하고 다정한 피아니스트를 또 한 명 떠올렸다. 시프를 만나기 전까지 그녀는 내가 아는 유일한 피아니스트였다. 바로 『작은 아씨들』에 나오는 베스다.

눈이 드물다는 2월 도쿄에 눈이 내렸다. 로비에 히나마쓰리雛祭 제단이 마련된 고풍스러운 호텔 방에서, 대가大家가 천천히 입을 열었다.

"베토벤을 연주할 때마다 천국과 지옥을 오가는 것 같은 기분을 느낀다. 베토벤은 내 천성과 맞지 않기 때문이다. 내게 맞는 건 오히려 슈베르트나 바흐다. 나는 베토벤과 같은 고통을 겪어본 적이 없다. 천성과 다른 곡을 연주한다는 건 연주자에게 무척 힘든 일이다. 베토벤 연주를 하면서 나는 겸손을 배웠다."

'피아노의 교과서'로 불리는 안드라스 시프Andras Schiff를 인터뷰하게 된 것은 인사가 나서 잠시 공석이 된 클래식 담당 자리를 내가 임시로 채워야 했기 때문이었다. 바흐, 슈베르트 등 고전적인 레퍼토리를 격조 있게 해석하기로 이름난 그는 50세 때부터 베토벤에 몰두, 베토벤 피아노 소나타 32곡 전곡全曲을 연주한 실황 앨범을 발매해 화제가 됐었다.

원래 인터뷰를 하기로 돼 있던 선배는 "아람이는 클래식 잘 모르는

데요"라며 난처해했지만, 신문사란 원래 모른다고 봐주지 않는 곳이다. 부장은 냉정하게 말했다. "가서 한 번 뺑이 쳐보라 그래." 그렇게 갑자기 가게 된 출장이었다. 그것도 상대는 세계적인 피아니스트. 선배는 "미술가로 치면 너는 데이미언 허스트를 만나는 거야"라고 했지만, 기쁘기는커녕 더 부담스러웠다. 더군다나 음악은 내가 가장 취약한 분야였다. 나는 운전할 때를 제외하고는 음악을 듣지 않았고, 클래식은 더더구나 듣는 법이 없었다. 회사에서 "대중에게 클래식을 널리 알리자"라는 취지의 캠페인을 했을 때, 어쩌다 취재를 하러 가면 지진아가 된 듯한 기분이었다. 남들은 다 아는 슈베르트의 「송어」 멜로디조차 모르는 나를 보고 입사 동기가 한심하다는 듯 말했다.

"그거 중학교 음악시간에 배우는 건데. 너무한 거 아냐?"

어쨌든 출장 명령이 떨어진 것이 금요일 저녁, 출장을 떠나야 하는 날은 월요일. 내게 주어진 시간은 주말 이틀밖에 없었고, 나는 시험을 앞둔 수험생처럼 벼락치기를 해야 했다. 그것도 과목은 내가 제일 취약한 음악. 주말 내내 그의 음반을 틀어놓고 내한 연주에서 들려줄 예정이라는 어려운 슈베르트와 베토벤 곡을 들었고, 공항으로 가는 버스 안에서 내가 단 한 번도 '베토벤', '모차르트', '슈베르트'를 원어로 발음해본 적이 없다는 걸 깨닫고, 스마트폰 영어사전으로 발음을 익혔다. 출장 준비를 하는 내내 '왜 적성에 맞지도 않는 일을 하게 되는 고난이 주어졌을까' 투덜댔지만, 한편으론 생각했다. '그래, 아무리 공부해봤자 난 어차피 클래식 문외한이야. 아마 우리 신문 독자들도 대부분 그럴 거야. 그럼 나는 그들과 비슷한 눈높이에서 질문할 수 있겠지. 전문적으로 가려는 욕심을 버리고 쉽게 가자.'

나는 궁금했다. 젊었을 때 바흐 스페셜리스트로 정평이 난 이 음악가가 왜 50대에 접어들어 갑자기 베토벤에 도전했는지, 이 음악가는 어떤 선배 음악가와 자신을 동일시하는지. 그렇게 떨림과 두려움을 가지고 만난 피아니스트는 의외로 편안한 사람이었다. 까다로우나 부드러웠고, 차분하면서 정직했다. "베토벤은 내 천성에 맞지 않다. 천국과 지옥을 오가는 그 연주를 통해 나는 겸손을 배웠다"라는 솔직한 고백에 나는 크게 감동 받았다. 인터뷰 다음 날 도쿄 산토리홀에서 열린 독주회에서 시프가 "내 천성과 가까워 한 번도 어렵다고 느낀 적이 없었다"라고 했던 슈베르트의 곡을 유려한 선율로 마무리할 때, 눈에서 눈물이 툭, 떨어졌다. 클래식 음악을 듣고 눈물을 흘린 것은 태어나서 처음이었다.

그 출장 이후로 많은 시련이 닥쳤다. 원하던 미술 담당 기자가 되자마자 미술품과 연관된 기업 비리 사건이 연일 터졌다. 숨 쉴 틈도 없이 하루하루가 지나갔고, 순발력 없고 사회 구조에 무지한 내 무능함이 여실히 드러났다. 내향적인 내게 기자란 참 맞지 않는 직업이었다. 자정이 넘어 퇴근할 때마다 택시 안에서 '그만둬야지' 하고 뇌까렸다. 하

그렇게 아이는 성장한다

나하나 계획을 세워 차근차근 해내는 걸 좋아하는 내 천성에 돌발 상황이 많은 기자 일은 도무지 맞지 않았다. 고지식하기 그지없는 내게 회사 사람들은 이렇게 말했다.

"넘겨짚지 않는 건 한 인간으로선 참 행복한 성품이지만, 기자로선 잘 모르겠다."

곧고 바른 품성의 취재원이 "그 일은 제게 맞지 않는 일입니다"라며 내 부탁을 거절할 때, 나는 제 성정을 그대로 지니고 살 수 있는 그가 못 견디게 부러웠다.

상사로부터 불호령을 듣고 "사표를 내겠습니다"라는 말이 목구멍까지 치밀어 올라온 날들에, 퇴근 후 클래식 FM을 들었다. 휴일에도 종종 듣기 시작했다. 전엔 없던 버릇이었다. 음악으로 위안 받으며 때로 시프와의 인터뷰를 생각했다. 천성에 맞지 않는 베토벤을 굳이 연주하는 시프처럼, 누구나 살아가면서 천성에 맞지 않는 일을 하면서 분투해야 하는 것일까? 내가 하고 있는 일이 천성을 망가뜨리면서까지 해야 할 만큼 가치 있는 일일까? 그리고 이 일이 과연 내게 '겸손'을 깨우쳐줄까?

겸손하고 다정한 피아니스트를 한 명 알고 있다. 시프를 만나기 전까지 그녀는 내가 만난 유일한 피아니스트였다. 루이자 메이 올컷 Louisa May Alcott(1832~88)의 소설 『작은 아씨들』에 나오는 베스다. 마치 집안의 네 자매 중 셋째인 베스는 학교에도 잘 가지 못할 만큼 지나치게 수줍음이 많고 내성적이다. 차분하고 희생적인 이 소녀는 가족들의 사랑을 듬뿍 받으며 자란다.

 베스는 집안일에 솜씨가 있어서 해나를 도와 집 안의 정리 정돈
을 도맡았고, 그 덕분에 집은 항상 안락했다. 베스가 이렇게 집
안일을 하는 이유는 달리 보상을 바라서가 아니라 단지 가족들
에게 사랑 받고 싶은 마음에서였다. 베스는 길고 조용한 나날을
보내면서도 외로움을 느낄 새도, 게으름을 부릴 새도 없었다. 베
스의 작은 세계는 언제나 상상의 친구들로 북적거렸고, 베스는
천성적으로 바지런했기 때문이다.

이 착한 아가씨가 유일하게 욕심을 부리는 것은 음악이다. 올컷은
이렇게 썼다.

베스도 다른 자매들과 마찬가지로 단점이 있었다. 천사가 아니
라 어린 소녀인 베스는 조의 말마따나 자주 "훌쩍거렸다". 음악
수업을 받을 수 없었고 좋은 피아노도 없었기 때문이었다. 베스
는 음악을 너무나 사랑했고, 배우려고 열심히 노력했으며, 낡은
피아노로 무던히 연습했다.

성실하고 열정적인 어린 피아니스트에게 도움을 준 것은 이웃에 사
는 무뚝뚝한 할아버지 로렌스 씨다. 그는 베스에게 "언제든 우리 집에

 그렇게 아이는 성장한다

어릴 때 읽었던 동서문화사 판 『작은 아씨들』의 삽화.

와서 피아노를 쳐도 좋다"라고 허락하고, 베스가 답례로 팬지가 수놓인 실내용 슬리퍼를 만들어 선물하자, "커다란 푸른 눈에 음악을 사랑했던" 죽은 손녀가 치던 피아노를 답례로 보내준다. '빈틈없는 양초 받침대'를 갖춘 데다 가운데에 '장미 문양의 금박'이 박혀 있고, '예쁜 악보 받침대와 의자'까지 있는 완벽한 피아노.

피아노 치는 것을 너무 싫어해서 선생님 앞에서 "피아노가 싫어요"라고 대성통곡을 하고 학원을 그만둔 초등학교 4학년 이후로 음악과는 거리가 멀었던 나로서는 베스는 정말 이해할 수 없는 인물이었다. 『작은 아씨들』을 여러 번 탐독했지만, 예쁜 메그, 활달하고 글 잘 쓰는 조, 새침하고 허영심 많은 에이미에 비해 '착한 아이' 베스는 그다지 매력적이지 않았다. 게다가 피아노라니! 왜 하필이면 피아노 따위를 좋아하는 걸까?

시프를 만난 이후로 나는 베스를 다시 보게 되었다. 피아노 곡의 아름다움을 알게 되었고, 피아노에 대한 열정을 이해할 수 있게 되었으니까. '천성에 맞지 않는다'라고 투덜대며 준비했던 그 인터뷰가, 오히려 몰랐던 세계로 발을 디딜 수 있는 문을 열어준 셈이다. 천성을 거스르기 위해 분투하는 시프와는 달리, 베스는 평생 여리고 다감한 제 천성에 충실했던 인물이지만.

'천성을 거슬러야만 하는' 내 고난의 나날들은 지금도 계속되고 있다. 너무 힘들어서 포기하고 싶은 순간도 여전히 찾아온다. 다행히 시간이 흐르면서 어느 정도 그런 것에 익숙해지기는 했다. 시프 같은

그렇게 아이는 성장한다

대가도 천성을 거스를 때는 고통을 느낀다는 사실이 때때로 위로가 됐다.

도쿄 출장을 다녀온 지 1년쯤 지난 어느 날, 라디오에서 슈베르트의 즉흥곡이 흘러나왔다. 나는 직감적으로 알아차렸다. '곧고 엄격하면서 맑은 저 음색, 시프구나.' 곡이 끝나고 진행자가 "안드라스 시프였습니다"라고 말하는 순간, 나는 예전엔 몰랐던 쾌감으로 짜릿했다.

3

소녀는
이제
울지 않는다

잠들어 있는
'비 공주'를
깨운 사람은 누구?

「비 공주」〈원색탤레비전 세계교육동화〉 27권
금성출판사, 1989 (절판)

욕망을 드러내거나 남과 다투는 걸 못 견디는 성격으로 11년째 날마다 모험 같은 직장 생활을
용케 버틸 수 있었던 것은, 내 무의식에 '말렌' 같은 여성이 롤모델로 자리 잡고 있기 때문이라고
믿고 싶다. 결국 모든 상황에 대한 답은 내가 쥐고 있으니, 무서워서 울 것만 같아도
홀로 비 공주를 깨우러 가는 말렌처럼 나도 계속 앞으로 나아갈 수밖에 없는 것이다.

나는 드라마 「해를 품은 달」의 열혈 시청자였다. 많은 여성들이 매력적인 왕 이훤 역을 맡은 배우 김수현 때문에 드라마를 보았다지만, 내 관심사는 여주인공 연우의 성장기에 있었다. 명문가의 딸로 지성과 미모를 갖춘 소녀 허연우는 세자빈으로 간택되지만 정권을 잡고자 하는 악인들의 계략에 빠져 죽음 문턱까지 갔다 돌아온다. 기억을 잃은 채 무녀巫女로 키워진 연우가 다시 국모國母 자리를 탈환하기까지의 과정이 흥미진진했다.

특히 인상 깊었던 장면은 연우가 마침내 자신이 누군지를 기억해내는 에피소드였다. 불쌍하게 죽은 전前 세자빈을 위로하기 위한 혼령받이로 궁궐에 불려온 연우는 잊고 있던 과거의 자신과 조우하며 죽었다는 세자빈이 곧 자신이라는 사실을 깨닫게 된다. 다음 날 아침, "혼령은 잘 위로하였느냐"라는 명과학 교수의 물음에 연우는 결의에 찬 눈빛으로 이렇게 대답한다.

"예, 그 소녀는 이제 더 이상 울지 않을 것입니다."

나는 그 대사에 깊이 감정 이입했다. 30대 중반에 들어서면서도 여전히 자신이 누구인지 모르겠다고 생각하고 있던 참이었다. 연우의 말처럼 시련은 나를 더 강하게 만들겠지만, 나야말로 내 안의 '그 소녀'가 더 이상 울지 않을 날, 내가 누구인지 정말로 알게 되는 날이 왔으면 좋겠다고 여겼다. 한편으론 이런 생각도 했다. 배우 이요원이 주연을 맡았던 드라마 「선덕여왕」 이래 '나는 누구인가'를 알기 위해 고군분투하는 여주인공의 모험담을 다룬 드라마가 유행하는 것은 소위 '알파걸 시대'를 반영하는 것일까? 여성 시청자들이 이런 이야기에 열광하는 것은 지금까지 '모험을 통한 성장담'이 여성에겐 허락되지 않았기 때문일까?

헤라클레스는 열두 가지 과업을 완수한 대가로 불사不死의 몸이 되고, 이아손은 역경을 이겨내고 황금 양털을 구해와 왕좌를 얻는다. 남성들이 고난의 통과의례를 거치며 성장하는 동안 여성들은 무엇을 했던가? 백설공주는 독사과를 먹고 쓰러져 왕자가 구해주러 올 때까지 기다렸다. 잠자는 숲속의 공주도 물레바늘에 찔려 100년이나 잠든 채 왕자의 입맞춤을 기다렸다. 신데렐라는 유리 구두를 무도회장에 떨구고 오긴 했지만, 결국엔 왕자가 찾으러 올 때까지 기다렸…… 아, 이건 아니야.

거센 폭우가 쏟아진 어느 토요일에 「비 공주」를 다시 읽었다. 나는 내가 신데렐라 유의 이야기만 읽으며 수동적으로 길러진 약해빠진 계집아이가 아니라는 사실을 증명하고 싶었다. 소년들이 「메칸더 V」와

「2020 원더키디」를 보며 과학자의 꿈을 키웠던 그 시절에 소녀들은 「작은 숙녀 링」이나 보며 다소곳한 태도로 남자의 구원만을 기다렸다면 너무 억울하잖아?

　　테오도어 슈토름Theodor Storm(1817~88)의 1863년 작 「비 공주」를 처음 접한 건 금성출판사에서 나온 〈칼라텔레비전 세계교육동화〉 중 『독일 동화집』을 통해서다. 일본 쇼가쿠칸의 〈올컬러판 세계의 동화〉 전집을 복제해 만든 이 전집은 예쁘장한 삽화 덕에 수집가들 사이에서 엄청난 인기를 얻고 있다. 어릴 때 읽었던 삽화 그대로인 1980년대 초반 발행 판을 구하고 싶었지만 도저히 찾을 수 없었고, 이후에 저작권 때문인지 이름도 〈원색텔레비전 세계교육동화〉로 바뀌고, 삽화도 바뀐 1980년대 후반 책을 겨우 한 권 구했다. 보는 내내 예전의 삽화가 아니라 거슬렸지만 아쉬운 대로 내용에 집중하며 끝까지 읽었다.

　　까마득한 먼 옛날 어느 마을에 햇빛이 쨍쨍 내리쬐고 가뭄이 계속된다. 가난한 소작농인 안드레스의 어머니는 마을의 지주인 말렌의 아버지에게 가뭄은 "비 공주님이 잠을 자고 있기 때문"이라고 얘기한다. 말렌의 아버지는 "비 공주님이라니, 그런 게 있을 턱이 있냐"라며 비웃지만, 안드레스의 어머니는 희망을 품고 "비 공주님을 깨우면 반드시 비가 올 것"이라 주장한다. 소박한 아낙네의 자연에 대한 믿음과 이성적

〈원석텔레비전 세계교육동화〉판 「비 공주」에 실린 삽화.
내가 어렸을 때 보았던 것과 삽화가 달라졌다.

인 지주의 냉소. 이야기는 이 둘의 대결 구도로 시작된다.

"흥, 바보 같은 소리 말아요. 만약 비 공주님이라는 것이 있어 스
물네 시간 안에 비를 오게 해준다면, 우리 집 말렌과 당신네 안드
레스와 결혼을 시켜주지요, 흥!"
하고 말렌의 아버지가 말했습니다.
바로 그때입니다. 쾅! 하고 문이 열리더니, 예쁜 아가씨의 모습
이 나타났습니다. 말렌입니다. 기쁨이 얼굴 가득히 넘치고 있었
습니다.
"아버지 정말이어요? 비 공주님을 깨우면 제가 가장 좋아하는
안드레스와 결혼할 수 있는 거죠?"
말렌은 기쁨에 넘쳐 어쩔 줄 모르며 이렇게 말했습니다.

사랑하는 사람과 결혼하기 위해 말렌과 안드레스는 비 공주님을 깨
우러 길을 떠난다. 둘은 불처럼 새빨간 조끼를 입고, 새빨간 모자를 쓴
불난장이에게서 비 공주님을 깨우기 위한 전설의 주문을 알아낸다.

강은 바싹바싹
샘은 메마르고
숲은 잠잠하네
밭두렁 위에서는

소녀는 이제 울지 않는다

불난장이 껑충껑충

눈을 뜨셔요

눈을 뜨셔요

엄마가 캄캄한 곳으로

데려가기 전에

불난장이는 비 공주님이 "깊은 숲 버드나무에 뚫린 커다란 구멍 밑 계단을 내려가면 나타나는 뜰"에 잠들어 있다는 사실도 알려준다. 또 하나, 비 공주님을 깨우는 것은 꼭 여자아이여야 한다는 것도 당부한다. 그리하여 '부유한 신부를 얻기 위한 가난한 청년의 모험'이라는 구태의연한 동화로 전락할 뻔했던 이야기는 '사랑을 쟁취하기 위해 모험을 무릅쓰는 능동적인 여성의 투쟁기'로 전환한다. 안드레스와 함께 버드나무 구멍으로 들어가, 타오르는 듯 뜨거운 강 밑바닥을 지난 말렌은 꽃과 나무가 모두 시든 비 공주님의 뜰에서 안드레스와 헤어진다.

"자, 안드레스. 이제 잠시 이별을 해야 해요. 여기서부터는 나 혼자서 가야만 해요."

하고 말렌이 말했습니다.

말렌은 혼자 걸어갔습니다. 비 공주님을 깨우는 것은 여자아이가 아니면 안 되기 때문입니다. 말렌은 계속해서 앞쪽으로 걸어갔습니다. 흰 모래와 작은 돌멩이만 있는 쓸쓸한 길이었습니다. 작은 돌 사이사이에 죽은 물고기가 금빛 비늘을 반짝이며 누워 있습니다. 길 한복판에는 잿빛을 띤 한 마리의 커다란 새가 있었습니다. 그 새는 기분 나쁜 길쭉한 목을 날갯죽지에 처박고 선 채로 자고 있었습니다. 말렌은 무서워서 울고만 싶은 것을 꾹 참으면서, 발소리를 죽여 살금살금 기다시피 하여 새 곁을 지나쳤습니다.

발바닥이 타버릴 것처럼 뜨거운 강, 흰 모래와 작은 돌멩이만 있는 쓸쓸한 길, 죽은 물고기와 기분 나쁜 새…… . 무서워서 울고만 싶은 말렌의 기분이 생생하게 느껴졌다. 긴박한 사건이 터져 한 시간 내로 알지도 못하는 일에 대해 톱기사를 쓰라는 주문을 받았을 때, 아무리 열과 성을 다해 기사를 써도 데스크가 흡족해하지 않아 몇 번이고 다시 고쳐 써야 할 때, 남들은 결혼해 가정에서 곱게 살아가는 것 같은데 나 혼자 가뭄에 갈라진 논바닥처럼 메마른 세상에서 부대끼며 드세고 성마른 여자가 되어가는 것 같을 때…… . 나는 포기하고 주저앉아 "누군가 제발 나 대신 이걸 좀 해줘" 하며 어리광 부리고 싶어진다. 그러나 비 공주님을 깨우는 것은 여자아이가 아니면 안 되기 때문에, 그 모든 상황에 대한 답은 내가 쥐고 있기 때문에, 결국 나는 말렌처럼 혼자 용기를 내 계속 걸어갈 수밖에 없는 것이다.

마침내 비 공주를 발견한 말렌은 주문을 외워 공주를 깨운다. 잠에

서 깬 공주는 말렌에게 주전자를 쥐여주며 "강을 건너 성으로 가 우물
의 뚜껑을 열고 주전자에 물을 채워오라"라고 이른다. 자신에게 주어
진 최후의 미션을 말렌은 떨면서, 그러나 용감하게 해낸다.

말렌이 주전자에 강물을 퍼 담으려고 하자, 갑자기 마른 흙이 갈
라지고 짙은 갈색의 커다란 손이 불쑥 나타났습니다. 그 손은 말
렌의 다리를 붙잡으려 합니다.
"아악!"
말렌이 비명을 지르자 손은 사라졌습니다.
"용기를 내! 눈 감고."
하고 뒤쪽에서 비 공주님의 격려하는 목소리가 들려왔습니다.
(중략)
말렌이 우물의 뚜껑을 열자, 우물 밑바닥에서 안개가 뭉게뭉게
피어올라, 성 안은 당장에 부옇게 흐려져 사방이 잘 보이지 않게
되었습니다. 사방으로 안개가 자욱하게 덮였습니다. 말렌은 기
뻐서 손뼉을 쳤습니다. 그러자, 천장의 비구름이 성의 창문을 통
해서 밖으로 흘러 나갑니다.
"잘해냈어. 말렌. 네 덕택으로 이제 불난장이의 세상은 끝장이
났어요."
우물 곁에는 몰라볼 만큼 말쑥하게 아름다워진 비 공주님이 미
소를 짓고 서 있었습니다. 발밑에는 꽃이 피어 있고, 풀들이 파

랗게 우거져 있습니다. 성 밖에서 세차게 윙윙거리는 바람 소리
와, 후두둑후두둑하고 무언가 메마른 땅을 두드리는 소리가 들
려왔습니다.
"아, 비다, 비가 온다! 비가 내리고 있어요, 비 공주님!"

이야기는 해피엔드로 끝난다. 말렌과 안드레스의 결혼식을 묘사한
결말 부분은 읽은 지 27년이 지난 지금까지도 선명하게 기억에 남아
있다.

결혼식 도중에 신부의 면사포 위에 빗방울이 후두두 떨어지자,
"야아, 행복을 알리는 징조다" 하고 모두들 말했습니다.
신랑 안드레스는 신부 말렌에게 속삭였습니다.
"나의 아름다운 비 공주님, 말렌."

서양에서는 결혼식 날 비가 오면 행운의 징조로 여긴다는 것을 이
책을 통해 알았다. 비 오는 날 결혼식에 갈 때마다 비 공주를 생각했
고, 그래서 이 동화는 좀처럼 잊히지 않는 이야기로 마음속에 간직되
었다. 맨 끝에서 안드레스가 던지는 대사도 기억에 남았다. "나의 아름
다운 비 공주님, 말렌." 어린 시절의 나는 도무지 이해할 수 없었다. 비
공주님은 따로 있는데, 왜 안드레스는 말렌을 비 공주님이라고 부르는
거지? 그 오랜 의문에 대한 답을 나는 이제야 비로소 알았다. 비를 내

　　　　　　　　　　　　

리게 한 것은 결국 비 공주님이 아니라 고난을 감내하며 비 공주님을 깨운 말렌이니까. 성취를 위해 공포와 시련을 이겨낸 씩씩한 여성은 자연의 어머니인 비 공주님 못지않게 위대한 존재로 거듭날 수 있다는 것이 이 이야기의 메시지였던 것이다.

　소년들이 「아톰」과 「마징가 Z」를 보며 악의 무리로부터 지구를 구해야겠다고 결심할 때, 어떤 소녀들은 「비 공주」를 읽으며 병든 자연을 치유하는 법을 배운다. 학창 시절 순종적인 모범생이었던 수많은 '알파걸'들이 남성 중심의 사회에서 갖은 시련을 겪으면서도 굴하지 않을 수 있는 것은 말렌 같은 용감한 여주인공에게서 끈기와 적극성을 배운 덕인지도 모른다. 욕망을 드러내거나 남과 다투는 걸 못 견디는 성격으로 11년째 날마다 모험 같은 직장 생활을 용케 버틸 수 있었던 것은 내 무의식에 말렌 같은 여성이 롤모델로 자리 잡고 있기 때문이라고 믿고 싶다. 그나저나 오늘 하루도 비 공주님을 깨우느라 참 힘들었다.

두 사람은
결혼하여
행복하게……

『사랑의 요정』〈소년소녀세계문학전집〉 24권

조르주 상드 지음, 이원수 옮김, 계몽사, 1979(절판)

　사랑한다면 일편단심이어야 한다고 오래도록 믿었다. 어릴 적 읽은 수많은 책들이
지고지순한 사랑은 아름답다고 가르쳐주었다. 내게 그런 믿음을 갖게 한 책 중 하나가
조르주 상드의 『사랑의 요정』이었다. '외곬'이라는 단어를 나는 이 책에서 처음 배웠다.
'외곬이란 훌륭한 거구나.' 어린 마음에 그렇게 생각했던 것 같다. 지고지순한 파데트와
일편단심인 실비네. 그들을 통해 '사랑의 정의'를 배운 것은 내게 과연 득일까, 실일까?

나는 아무래도 연애의 역치閾値가 지나치게 높은 모양이다. 20대 후반부터 30대 초반까지 열렬히 사랑했다. 깊이 사랑한 것은 후회 없으나 이별의 후폭풍은 의외의 곳에서 찾아왔다. 이미 극한의 자극을 맛본 나의 머리와 심장은 이제 어지간한 자극에는 반응하지 않는다. 지나간 사랑이 그리운 것은 아니다. 다만 세상에 그런 사랑이 있다는 걸 아는데, 나는 그렇게 열렬히 사랑할 수 있는 사람인데, 왜 그만큼 사랑할 수 없는 사람과 단지 결혼 적령기라는 이유로 억지로 관계를 이어나가야 하는지 납득하지 못할 뿐이다.

"눈이 너무 높아서 그래." 내 나이 또래의 이른바 '골드미스'들에게 흔히 던지는 말이다. 지나치게 남자의 조건을 따지고 있는 게 아니냐는 함의를 제멋대로 섞어 적당히 맞춰서 가라고들 얘기한다. 그렇게 조언하는 이들은 과연 '적당한 사람'과 '맞춰서' 결혼했을까? 나는 다만 진심으로 사랑하고, 함께해서 행복한 사람을 만나고 싶을 뿐이다. 배우자에게 바라는 것은 정서적 안정감 외엔 딱히 없다. 그래서 더 어려운지도 모르겠다.

결혼을 인생의 숙제처럼 여기는 사람들이 있다. 나는 그렇게 생각하지 않는다. 지금보다 더 행복해지지 않는다면 굳이 결혼할 필요는 없다고 여긴다. 결혼에 따르는 갖은 희생을 감수할 수 있을 만큼 좋은 사람을 만나기 전엔 결혼하고 싶지 않다. 나는 지금 내 생활에 만족한다. 조용하고 홀가분하며, 죄책감 느끼지 않고 야근하고, 때때로 찾아오는 주말 출근도 가볍게 할 수 있고, 온전히 일과 나 자신에게 몰두할 수 있는 생활.

그래서 30대 중반의 여자는 힘들다. 20대 때보다 화술話術도 패션 감각도 좋아져 외관상으로는 훨씬 더 나아졌지만, 좀처럼 심장이 뛰지 않기 때문에 새로운 사람을 만나기가 쉽지 않다. 소개팅은 그야말로 요식행위. 나가서 웃고 떠들고 맞장구치는 거야 어릴 때보다 훨씬 더 능숙하게 할 수 있지만, 경험은 빠른 판단력을 길러주기에 금세 상대가 나와 맞는지 여부를 판단할 수 있다. '이번에도 아니구나.' 씁쓸해하며 터덜터덜 귀가하다 보면, 때론 자존감은 바닥으로 내려앉고, '소개팅 정식定食'이랄 수 있는 파스타는 거들떠보기도 싫어진다.

쫙발에 난장하고 소개팅에 나가는 것보다 편한 옷차림으로 친한 친구를 만나는 게 훨씬 즐거운 나이. 친구와 브런치를 먹고 전시회를 봤던 어느 주말, 한강대교를 달리는 차 안에서 그녀가 말했다.

"있잖아, 우리 서로 전화기 바꿔서 각자 옛날 남자친구한테 전화해볼까? 번호가 다르니까 누구인 줄 모르고 받을 거 아니야. 그냥 '여보세요, 여보세요'만 듣고 끊는 거야. 어때?”

친구는 누구나 인정하는 능력 있는 알파걸로, 늘 냉정하고 논리 정연해 보이지만 사랑 앞에서는 어쩔 수 없는 여자다. 나는 웃으며 대답했다.

“아마 사람들은 네가 이렇게 일편단심인 줄 꿈에도 모를 거야.”

사랑한다면 일편단심이어야 한다고 오래도록 믿었다. 어릴 적 읽은 수많은 책들이 지고지순한 사랑은 아름답다고 가르쳐주었다. 배신하지 말고 한결같이 사랑하라고도 했다. 돌이켜보면 현대사회에 걸맞은 연애 테크닉은 아니었던 것 같다.

내게 외곬의 사랑을 하도록 만든 책을 떠올리다가 조르주 상드 Georges Sand(1804~76)의 1849년 작 『사랑의 요정』을 다시 읽었다. 이 책을 처음 읽은 것은 초등학교 때 아파트 단지 쓰레기장에 버려져 있던 걸 어머니가 주워 온 〈계림 문고〉를 통해서였다. 어릴 때 읽은 책 그대로 갖고 싶어서 헌책방을 뒤졌지만, 〈계림 문고〉는 헌책방에서 웃돈을 주고도 구하기 힘든 희귀본이었던지라 대신 주황색 표지의 계몽사 〈소년소녀세계문학전집〉 판으로 구했다.

주인공인 프랑스 시골 마을에 사는 쌍둥이 형제는 생김새는 똑같지만 성격은 판이하다. 형 실비네는 섬세하고 내성적이며, 동생 랑드리

  소녀는 이제 울지 않는다

는 씩씩하고 외향적이다. 그 마을엔 모두가 '마녀'라고 부르며 꺼리는 심술궂은 노파가 살고 있는데, 노파에게는 왈가닥에 몰골이 지저분해 늘 외톨이인 손녀 파데트가 있었다.

소설은 처음엔 다른 사람들과 마찬가지로 외양만 보고 파데트를 싫어했던 랑드리가 점차 파데트의 따뜻한 마음씨를 알아보고 그녀를 사랑하게 되는 과정에 초점을 맞춘다.

파데트의 본 이름은 프랑소와즈였지만, 마을 사람들은 '파데트, 파데트' 하고 별명으로 불렀습니다. 파데트라는 이름은 '꼬마 요정'이라든가 '꼬마 악마'라든가 하는 뜻이 있는 말입니다. 이 계집애는 정말 제 별명처럼 도깨비불과도 같은 묘한 아이였습니다. 피부 빛깔은 까맣고 몸은 말랐으며, 언제나 헝클어진 머리칼을 하고 남이 싫어할 소리나 하는 계집애였습니다.

마술을 부린다는 소문이 있는 이 괴상한 계집아이는 랑드리가 형 실비네의 행방을 몰라 찾고 있을 때, 실비네가 있는 곳을 알려준다. 랑드리는 고마운 마음에 "원하는 걸 다 해주겠다"고 약속하는데, 파데트가 요구한 것은 마을 축제 때의 춤 상대. 랑드리는 마을 청년들 중 그 누구도 거들떠보지 않는 파데트와 춤추는 게 죽기보다 싫었고, 게다가 마을에서 가장 예쁜 소녀인 마들렌을 마음에 두고 있었지만 어쨌든 약속을 지킨다. 그렇게 파데트와 가까워진 랑드리는 파데트가 사실 굉장히 마음이 따뜻한 소녀라는 걸 알게 된다. 병든 할머니를 간호하면서, 다리를 저는 남동생에게 엄마 노릇까지 하고 있으며, 신심이 깊다는 것, 그리고 파데트가 못생긴 게 아니라 다만 꾸미지 않았을 뿐이라는 것도 차차 알아차린다.

"난 날 싫어하는 사람들한테서 미움을 받는대도 좋아. 예쁘게 생긴 계집애들은 남들에게 칭찬을 받으므로 누구에게도 애교를 부리지만, 나는 다르단 말이야. 내가 만일 예쁘게 생겼더라면 내가 좋아하는 사람에게만 아름답게 보이고 싶어 하겠는 걸."
이 말을 들은 란드리는 마들레느를 생각했습니다. 파데트가 이야기를 계속했습니다.
"난 내가 못생긴 걸 가엾다거나 좋게 봐 달라든가 하는 생각을 해본 적은 없어. 그렇다고 화장을 해서 보기 싫은 데를 감출 생각도 없어."

사랑 이야기를 읽기에 좋은 화창한 봄날의 주말, 이 구절을 읽으면서 나도 모르게 소리 내어 웃었다. 나를 '남자친구 외의 남자에겐 좀처럼 애교를 부리지 않는 여자'로 만든 책임은 8할이 파데트에게 있는 것 같았기 때문이다. 특별한 사이가 아닌 남자에게 여성성을 드러내는 것을 부정不淨하다고 생각하던 때가 있었다. 지금보다 더 자신에게 엄격했던 20대 때였다. 지금 생각하면 참 답답하고 바보 같은 짓인데, 어

소녀는 이제 울지 않는다

쨌든 나는 파데트 이야기를 읽으며 무의식중에 그녀를 닮아갔는지도 모르겠다.

파데트와 마음을 터놓고 이야기를 나누면서 호감을 갖게 된 랑드리는 일주일 후 성당에서 몰라볼 만큼 예뻐진 파데트를 보고 깜짝 놀란다.

자세히 살펴보니 옷은 언제나 입던 볼품없는 것이었지만, 깨끗이 세탁해서 손질이 잘 되어 있었습니다. 옷소매도 길어졌고, 양말이나 모자도 새하얬습니다. 모자는 새로운 모양으로 고쳐 아름답게 빗은 검은 머리 위에 귀엽게 씌어져 있었습니다.
게다가 지난 1주일 동안에 얼굴은 부옇게 변해 마치 흰 산사나무 꽃같이 두드러져 환해 보이고 이상스럽게도 윤기가 났습니다.
'앗, 저게 바로 파데트였구나!'
랑드리는 저도 모르게 놀라 성경책을 떨어뜨렸습니다. 그 순간 두 사람의 눈길이 마주쳤습니다. 파데트의 뺨이 발그레해졌습니다. 거기에다 그 검은 눈동자가 더할 수 없이 맑고 빛나 파데트의 얼굴은 찬란하리만큼 아름다워 보였습니다.

못생긴 소녀가 예쁘게 변하는 이 장면은 내게 아주 강렬한 인상을 남겼다. 어른이 된 지금도 소설에서 가장 또렷하게 기억나는 부분이다. 어릴 땐 '옷차림이 참 중요하구나'라고만 생각했는데, 어른이 되어

멍하니 파데트의 뒷모습을 바라보고 있었읍니다. 피
고 싶은 걸 꾹 참고 강 있는 쪽으로 내려갔읍니다.
지 토깨비에게게라도 끌둔린 것 같아 똑바로 프라시
읍니다.

하룻밤이 지나서

파데트와의 일을 생각하고 있었읍니다.
(그 세탁장에서 꽤 오랫동안 파데트와 이야기하고 있었는데도
그대는 마치 한 순간의 일같이 생각된 것은 웬일일까?)
랑드리는 아직도 잠이 다 깨지 않은 듯했읍니다. 어제 하루가
마음을 시달리게 한 닷인지 아직도 머리가 벙벙했던 것입니다.
말이지 어젯밤은 어떻게 파데트에게 그런 마음을 먹게 되었
까? 지금 머리에 떠오르는 것은 언제나 보던 그 못생기고 볼
없는 여자인데…… 어제는 꿈을 꾸고 있든 것이나 아닐까?
나 확실히 어젯밤은 그 아이가 더할 수 없이 훌륭하게 보였
던 것입니다. 그래서 확실히 그 아이의 볼에 키스도 하고 싶어졌
입니다.

그애 볼에 입술을 댔을 때, 이런 아름답고 귀여운 처녀는 이
세상에 다시 없다고 느껴졌던 것이 사실입니다.
(역시 그 계집애는 요술장이가 아닐까? 자기는 그렇지 않다고
했지만…… 아무튼 어젯밤에는 나를 속여 준 걸 기야. 완전히
내가 묘한 기분이 돼 버렸었단 말야. 정말이지 그런 일은 평생
처음이야. 그렇게도 에쁜 마들래느에게도, 실비네 형에게도 그
런 기분을 가져 본 일은 없어. 그때의 나의 기분을 형이 알면
얼마나 질투를 할지 모른다.)

읽어보니 파데트를 변모시킨 것은 사랑의 힘이라는 걸 알 수 있었다. 사랑을 하면 여자는 예뻐지니까. 누군가에게 사랑 받고 있다는 사실이 자신감과 아름다움을 부여하니까. 그리고 남자는 자신이 사랑하는 여자를 세상 그 누구보다 아름답게 여기는 법이니까.

두 사람은 본격적으로 사귀기 시작한다. 파데트가 변하자 마을에서의 평판도 좋아지고, 완고했던 랑드리의 아버지도 둘의 교제를 허락한다. 상드는 재치 넘치게 랑드리 아버지의 허락이 단지 파데트의 성품 때문만은 아니라는 사실을 짚고 넘어간다. 알고 보니 파데트의 할머니는 손주들을 위해 엄청난 액수의 돈을 저금해놓았고, 할머니가 세상을 떠나면서 그 돈은 모두 파데트 소유가 된 것이다. 파데트는 돈을 어떻게 해야 할지 모르겠다며 랑드리의 아버지에게 상담을 하고, 그는 "너는 이 마을에서 지참금이 가장 많은 색시이니 좋은 신랑을 얻고 싶거든 빨리 소문을 내라"라고 독려한다. 이토록 현실적인 장면이라니! 이야기는 그렇게 허구의 벽을 넘어 실체를 갖는다. 상드는 지혜로운 파데트에 대해 이렇게 쓴다.

파데트는 아주 만족스러웠습니다. 이로써 바르보오 씨는 파데트가 랑드리를 이용하려 한다는 생각은 안 하리라고 생각했기 때문입니다.

사랑의 요정

　마을 사람들과 랑드리의 부모에게 인정은 받았지만, 두 사람 앞에는 또 하나의 강력한 장애물이 있었다. 바로 랑드리의 쌍둥이 형 실비네다. 어릴 때부터 동생에게 집착하고 서로 떨어지는 걸 못 견뎌하던 실비네는 동생이 여자에게, 그것도 마을의 놀림거리였던 파데트에게 빠졌다는 사실을 받아들이지 못한다. 랑드리에 대한 배신감으로 앓아눕기까지 할 지경. 그러나 실비네의 병은 그가 원수처럼 생각하는 파데트가 할머니에게 배운 의술로 치료해주고 지극정성으로 간호해 낫는다. 그녀의 정성에 감동한 실비네는 마침내 파데트를 받아들이고 동생과의 결혼도 승낙한다. 두 사람은 결혼하고, 몰라보게 건강해진 실비네는 군에 자원하여 10년 후엔 대위가 되어 레지옹도뇌르 훈장까지 받는다.

　군대에서 보내온 실비네의 편지를 받고 아버지 바르보 씨와 어머니가 대화를 나누는 책의 마지막 장면을 오랫동안 마음에 담고 있었다.

　　“정말 대위란 대단한 거지. 우리 농사꾼 집에서는 말야. 그러나 그 애는 왜 군인이 되려고 했을까? 난 지금 생각해봐도 까닭을 모르겠어. 그렇게 순하고 수줍어하던 애가…….”
　　“실비네는 병을 앓을 때 파데트를 좋아하게 돼버렸지요. 너무나 정답게 해줬으니까 그만 좋아하게 돼서……. 크라비엘의 목

　　소녀는 이제 울지 않는다

욕탕집 할머니도 그러던데. 그 애는 누구를 좋아하게 되어야 란드리를 잊게 된다고. 그렇지만 그 애는 정이 많은 외곬의 성질이라서 누구를 좋아하게 되면 평생 그 사람밖에 생각하지 않는가 봐요."

"그럴까? 그렇다면 평생 색시는 안 얻겠군."

바르보오 씨는 가만히 팔짱을 끼고 생각에 잠겼습니다.

'외곬'이라는 단어를 나는 이 책에서 처음 배웠다. '외곬이란 훌륭한 거구나.' 어린 마음에 이렇게 생각했던 것 같다. 지고지순한 파데트와 일편단심인 실비네. 그들을 통해 '사랑의 정의定義'를 배운 것은 내게 과연 득일까, 실일까? 누군가는 내게 아직까지 사랑 타령이라니 철딱서니 없다고 말할지도 모르겠다. 그럼에도 나는 사랑을 믿는다. 한결같은 사랑이 세상에 존재한다는 것을 믿고 싶다. 그리고 결혼은 그렇게 사랑할 수 있는 사람을 만난 이후에……. 확실히 내가 눈이 높긴 한 모양이다. 사랑의 요정에 홀렸으니 어쩔 수 없는 일일 테지만.

나만을 위한
옷을
차려입고

「당나귀 가죽」〈어린이 세계의 동화〉
샤를 페로 지음, 계몽사, 1991 (절판 후 복간)

어릴 땐 예쁜 드레스가 잔뜩 나와서 이 이야기를 좋아했지만,
지금 와서 다시 읽으니 피가 되고 살이 되는 '교훈'이 눈에 띈다.
일단 '위급한 상황에서도 꾸미는 여자가 승리한다'는 것이다.
마리아는 돼지치기로 전락해서도 주말엔 예쁘게 꾸미면서 '만반의 준비'를 했으며,
심지어 도망칠 때조차 예쁜 옷을 챙겼다.

언젠가부터 하체에 자꾸만 살이 붙어 바지를 입고 다니기가 힘들었다. 마침 여름이 왔다. 나는 쾌재를 불렀다. 여름은 원피스의 계절이고, 하체 비만에는 원피스가 제격이다. 잔뜩 부풀어오른 엉덩이와 두툼한 허벅지는 청바지를 입을 때는 민망하지만, 원피스의 치마 부분에 풍만한 실루엣을 만들어줄 땐 유용하다. 살은, 치마로 가리고 있는 동안 빼면 된다. 과연?

"엄마, 난 아무래도 19세기 이전 유럽에서 태어났어야 했어."

"왜?"

"하체를 가려주는 풍성한 치마가 있었잖아."

"하긴 요즘 너 살찌는 거 보니까 르누아르 그림 속 여자 같긴 하더라."

"엄마!"

꼭 하체 비만 때문이 아니더라도 나는 원피스를 즐겨 입는다. 원피스만큼 편한 옷도 없다. 한 벌만 걸쳐 입으면 격식을 갖춘 옷차림이 된다. 허리를 답답하게 죄는 지퍼도, 단추도 없다. 치맛자락 아래서 두

다리는 마음껏 자유롭다. 갑갑한 스타킹을 신지 않아도 되는 여름날, 바람을 한껏 안은 치맛자락이 부풀어오를 때면 요술 풍선이라도 손에 든 듯 어디론가 훌쩍 날아갈 수 있을 것 같다.

특별한 날에, 원피스를 즐겨 입었다. 그래서 어떤 원피스는 기쁨의 옷이었다가, 슬픔의 옷이 되기도 했다. 2007년 수원의 한 백화점에서 산 원피스는 이제 더 이상 입지 않는다. 검은색과 녹색이 뒤섞인 기하학적 문양에, 칼라에서부터 치마 아랫단까지 단추가 조르륵 달려 있고, 허리를 묶도록 디자인된 실크 원피스다. 그 원피스를 차려입고 봄나들이를 갔을 때, 사진을 찍어주었던 그는 더 이상 내 곁에 없다. 그와 헤어진 이후로 그 원피스를 몇 번 더 입었다. 분명히 잘 맞던 옷이었는데 거울을 볼 때마다 어딘지 모르게 어색했다. 어깨가 너무 좁은 것 같기도, 문양이 너무 복잡한 것 같기도……. 더 이상 입지 않고 옷장 안에 넣어두었던 그 옷을 버린 지 좀 되었다.

대학교 4학년 때 산 민소매 검은색 원피스는 한동안 격식을 갖춰야 하는 자리에 자주 입고 나갔다. 친구의 결혼식 때도, 친구 아버님 장례식 때도 그 옷을 입었다. 유행을 타지 않는 디자인이라 오래도 입었다. 언젠가 그 옷을 입고 거울 속의 내 모습을 보다가 옷에 얽힌 기억들이 너무 많다는 사실을 깨달았다. 기억들이 낡은 만큼, 옷도 낡아 있었다. 버리기 힘들어 하면서 그 원피스를 버린 것은 최근이다.

자신감이 필요할 때 입는 옷도 역시나 원피스다. 치파오처럼 생긴 연녹색 모직 원피스는 겨울 결혼식이나 생일날 단골이다. 몸에 딱 붙는 까만 셔츠를 받쳐 입고, 보라색 스타킹을 함께 신는다. 그 옷을 입으면 항상 예쁘다는 소리를 들었다. 지난여름엔 상의 부분은 울트라마린블루, 치맛자락은 노란색 가로 스트라이프, 허리엔 하늘색 벨트가 달려 있는 원피스를 샀다. 강한 파란색 옷은 처음이라 망설였는데, 그 옷을 입고 출근한 날이면 모두들 "오늘 무슨 일 있어? 왜 이렇게 예쁘게 하고 왔어?"라고 물어봐 으쓱해졌다.

이번 여름에도 새 원피스를 여러 벌 장만했다. 노란색과 흰색의 대담한 추상 문양이 들어간 푸른색 실크 원피스, 스트라이프 무늬에 허리가 몸에 딱 맞는 원색 면 원피스, 분홍과 검정이 번갈아가며 구획된 단정한 인상의 H라인 원피스……. 그중 한 벌은 허리의 벨트 고리에 기다란 푸른 리본을 꿰어 등 뒤에서 매듭을 지어 묶도록 돼 있다. '아, 귀찮아. 옷을 왜 이렇게 만들었을까?' 리본이 풀려 벨트 고리에서 빠질까 봐 단단히 묶으면서, 허리에 리본이 달린 원피스를 입은 것이 처음이 아니라는 걸 문득 기억해냈다.

내가 초등학생이었던 1980년대엔 리본 달린 원피스가 유행했다. 원피스를 입고 나면 뒤로 돌아서 엄마한테 허리의 리본을 묶어달라고 했다. 손으로 하는 일은 뭐든지 서툰 우리 엄마가 아무리 봐도 친구 엄마 솜씨와 비교되게 대충 묶어준 리본은 운동장에서 땅따먹기를 하거나, 교실을 뛰어다니는 사이 풀려 바닥에 질질 끌리거나 급우들의 발에 밟히곤 했다. 아이들에겐 참으로 비실용적이고 불편한 패션이었지만, 그러거나 말거나 당시 유행은 그랬다.

소녀는 이제 울지 않는다

　그 시절에도 나는 바지보다 원피스를 좋아했다. 원피스를 입으면 공주님이 된 것 같았다. 흰 바탕에 검은색 물방울무늬가 잔뜩 찍힌 여름 원피스. 그 원피스에 딸린 자그마한 천 핸드백을 비껴 메고 한껏 멋을 부리곤 했다. 레이스와 프릴이 잔뜩 달린 노란 원피스를 입고 뱅그르르 돌면서 치마가 꽃처럼 퍼지는 것을 즐기는 것은 여자아이들만 누릴 수 있는 특권이었다.

　그렇게 좋아했던 원피스를 본격적으로 다시 입기 시작한 것은 20대 중반, 사회생활을 시작하면서부터였다. 교복을 입었던 중학교 때와 사복을 입었지만 뚱뚱했던 고등학교 땐 단 한 번도 원피스를 입어본 적이 없다. 지금은 어떤지 모르겠지만 당시엔 ‘청소년용 원피스’가 드물었다. 중·고등학생이 입는 스커트란 교복을 제외하곤 청치마나 점퍼스커트 정도였다. 원피스의 부재기인 그 6년간, 보기 싫은 교복과 안 어울리는 단발머리를 한 나는 공주에서 하녀로 전락한 것 같은 씁쓸함을 느꼈다.

　대학에 입학하면서 원피스가 두어 벌 생겼지만, 특별한 날에만 띄엄띄엄 입었다. 학교에 입고 다니기엔 지나치게 격식을 갖춘 느낌이었으니까. 사회생활을 시작하고 나서 두 번째 여름에, 허리에 갈색 가죽 벨트가 달린 격자무늬 원피스와, 치맛자락에 비스듬하게 갈색 줄무늬가 그어진 A라인 원피스를 샀다. 회사에 입고 가도 되는 단정한 옷들. 이후 내 원피스 컬렉션은 점점 다양해졌다. 눈이 아찔할 정도로 선명한 에메랄드 색 천에 빨간 단추가 달린 원피스도, 소매가 없고 가슴골을 드러내는 주말 및 휴가용 원피스도 모두 구비했다. 원피스란 실패가 드문 옷, 나를 돋보이게 해주는 옷, 내가 여자라는 사실을 자각하게 해주는 옷이었다.

현대의 여자들에게 원피스란 드레스의 다른 이름이다. 일상에선 치렁치렁한 드레스를 입을 수 없으니 간소한 원피스로 대리만족을 느끼는 것이다. 원피스로 가득 찬 옷장을 보다가 어릴 때 무척 좋아했던 드레스 이야기가 떠올라 계몽사에서 나온 〈어린이 세계의 동화〉 전집 중 한 권을 꺼내들었다. 샤를 페로Charles Perrault(1628~1703)가 지은 「당나귀 가죽」이다.

옛날 어느 나라에 훌륭한 임금님이 살았다. 그는 왕비를 무척 사랑했는데, 왕비가 그만 병으로 죽고 만다. 왕의 재혼을 위해 신하들이 찾아낸 후보는 왕비와 꼭 닮은 왕비의 어린 동생 마리아. 그러나 마리아는 아버지뻘인 왕과 결혼하고 싶지 않았다. (사실 내가 어릴 때 읽은 다른 판본에선 마리아가 왕비의 여동생이 아니라 딸로 나온다. 아버지가 딸과 결혼하려 한다는 설정이 충격적이라 이 책에선 처제로 각색한 것 같다.) 마법사인 유모와 의논한 마리아는 왕에게 무리한 요구를 해서 어떻게든 결혼을 피하려고 애쓴다. 첫 번째 요구는 '시간의 빛깔을 한 드레스를 만들어 달라'라는 것.

"아, 어쩌면 좋아!"
마리아는 슬펐습니다.
"이번에는 태양 빛깔의 드
레스를 부탁해 보세요."
그러나, 마리아를 위해 임
금님은 태양 빛깔을 한 드레
스도 만들었습니다. 그것은
타는 듯이 빛났습니다.
마리아는 할 수 없어 임금
님과 결혼하지 않으면 안 되
는가 싶어 더욱 슬펐습니다.
유모가 다시 말했습니다.
"가엾은 마리아! 하지만,
아직 한 가지 방법이 있어
요. 그것은 당나귀의 가죽
을 …."

56

"당나귀 가죽이라고요?"
"그래요. 임금님에게 요술 당나귀의 가죽을 달
라고 부탁하는 거여요. 사실은 임금님이 이상
한 요술 당나귀를 가지고 있어요. 그 당나귀가
귀를 움직일 때마다 금돈이 절그럭절그럭 나
오는 거여요. 그런데, 그 귀중한 당나귀를 죽
이겠어요?"
"임금님도 그런 일은 할 수 없겠군요."
"아무리 마리아를 위해서라도 그 당나귀만은
죽일 수 없을 거여요. 그렇게 되면 마리아와
결혼할 수 없지요."

“제발, 시간의 빛깔을 한 드레스를 만들어주세요.”

“좋아, 만들어주지.”

임금님은 옷 짓는 솜씨가 좋은 사람을 모았습니다.

“자, 돈은 얼마가 들어도 좋다. 시간의 빛깔을 한 드레스를 만들어라.”

이윽고, 멋진 드레스가 만들어졌습니다. 하늘의 구름이 흐르는 듯이 보여 시간의 변화를 느낄 수 있었습니다.

첫 번째 계획이 실패하자 마리아는 다음엔 ‘달밤의 빛깔을 한 드레스’를, 그 다음엔 ‘태양의 빛깔을 한 드레스’를 만들어 달라고 부탁하는데, 왕은 이를 모두 만들어준다. 최후의 수단으로 마리아는 왕이 아끼는 요술 당나귀의 가죽을 벗겨달라고 한다. 왕이 애지중지하던 당나귀마저 죽여 가죽을 마리아에게 주자, 더 이상 결혼을 미룰 수 없게 된 마리아는 더러운 옷에 당나귀 가죽을 걸치고 이웃나라로 도망간다. 어느 농장에 취직해 돼지 먹이 주는 일을 하게 된 마리아는 더러운 얼굴에 당나귀 가죽을 뒤집어쓴 탓에 ‘당나귀 가죽’이란 별명을 얻는다.

어릴 땐 눈치채지 못했으나 이 이야길 다시 읽으며 실소를 금치 못했던 부분은, 마리아가 도망치는 와중에도 트렁크에 드레스 세 벌을 챙겨왔다는 점이다(어릴 때 읽은 다른 판본에는 트렁크가 아니라 ‘호두 껍질’에 옷을 숨겨 가지고 갔다고 되어 있었다). 하루 쉬는 휴일마다 마리아는 “몸을 깨끗이 씻고, 머리를 푼 다음” 트렁크를 열고, 드레스를 입는다. “반지도 끼고, 목걸이도 하는” 것은 물론이다.

소녀는 이제 울지 않는다

어느 일요일, 농장에서 매를 길들이던 이 나라 왕자님이 아름다운 마리아를 목격하고는 사랑에 빠진다. 그리하여, 다들 아시다시피, 마리아는 왕자님의 신부가 되고, 그녀를 신부로 삼으려 했던 염치없는 늙은 왕은 깊이 뉘우친다는 그런 이야기.

제일 마지막으로 당나귀 가죽을 입은 한 아가씨가 반지를 끼어 보았습니다. 그랬더니, 꼭 맞는 게 아니겠어요!
"와아!"
모두 다 깜짝 놀라 웅성거렸습니다.
"저런 더러운 아가씨에게 반지가 맞다니! 이상하다."
당나귀 가죽을 입은 마리아가 대신에게 말했습니다.
"옷을 갈아입고 오겠어요."
"갈아입고 와 봤자, 그 모습이 변하겠나?"
모든 사람들이 비웃었습니다.
마리아는 훌륭한 태양빛의 드레스를 입고 그 자리에 나타났습니다. 그 모습은 눈부실 만큼 아름다웠습니다.

어릴 땐 예쁜 드레스가 잔뜩 나와서 이 이야기를 좋아했지만, 지금 와서 다시 읽으니 피가 되고 살이 되는 '교훈'이 눈에 띈다. 일단 '위급한 상황에서도 꾸미는 여자가 승리한다'는 것이다. 우연히 만난 남자와 결혼했다는 한 선배가 "언제 어디서 어떤 일이 생길지 모르니 항상 예쁘게 하고 다녀"라고 후배들에게 충고한 적이 있는데, 마리아의 경우가 딱 그렇지 않은가. 그녀는 돼지치기로 전락해서도 주말엔 예쁘게 꾸미면서 '만반의 준비'를 했으며, 심지어 도망칠 때조차 예쁜 옷을 챙겼다. 전래동화가 인간 집단 무의식의 총체라는 측면에서 보자면, '예쁜 여자'가 '못난 여자'보다 위기 상황에서 생존할 확률이 크고, 남자란 '예쁘게 꾸민 여자'에게 끌리게 돼 있다는 것은 동서고금을 넘나드는 진리일지도 모른다.

우리는 어린 시절 유리 구두와 아름다운 드레스 덕에 계모의 학대에서 벗어난 신데렐라와, 새카만 머리와 발그레한 뺨 덕에 사악한 마녀에게서 구출된 백설공주 이야기를 읽고 들으면서, 자연스레 '아름다운 외양은 생존 필살기'라는 사실을 체득한다. 그러나 제도권 교육이 금과옥조로 삼는 '내면 중시'의 미덕은, 오히려 외모 가꾸기를 지나치게 폄하하는 역효과를 낳기도 한다. 나는 한때 겉모습은 중요하지 않다며 몸매, 머리 모양, 옷차림 등에 거의 신경 쓰지 않았던 적이 있다. 그때 자신에 대한 투자에 내가 왜 그렇게 인색했는지 모르겠다.

'Beauty is only skin deep'(아름다움은 가죽 한 꺼풀일 뿐)이란 서양 금언보다, '옷이 날개'라는 우리 속담에 공감하는 30대 중반의 나는 한참을 낄낄대면서 '이 동화는 어린 소녀들에게 인생의 참 지혜를 가르쳐주었구나' 하고 생각했다. 피곤하거나 바쁜 날이면 아무 옷이나 대충 입고 다녔던 습관을 반성하고, 내일은 어떤 원피스를 입을까 고민하며 책장을 덮었다.

왕자님은 매를 길들이는 일에 정신이 없었습니다.

마리아는 그린 왕자님의 모습을 작은 창을 통해 바라보며 '후유' 한숨을 쉬었습니다.

왕자님은 다음 일요일에도 이 성장을 찾아왔습니다.

마리아는 그 날도 아름다운 드레스를 입고 있었습니다.

그 때, 한 마리의 비둘기가 마리아의 손에 와서 앉았습니다. 마침 집 모퉁이를 지나던 왕자님은 비둘기가 날아 들어간 방을 보고 깜짝 놀았습니다.

"저렇게 아름다운 아가씨가 이런 곳에 있다니."

독신자가
집과 친해지는 법

『초원의 집』 〈에이브 전집〉 34권

로라 잉걸스 와일더 지음, 장왕록 옮김, 학원출판사, 1999(절판)

---

* 본문의 인용문은 비룡소 판 〈초원의 집〉(김석희 옮김, 2005) 2권 『대초원의 작은 집』과
3권 『플럼 시냇가』에서 따온 것이다.

이사를 한 그해 겨울, 낯선 거실에 앉아 『초원의 집』을 읽었다. 이 책을 처음 읽었던 초등학교 때는 로라와 어머니가 집에서 버터를 만들고, 과자와 빵을 구워 풍성한 식탁을 차리는 장면 등이 흥미롭게 다가왔다. 어떻게든 새집과 친해지려 애썼던 그 겨울 내 마음에 와닿은 것은 반복되는 로라네의 이사 장면이었다. 로라네 가족이 이사를 하고, 집을 짓고, 집을 꾸미는 장면을 여러 번 읽었다. 그때 나는 인기척 없는 새집을 아늑한 공간으로 만들기 위해 분투 중이었다.

14년간의 서울 생활 동안 이사를 세 번 했다. 대학 1~2학년 때 살았던 낙성대의 원룸에서 인근 원룸으로 한 번. 대학을 졸업하고 취직하면서 공덕동의 또 다른 원룸으로 한 번. 그리고 2010년 가을, 지금 살고 있는 홍제동의 아파트로 또 한 번.

공덕동 원룸에서는 8년을 살았다. 한동안 나는 그 건물의 최장기 거주자였다. 이웃들이 월세가 비싸다거나, 직장을 다른 곳으로 옮긴다거나, 결혼을 한다거나, 집을 산다거나 하는 이유로 이리저리 빠져나가는 동안 나는 그곳을 꿋꿋이 지키고 있었다. 움직이는 데 거추장스러울 게 없는 독신 여성이, 제집도 아닌 원룸에서 그것도 월세를 내가며 8년이나 버티는 것이 흔한 일은 아니다.

사실 그렇게까지 그 집에 오래 살 생각은 없었다. 처음 그 집에 들어갈 때는 '결혼할 때까지만'이라고 생각했다. 이사 가고 싶어지면 '결혼하면 옮기자' 하고 미뤘다. 어영부영 어느새 8년이 지났다. 잡동사니가 쌓이고 집은 좁아졌다. 방바닥에 쌓인 책 무더기 때문에 발 디딜 틈 없는 집 꼴을 보고 결단을 내린 사람은 엄마였다.

"너 이젠 이사 가야 해. 이 좁아터진 집에 계속 있다간 들어올 복도

나가겠다."

　휴가 기간 내내 집을 보러 다녔던 그 여름이 아직도 생생하게 기억
난다. 집을 보러 다니는 일은 서글펐다. 그것은 타협의 연속이었다. 현
실과 이상의 타협, 경제력과 꿈과의 타협. 이 부동산 저 부동산을 전전
하고, 만만치 않은 서울 집값을 체험하면서, '이사를 하면 이러이러한
집에서 살 수 있겠지' 했던 내 꿈은 자꾸만 쪼그라들었다. 사람들이 꽤
괜찮다고 평하는 직장에서, 8년간 꼬박 일해 번 돈에다 회사 대출과
부모 도움까지 보태고도 서울 강북의 조그마한 아파트 전세 하나 얻
기도 힘들다는 현실을 깨달으면서 나는 무력감과 회의를 한꺼번에 느
꼈다.

　낙담하고 있던 휴가 마지막 날엔 비가 몹시 내렸다. 괜찮은 집이 나
왔다는 부동산의 연락을 받고 찾아간 아파트는 다행히 첫눈에 마음에
들었다. 깨끗한 마룻바닥에 아이를 누인 채 혼자 집을 보고 있던 젊은
어머니가 문을 열어주었다. 고요하고 정갈한 느낌. 베란다 창밖으로
푸른 숲이 우거져 있었다. "서울에서 이런 전망 드물어요." 지대가 높
아 들고 나기 힘들다는 게 마음에 걸렸지만, 나는 그 집이 마음에 들었
다. 그날 저녁 당상 선세 계약을 하고 이사 날짜를 정했다. 집이랑 직
장이랑 결혼은 인연 없이는 안 된다던데, 이건 대체 무슨 인연 놀음일
까, 여러 번 생각했다.

　오래 살았던 동네를 떠나는 일은 쉽지 않았다. 이사를 앞두고 나는
예상치 못한 심란함에 사로잡혔다. 그 동네의 모든 것들이 하나하나

애틋하게 느껴졌던 것이다. 법원과 우체국, 도서관, 은행이 바로 집 옆에 있는 그 동네의 놀라운 편의성과 작별해야 한다는 것이 아쉬웠다. 골목 모퉁이 집 담장 위로 고개를 내민 나무에 어떤 꽃이 피는지 나는 알고 있었다. 법원 울타리 사이로 삐져나온 나뭇가지 끝에 봄이면 어떤 빛깔의 새순이 돋는지도. 골목의 목련나무에서 커다란 꽃잎이, 무겁지만 둔하지 않은 소리를 내며 떨어져 아스팔트와 부딪히는 광경을 많이도 보았다. 예스러운 지붕의 집들과, 계단과, 담벼락을 아우르는 길들을 무수히 걸었다. 밤이면 뒷골목의 집들에 켜지는 불빛의 비밀스러움과, 문을 닫은 상가 처마 아래에 깃들었던 연마되지 않은 어둠에서 묘한 기분을 느꼈다. 이 모든 것들과 시간을 들여 친해졌는데 이제 안녕이라니.

아니, 그것보다 그 골목을 눈물 훔치며 들어서던 사회 초년생 시절의 서투르고 앳된 나, 어느 휴일 친구들과 왁자지껄하게 웃고 떠들며 함께 골목길을 나서던 순간, 늦은 밤 집 앞까지 바래다주고 계속 창밖에서 손을 흔들어주던 오래전의 그를 비추던 가로등. 어느 집 담장 위로 홍매화가 발그스름하게 얼굴을 드러낸 봄날, 함께 한가로이 동네를 거닐었던 또 다른 오래전의 그와, 그런 기억들이 이 동네를 떠나는 것을 견딜 수 없게 만들었다.

'나, 이사 가요. 가을부터는 이 동네에 내가 없어요……'

수없이 읊조리고 오래된 연인과 헤어지는 것처럼 나는 공덕동을 떠나 홍제동으로 왔다. 2010년 10월 20일이었다. 12년간의 원룸 생활과 결별하고 새롭게 시작한 아파트 생활은 당황의 연속이었다. 이사 온 직후부터 매 순간 나는 고향을 떠나온 이래 내가 얼마나 달라졌는지를 확인할 수 있었다. 고향을 떠난 후의 변화란 다른 말로 하자면 '호된 서울살이에 지쳐서 내가 얼마나 망가졌나'와 동의어였다. 아파트에서 나고, 아파트에서 유년기와 청소년기를 보낸 나는 아파트야말로 내게 가장 익숙한 형태의 주거 공간인 줄 알았다. 나는 잠시 원룸에 살았을 뿐이고 다시 아파트 생활을 시작하면 어릴 때처럼 편안하고 쾌적한 환경에서 살 수 있으리라 믿었다. 그 믿음이 착각이었다는 걸 깨닫는 데에는 채 하루도 걸리지 않았다.

"새로 이사 오셨나 봐요?"

엘리베이터를 탈 때마다 인사를 건네는 같은 동 사람들이 나는 낯설었다. 원룸에서는 아무도 서로를 아는 체하지 않았다. 누가 이사 오건, 누가 이사를 나가건, 그건 관심 밖의 일이었고, 그 익명성에 나는 만족했다. 새벽까지 문을 열었던 원룸촌 슈퍼마켓과 달리 아파트 상가의 슈퍼는 밤 10시면 문을 닫았다. 야근하고 퇴근해 생필품을 사려면 지하철역 편의점까지 가야 했다. 바삐 출근하는 아침이면 아파트 입구엔 아이 손을 잡은 주부들이 어린이집 버스를 기다리고 있었다. 원룸에서는 보지 못했던 낯선 풍경. '아, 아파트는 혼자 사는 사람을 위한 공간이 아니구나. 철저히 가족 중심이구나.' 가족이 없는 나는 미운 오리새끼처럼 외로워졌다.

복병은 또 있었다. 방 두 개와 거실이 있는 아파트는 좁은 원룸에서

10년 넘게 산 내게는 지나치게 넓었다. 주체할 수 없는 그 공간이 불안감을 안겨주었다. 왜 옷을 갈아입기 위해 이 방에서 다른 방으로 가야하지? 자기 전에 왜 이 방 저 방 돌아다니며 하나하나 불을 꺼야 하지? 방 하나에서 먹고, 자고, 옷을 갈아입고, 텔레비전을 보던 내게 방이여러 개 있는 생활은 낯설었다. 넓은 거실에서 불안감을 느끼다 안방에 들어가 문을 꼭 닫고 침대 위에 누워서야 비로소 내게 맞는 옷을 입은 듯 안정감을 느꼈다. 이사 이후 찾아든 불안감과 초조함에 어쩔 줄몰라 하던 나를 도와준 것은 인생 선배들이었다. 요즘 왜 이렇게 피곤한지 모르겠다는 내 하소연에 가깝게 지내던 취재원이, 회사 선배가, 유학 생활을 오래 한 선배가 제각기 조언을 해줬다.

"최근 원룸 떠나서 아파트로 이사했다면서요? 원룸 오래 살던 사람이 가족도 없이 혼자 아파트로 이사 가면 적응하기 힘들어요. 저도 그랬어요. 원룸 살다가 아파트로 들어갔을 때 아예 방 하나에 짐을 다 몰아넣고 '원룸화'하고 살았어요. 그래야 안심이 돼서. 그 생활에 익숙해지려면 두어 달 걸려요."

"네가 컨트롤할 수 없는 공간이 있다는 게 불안한 거지. 나도 예전에그랬어. 안 쓰는 방을 비워두지 말고 가구로 채워. 텅 빈 공간은 심리적으로 안 좋다더라."

"집에서 요리를 해. 그리고 친구들을 불러. 마음에 들도록 예쁘게 꾸며. 음식 냄새 나고 사람 사는 느낌이 나야 집과 친해진다. 이사하는거, 그거 아주 힘든 일이야."

그렇게 조금씩 나는 적응해갔다. '원룸형 인간'에서 '아파트형 인간'으로 거듭나기까지는 꽤 오랜 시간이 걸렸다.

　이사를 한 그해 겨울, 낯선 거실에 앉아 로라 잉걸스 와일더Laura Ingalls Wilder(1867~1957)의 『초원의 집』 시리즈를 읽었다. 미국 서부 개척시대를 체험한 저자가 1932년 65세의 나이에 어린 시절 경험을 살려 집필한 이 책은 내용도 흥미롭지만, 19세기 미국의 풍습을 엿볼 수 있는 사회사 교과서 역할을 해 미국 어린이, 청소년의 필독서로 꼽힌다고 한다. 이 책을 처음 읽었던 초등학교 때는 로라와 어머니가 집에서 버터를 만들고, 과자와 빵을 구워 풍성한 식탁을 차리는 장면, 아버지의 바이올린 소리에 맞춰 흥겹게 춤을 추는 잔칫날 풍경에 관심이 갔다. 어떻게든 새집과 친해지려 애썼던 그 겨울 내 마음에 와닿은 것은 반복되는 로라네의 이사 장면이었다.

　로라네는 이사를 자주 했다. 위스콘신 주의 작은 통나무집에서 포장마차를 타고 캔자스 주의 인디언 거류지로 갔다가, 미네소타 주의 시냇가 토굴집으로, 거기서 또 다코타 주의 호숫가로……. 개척민의 역사는 곧 이주移住의 역사이니 이사가 잦은 것은 당연하지만, 서울 시내에서 지척인 동네로 옮겨놓고도 힘겨워하고 있는 내 입장에서 로라네의 '엄청난 이사'는 대단하게 보였다. 심지어 그들은 집이 없으면 집을

지었고, 가구가 없으면 가구를 만들었다.

위스콘신의 정든 집을 떠나 캔자스의 낯선 인디언 거류지로 옮겨갔
을 때, 대초원에서 야영을 하다가 로라의 아빠는 통나무를 베어와 집
을 짓는다. 휑했던 그 집에 벽난로를 만들고, 벽난로 위에 엄마가 아끼
는 도자기 인형을 올려놓고, 온 가족이 둘러앉아 맛있는 통닭구이로
식사를 하면서 로라는 생각한다. '다시 집 안에서 사는 것은 기분 좋은
일이구나.'

로라네 가족이 이사를 하고, 집을 짓고, 집을 꾸미는 장면을, 그렇게

완성된 집이 아늑한 공간으로 변모해가는 장면을 여러 번 읽었다. 나 역시 인기척 없는 새집을 아늑한 공간으로 만들기 위해 분투 중이었다. 거실에 러그를 깔고 푹신한 쿠션을 들여놓았다. 빨간색 자그만 티 테이블을 사 러그 앞에 놓았다. 안방의 침대 옆에도 빨간색 사이드 테이블을 놓고, 키 큰 스탠드를 들여놓아 머리맡에 빛을 더했다. 매일 집으로 택배 상자가 날아왔다. 퇴근 후의 시간은 상자를 뜯고 가구나 인테리어 소품을 조립하는 일에 몽땅 소모됐다. 중독이 아닌가 싶을 정도로 나는 집 꾸미기에 열중했다. 어떻게든 이 집을 사람 사는 곳처럼 만들고 싶었다. 단지 혼자 살고 있다는 이유 때문에 마음도, 주변도 살풍경해지는 것이 싫었다.

휑뎅그렁한 집 안 풍경이 내 결핍을 구체화시킬까 봐 나는 두려웠다. 지나치게 오래 혼자 살았기 때문에, 더 이상 그 누구와도 함께 살 수 없는 사람이 되어버렸을까 봐 두렵기도 했다. 친구들과 엄마는 결혼해서 집 생기면 하지, 왜 벌써부터 그러냐고들 했다. 하지만 나는 이미 알고 있었다. '결혼하고 나면'이라는 가정은 현재를 견디는 데 아무 쓸모가 없다는 것을. 하고 싶은 것은 그때 해야 한다. 미루면 안 된다. '결혼하면'이라는 전제 아래 이사를 미뤘고, 10여 년 이어진 원룸 생활은 내 정신을 피폐하게 만들지 않았던가.

미네소타의 시냇가 토굴에서 대초원의 새집으로 다시 이사 갔을 때, 로라의 엄마는 낡은 시트로 커튼을 만들어 유리창에 달고, 붉은 체크무늬 헝겊을 식탁에 깐 다음 그 위에 깨끗한 등잔과 책을 놓아 장식한

소녀는 이제 울지 않는다

있을 만큼 컸다. 아버지가 풀을 뽑아 낸 땅바닥이 화덕이
되고 통나무를 잘라낸 곳이 앞이 된다. 이 앞은 벽 위는 흙
을 발라 굳힌 통나무였다.

통나무를 잘라낸 벽난로 양쪽 면에는 무거운 떡갈나무 널
빤지를 댔다. 다음에는 그 널판지 맨 위에 쪼갠 떡갈나무를
가로대어 벽에 붙였다.

그리고 이 두 개의 가로대 위에 떡갈나무을 얹고 못으로
단단히 박았다. 그것이 벽난로 선반이 되었다.

벽난로 선반이 다 만들어지자 어머니는 '큰 숲'에서 가지
고 온 조그만 도자기 인형을 그 한가운데에 얹었다. 조그만
도자기 인형은 오랜 여행중에도 어디 한 군데 깨지지 않고
그대로 있었다. 도자기 인형은 구두를 신고, 넓은 도자기
치마트에 꼭 맞는 도자기 웃옷을 입고, 드자기로 빚은 좋은

다. 아빠는 유리창 옆 벽에 선반을 달고, 엄마는 그 위에 아끼는 도자기 인형을 올려놓는다.

그 선반은 옛날 아빠가 별과 포도 덩굴과 꽃을 조각하여 엄마에게 크리스마스 선물로 준 갈색 나무 선반이었고, 금발에 푸른 눈과 발그레한 볼을 가진 양치기 소녀는 황금색 도자기 리본으로 장식된 작은 도자기 저고리에 작은 도자기 앞치마를 두르고 작은 도자기 신발을 신고 방긋 웃고 있는 그 도자기 인형이었다. 양치기 소녀는 '큰숲'에서 인디언 거류지까지 먼 길을 여행했고, 다시 미네소타 주의 플럼 시내까지 먼 길을 왔는데도 여전히 거기에 서서 방긋 웃고 있었다. 양치기 소녀는 깨지지 않았다. 금이 가지도 않았고 긁힌 자국도 없었다. 전과 다름없는 미소를 짓고 있는 옛날 그대로의 양치기 소녀였다.

나는 60대 할머니가 된 로라가 어린 시절의 이사 경험을 기술하면서, 엄마가 도자기 인형을 장식하는 장면을 상세히 묘사한 이유를 짐작할 수 있었다. 수없이 옮겨 다니는 그들에게도, 아니 수없이 옮겨 다녔기 때문에 더더욱 변하지 않는 무언가가 있다는 것이 중요했던 것이다.

나 역시 그랬다. 고향을 떠나 서울로 왔다고 해서, 가족과 떨어져 10여 년을 혼자 살았다고 해서, 그리하여 '원룸형 인간'이 되어버렸다고 해서, 내 본질마저 변한 것은 아니야. 나는 따뜻한 가정에서 사랑받으며 자랐고, 그러니까 언젠가는 꼭 행복한 가정을 꾸릴 수 있을 거야. 긴 여행과 여러 번의 이사를 거쳐도 '옛날 그대로의 양치기 소녀'인 도자기 인형처럼, 나는 여전히 나야. 오래전 집을 떠나던 날 어머니가 트렁크에 넣어준 가족사진을 안방 사이드 테이블 위에 올려놓으며, 나는 그렇게 믿고 또 믿었다.

'추위를 싫어하는
펭귄' 같은
여자도 괜찮아

『추위를 싫어한 펭귄』〈디즈니 그림 명작〉
이홍우 옮김, 계몽사, 1990(절판)

결혼과 아이라는 인생의 '통과의례' 앞에서 소외감, 자책감을 느꼈던 날,
『추위를 싫어한 펭귄』을 꺼내들었다. '펭귄이라면 추위를 좋아해야 한다'는
명제에도 예외가 있는 것처럼 '여자라면 아이를 좋아해야 한다' 혹은 '인간이라면
결혼을 하고 아이를 낳아야 한다'는 사회의 고정관념이 절대적 진리는 아니라는
것을 확인 받고 싶어서였다. 이 짧은 책을 읽으면서 나는 깊이 위로 받았다.

이사를 하면서 난생처음으로 복도식 아파트에 살게 됐다. 처음에는 복도식 아파트는 위험하다며 염려하던 엄마는 언젠가부터 복도식 아파트의 긍정적인 면을 부각시키기 시작했다.

"주변에서 그러는데, 복도식 아파트가 애 키우긴 좋대. 비가 올 때도 아이들이 복도에서 자전거도 탈 수 있고, 길에 나가서 사고 날 위험도 적고."

뭐, 맞는 말일 수도 있다. 문제는 내가 아이 키우는 엄마가 아니라는 데 있었다. 내게 복도식 아파트 생활의 가장 큰 어려움은 안전 문제가 아니었다. 바로 아이들이었다. 쉬는 날 모처럼 늦잠이라도 잘라치면 현관 앞 복도에서 동네 꼬마들이 쿵쿵 뛰어노는 소리가 들렸다. 자전거를 달리며 벨을 울리거나, 자기들끼리 숨바꼭질이라도 하는지 크게 외치는 소리도 들렸다. 조금이라도 더 눈을 붙이기 위해 이불을 덮어쓰면서 현관 앞에 '살금살금'이라고 적어놓을까, 별 생각을 다 했다.

도저히 참을 수 없어 현관문을 열고 나가 "애들아, 복도에선 조용히

    소 녀 는 이 제 울 지 않 는 다

해야지"라고 소리쳤던 어느 날, 부스스한 머리카락에 피곤한 표정을 한 나를 마치 마녀 보듯 쳐다보는 아이들 표정에 오스카 와일드의 동화 『이기적인 거인』이 떠올라 쓴웃음을 지었다. 아이를 싫어해서 결코 아이를 들여놓지 않았던 거인의 정원에 기나긴 겨울만이 계속되었다는 이야기다. 약간 서글퍼졌지만, 나는 동화 속 거인의 심정을 이해할 수 있었다. 어디 거인뿐인가. 과자로 만든 집을 지어 헨젤과 그레텔을 꾀어냈던 마녀도 이해했다. "얼마나 애들이 시끄러웠으면 그랬을까!" 내 말에 엄마는 "무슨 소리야! 애들 소리도 들리고 해야 사람 사는 곳 같지" 했지만, 난 어쨌든 애들 소리라고는 없었던 독신자 중심의 원룸 생활이 심지어 그리워질 지경이었다.

'아이를 좋아하지 않는 어른'은 아무래도 괴팍하고 이기적인 사람으로 여겨지는 모양이다. 그나마 남자의 경우 오스카 와일드의 '거인'처럼 이기적이라는 비난 정도만 듣고 끝나지만, 여자의 경우 마음이 뒤틀리고 사악한 존재로 여겨지기 십상이다. 헨젤과 그레텔의 경우만 보아도 알 수 있다. '거인'도 아니고 '마녀'라잖나. '아이를 싫어하는 여성'을 위험한 존재로 여기는 것은 사회가 스스로를 보호하기 위한 방어기제일 것이다. 사회 존속을 위헤서는 여성의 출산과 육아가 필수적인데, 여성에게 모성이 결여됐다면 사회의 존립 기반 자체가 흔들리니까. 사회가 끊임없이 '여성의 모성은 본능'이라며 주입시키는 이유는 거기에 있다.

나는 아이를 좋아하지 않는 편이다. 항상 타인의 관심과 보호, 애정이 있어야만 생존할 수 있는 존재를 대할 때면 기쁨이나 즐거움보다는 부담스럽다는 생각이 먼저 닥친다. 결혼을 하면 아이를 낳아야겠다고 생각은 하지만 그건 사실 대학을 가고 취직을 하는 것처럼 인생의 '통과의례'로 여겨지는 일들에서 뒤처지지 않고 싶다는 욕망에 근거한 것일 뿐, 진심으로 아이가 가지고 싶어서는 아니다.

단지 아이라는 이유만으로 타인의 아이에게도 사랑을 쏟아붓는 여자들이 있다. 모성애가 강한 여자들이다. 그런 여자들을 볼 때마다 신기함과 이질감을 느낀다. 물론 세상에 '예쁜 아기'란 분명히 있다. 객관적으로 예쁘고 귀엽게 생긴 아기를 보면 나 역시 예쁘다고 생각한다. 그러나 그뿐, 아기이기 때문에 사랑스럽고 예뻐 보이는 것은 결코 아니다. 하지만 대놓고 그런 이야기를 한 적은 거의 없다. 나는 세상의 규범을 거스르지 않고 살아온 모범생이었고, 굳이 먼저 나서서 틀을 깨는 이야기를 하고 싶지도 않았다.

친구들이 하나둘 결혼을 하고, 아이를 낳기 시작하자 나는 난감해졌다. 귀엽지 않은 아기를 귀엽다고 칭찬해주는 것도 힘들었고, 애를 좋아하지도 않는데 억지로 어르는 것도 힘들었다. 약자의 자기 보호 본능인지, 아이들은 대부분 내가 자기를 좋아하지 않는다는 걸 단박에 알아차리곤 경계의 선을 긋곤 했다. 물론 나는 아이를 싫어한다는 내색을 비치지 않았다. 왜냐면 내게는 치명적인 약점이 있었으니까. 바로 미혼이라는 것이다. 언젠가 나도 아이 엄마가 될 수 있기에, 그때 내 아이에 대해 어떤 감정을 가지게 될지 아직 모르기에, 경험하지 않은 일에 대해 섣불리 말할 수 없었다.

어쩔 수 없이 내가 '궤도를 이탈한 별'이 된 것 같은 기분이 들 때도 종종 있다. '아이를 가진 여자' '아이를 가질 여자' '아이를 몹시 가지고 싶어 하는 여자' 들의 모성 충만한 대화를 듣고 있자면, 모두 평균대 위를 똑바로 걸어가고 있는데 나 혼자만 삐딱선을 탄 것 같아 불안과 우울이 몰려온다.

갓 아이를 낳은 산모와 곧 아이를 낳을 임부가 출산과 임신에 대한 대화를 나누는 옆에서 '만일을 대비해 난자를 얼려놓는 게 현명한 일일까' 하고 곰곰이 생각했던 어느 날, 집에 돌아와 『추위를 싫어한 펭귄』을 읽었다. 계몽사에서 1980년대에 발간한 60권짜리 〈디즈니 그림 명작〉에서 내가 가장 좋아한 책은 『신데렐라』도 『백설공주』도 아니었다. 바로 이 책이었다.

옛날 남극 얼음마을에 '파블로'라는 펭귄이 살았다. 파블로에게는 문제가 하나 있었으니, 바로 추위를 싫어한다는 것이다. 늘 난로를 끼고 살 만큼 추위를 싫어하는 파블로는 얼음마을에서의 생활을 견디다 못해 몇 번이나 가출을 감행한다. 스키를 타고 난로를 짊어진 채 집을 나서보기도 하고, 뜨거운 물주머니로 몸을 감싼 채 길을 떠나보기도 하지만 모두 실패하고 꽁꽁 얼어서 다시 집으로 돌아오는 일을 수없이 친구들이 작별 인사를 하러 왔습니다.
파볼로는 돛을 올리고 길을 떠났습니다.

얼음 배는 끝없이 갔습니다.
눈과 안개를 헤치며……

얼음산들을 지났습니다.

28

29

반복한다.

그러던 어느 날, 파블로는 마침내 얼음 뗏목에 집을 통째로 실은 채 따뜻한 나라로 떠나기로 결심한다. 날마다, 밤마다 파블로는 끝없이 달려간다. 하지만 그렇게 바라던 따뜻한 나라에 다가간 순간 위기가 닥친다. 기온이 올라가는 바람에 집도 뗏목도 몽땅 녹아버린 것. 파블로는 굴하지 않는다. 집 안에 있던 목욕통을 타고 샤워기로 목욕통에 차오르는 물을 내뿜으며 야자수가 우거진 섬을 향해 항해를 계속한다. 그리하여 마침내 꿈꾸던 낙원에 도달한 파블로가 해먹에 누워 선글라스를 낀 채 유유히 부채를 부치는 것으로 이야기는 막을 내린다. 그야말로 해피엔드다. "다시는 춥지 않을 거여요"라는 문장으로 끝나는 마지막 장면은 결코 잊을 수 없었다.

신기한 것은 나만 별나게 이 이야기를 좋아한 것이 아니었다는 점이다. 어릴 때 디즈니 동화를 읽었다는 친구들 대부분이 "나, 『추위를 싫어한 펭귄』이 가장 좋았어"라고 이야기하곤 했다. 대개 신데렐라나 백설공주처럼 예쁘고 착한 여자가 성공하는 이야기나 '벌거벗은 임금님'처럼 교훈적인 이야기 일색인 디즈니 동화에 '추위를 싫어하는 펭귄'처럼 사회의 규범에 순응하지 않는 캐릭터가 있다는 것만으로도 신기했는데, 그 이야기가 많은 아이들의 마음을 사로잡았다. 결국 대다수 사람들의 마음속엔 '반골 기질'이 도사리고 있다는 얘기일까?

몇 년 전 이 책을 다시 구하기 위해 알아보았더니, 워낙 인기가 높아 구하는 데 꽤 애를 먹었다. 계몽사와 디즈니 사이의 라이선스 계약이 만료되어 더 이상 디즈니 전집을 구할 수 없게 되자 헌책이라도 구해 내 아이에게도 읽히겠다는 열성 엄마들이 책값을 야금야금 올려놓았던 것이다. 그중에서도 이 책은 특히나 '레어템'이었다. 끈질기게 인터넷 헌책방을 뒤진 결과 어렵게 낡아빠진 책을 한 권 구했고, 미국 인터넷 헌책방을 뒤져 이 책의 원서인 『The Penguin that Hated the Cold』도 구했다. 댓글을 보니 미국 독자들도 "어릴 때 가장 재미있게 읽은 책으로 아직도 잊을 수 없다" "18개월 된 우리 아이가 가장 좋아하는 책"이라는 등 호평 일색이었다.

소외감에 따른 우울감과 함께 '내가 과연 정상적인 여성이며 인간일까'라는 자책감이 찾아든 그날, 『추위를 싫어한 펭귄』을 책장에서 꺼냈다. '펭귄이라면 추위를 좋아해야 한다'라는 명제에도 예외가 있는 것처럼 '여자라면 아이를 좋아해야 한다', 혹은 '인간이라면 결혼을 하고 아이를 낳아야 한다'라는 사회의 고정관념이 절대적 진리는 아니라는 것을 확인 받고 싶어서였다.

펭귄들은 추위를 좋아합니다. 그러나 파블로는 그렇지 않습니다. 펭귄들은 물속으로 뛰어들어 헤엄도 치고 물고기도 잡았습니다. 그러나 파블로는 그렇지 않습니다. 추위를 싫어하는 펭귄은 파블로뿐이었습니다.

털모자를 쓰고, 털장갑을 끼고, 목도리를 칭칭 두른 채 장작불을 쬐고 있는 파블로. 익숙한 삽화를 보자 안도감이 찾아왔다. 번역본을 읽고 원서를 살펴보니 번역본엔 "난 추운 날씨만큼은 딱 질색이라고"라며 축약해놓은 문장의 원문이 눈에 띄었다.

내가 '인간'이라는 종, 혹은 '여성'이라는 성별에게 사회가 일률적으로 부과한 특성에 깊은 의문을 가졌던 것처럼, 파블로도 '새'라는 군집 단위에 부여된 특성을 그대로 수긍할 것인지를 고민했던 것이다. 나는 이 문장에 깊이 위로 받았다.

그로부터 며칠 후, 언론계 동료들과 저녁 식사 자리가 있었다. 모두 나보다 나이가 많았고, 기혼이었고, 아이가 있었다. 그 자리에서 나는 입을 열었다.

"솔직히 전 아이를 좋아하지 않아요. 그런데 이 사회는 모성이란 여성의 필수 조건인 것처럼 말하잖아요. 그럴 때마다 저만 이상한 것 같아서 기분이 좋지 않아요."

다섯 살짜리 아들을 둔 A가 대답했다.

"나도 아이를 싫어했어. 아이를 낳고 그 아이와 친해지기까지가 내 인생에서 가장 힘든 시간이었어. 모성이라는 것도 시간과 노력이 필요한 일이야. 내 경우엔 금방 되지 않았어. 그래도 자식을 낳는 건 한 번쯤 해볼 만한 경험인 것 같아. 확실히 세상을 다른 눈으로 바라보게 돼. 아기 가진 여자는 마냥 예뻐 보이고."

대학생 딸을 둔 B가 거들었다.

"누군 애 낳고 회사 나오니까 하루 종일 애 생각만 난다고 하던데 난 회사 나오면 생각 안 나던데? 사람마다 성격이 다 다른 것처럼 모성에도 개인차가 있는 거지. 너 이상한 거 아니니까 걱정하지 않아도 돼."

나는 한 번 더 깊이 위로 받았다. 나 혼자만 '추위를 싫어하는 펭귄'은 아니었던 것이다.

즐거운
우리 집
집 안에는 모든 것이 마련되어 있었습니다.
26
난로도 제자리에,
목욕통도 제자리에 있었습니다.
떠날 준비가 끝난 것입니다.
27

태양의 동쪽,
달의 서쪽에 있는
그를 기다리며

「태양의 동쪽, 달의 서쪽」 〈소년소녀세계문학전집〉 32권 『북유럽 동화집』
이규직 옮김, 계몽사, 1977(절판)

인연이란 너무나 초현실적인 것이어서 현실의 인간이 어떻게 할 수 없다는 걸
깨달은 것은 최근이다. 30대 초반에만 해도 결혼이란 대학 입시나 취직처럼
자연스러운 인생의 통과의례인 줄로만 알았다. 그러나 이 나이가 되고 보니
제 짝을 만나는 일만큼 어려운 일도 없는 것 같다. 나는 아무래도
'태양의 동쪽, 달의 서쪽'을 향해 '짝을 쫓는 모험'이라도 나서야 할 모양이다.

결혼에 대해 생각하면 기분이 기묘해진다. 내가 혼자 살 팔자가 아니라면 언젠가는 누군가랑 결혼할 거고, 그 누군가는 지금 이 순간에도 이 지구상 어딘가에 존재하고 있겠지. 숨 쉬고, 잠자고, 이야기하고, 식사하고 있을 텐데. 그런데 도대체 왜, 나는 지금 당장 그와 만나면 안 되는 걸까? 아마도 평생을 함께할 사람인데, 왜 그와 나의 만남은 꼭 어떤 시점이 되어서야 이루어지도록 설계돼 있는 거지? 이런 생각을 하고 있자면 시계 토끼를 따라 굴속을 헤매고 있는 앨리스, 옷장 속에서 기나긴 여정을 시작한 『나니아 연대기』의 아이들처럼 좀처럼 끝나지 않을 모험을 하고 있는 것만 같다.

인연이란 너무나 초현실적인 것이어서 현실의 인간이 어떻게 할 수 없다는 걸 깨달은 것은 최근이다. 30대 초반에만 해도 결혼이란 대학 입시나 취직처럼 자연스럽게 찾아올 줄로만 알았다. 그러나 이 나이가 되고 보니 제 짝을 만나는 일만큼 어려운 일도 없는 것 같다. 내 또래 혹은 나보다 늦은 나이의 여성들이 결혼에 이르는 과정은 그야말로 눈물 없이는 들을 수 없는 극적인 무용담이다. '대체 나는 뭐가 문제라 결혼을 못 하는 걸까' 자학도 했다가, '꼭 결혼을 해야 하나? 지금도 충분히 좋은데' 초연한 해탈의 경지에 이르기도 하는 사이클의 반복. 겪어보지 않은 사람은 모르는 그 마음의 롤러코스터에 끊임없이 오르다보면 자존감은 낮아지고, 스스로가 참 하잘것없이 느껴진다. 스물다섯 살 때 어느 역술인이 내게 "당신은 평생 주류의 삶을 살게 될 거예요"라고 예언했는데, 요즘 주류라는 '30대 미혼 여성'의 삶마저 걷게 될 줄은 정말 몰랐다.

사실 나는 딱히 내 삶에 불만이 없다. 일상은 깔끔하고, 쾌적하다. 휴일에 출근하거나 늦게까지 야근을 한다고 불만을 가질 가족이 없다는 것도 홀가분하고, 오롯이 나 자신만을 위한 시간을 가지며 쉴 수 있다는 것도 만족스럽다. 걸리는 것은 딱 한 가지다. "지금은 좋지? 나이 들면 외롭고, 비참하고, 초라해질 거야"라는 주변의 저주 어린 악담. 가끔씩 전화를 걸어와 가입을 권유하는 결혼정보회사 직원부터 엄마, 회사 선배들까지, 어쩌면 하나같이 똑같은 이야기들을 하는지 모르겠다. 그런 얘기를 들을 때면 내가 인생을 잘못 살고 있는 것이 아닌가 싶어 움찔한다.

"월하노인이란 게 정말 있다면, 내 월하노인은 직무 유기 중인 게 틀림없어. 내가 태어났을 땐 발가락에 붉은 실 엮는 걸 깜박한 거 아냐?"

끊이지 않는 주변의 구박에 견디다 못해 분개했더니 엄마는 "네 문제는 결혼에 대한 적극성이 부족하다는 거야. 마음가짐을 좀 고쳐먹어"라고 야단쳤다. 적극성이라니, 어떤 적극성? 적극적으로 일하는 것도 힘들어 죽겠는데, 이제 결혼에 대해서마저 적극성을 가지라니. 나는 아무래도 '태양의 동쪽, 달의 서쪽'을 향해 '짝을 쫓는 모험'이라도 떠나야 할 모양이다.

초등학교 저학년 때, 사촌 오빠에게 물려받은 노란 표지의 계몽사 〈세계명작동화선집〉에 포함된 노르웨이 민화 「태양의 동쪽, 달의 서쪽」을 여러 번 읽었다. '태양의 동쪽, 달의 서쪽'이라는 대구對句의 제목이 특이해서 오래 기억했던 이야기다. 무라카미 하루키의 『국경의 남쪽, 태양의 서쪽』이 나왔을 때, 하루키도 이 이야기에서 아이디어를 얻어 제목을 지은 게 아닐까 궁금하기도 했다. 만날 사람도, 할 일도 없던 토요일, 헌책방에서 어렵게 구한 붉은 표지의 계몽사 『북유럽 동화집』에 실린 「태양의 동쪽, 달의 서쪽」을 다시 읽었다.

옛날 가난한 농부에게 아이가 여럿 있었는데, 그중 막내딸이 남달리 아름다웠단다. 폭풍우가 몰아치는 어느 늦가을 목요일 밤, 흰곰 한 마리가 찾아와 "막내딸을 내게 주면 큰 부자가 되게 해주겠다"라고 제안한다. 솔깃한 농부는 일주일간 막내딸을 설득해 흰곰의 아내가 되도록 한다. 흰곰의 등을 타고 먼 길을 떠난 막내딸은 깎아 세운 듯 높고 가파른 산기슭, 바위 문 안의 화려한 성에 도착한다. 소녀가 금과 은으로 장식된 으리으리한 침대에 누워 불을 끄자, 이윽고 한 남자가 들어와 곁에 눕는데, 남자의 정체는 바로 흰곰이다. 낮에는 곰이었다가 밤에는 사람이 되는 것인데, 언제나 불을 끈 다음에 들어와 날이 밝기 전에

  소녀는 이제 울지 않는다

는 둘 다 불행한 일을 당하게 되니까."
흰곰이 말했읍니다.
막내딸은 잊지 않겠다고 거듭 약속을 했읍니다.
집 문 앞까지 오자 곰은 획 돌아서서 가 버렸읍니다.
막내딸이 집 안에 들어서자 다들 반가와서 어쩔 줄 몰랐읍니다. 막내딸 덕택으로 그들은 아쉬운 것 하나 없이 행복하게 살아가고 있었읍니다.
그들은 모두 막내딸에게 어떻게 지내고 있는지 이야기해 달라고 졸랐읍니다.
막내딸은 무슨 일이든지 바라는 대로 모두 이루어져 즐겁고 나가기 때문에 소녀는 한 번도 남자의 얼굴을 볼 수 없었다.

즐거운 날이 흘렀지만, 소녀는 곧 가족이 그리워 향수병에 걸린다. 집에 다녀오라고 허락하면서 흰곰은 조건을 내세운다.

"어머니와 단둘이서는 절대 이야기하지 말아요. 이 약속을 지키지 못하면 우리는 큰 불행을 겪게 될 거요."

그러나 집에 도착한 소녀는 어머니의 성화에 못 이겨 단둘이 이야기를 나누게 된다. 어머니는 신랑의 얼굴을 본 적이 없다는 딸에게 초를 건네주며 "트롤일지도 모르니 몰래 불을 켜 얼굴을 확인해보라"라고 한다. 소녀가 어머니와 나눈 이야기를 알게 된 흰곰은 재차 "어머니의 말을 들으면 안 된다"라고 경고하지만, 호기심을 이기지 못한 소녀는 촛불을 켜고 남자를 살펴본다.

조심조심 사나이의 얼굴을 비춰본 막내딸은 깜짝 놀랐습니다. 그 사나이는 세상에 둘도 없이 아름답게 잘생긴 왕자님이었습니다. 막내딸은 그만 왕자에게 마음을 빼앗겨 몰래 키스를 했습니다. 그때였습니다. 왕자의 속옷 위에 뜨거운 촛농이 세 방울 떨어져서 왕자는 그만 눈을 뜨고 말았습니다.

"이게 무슨 짓이오?"

왕자가 소리쳤습니다.

"마침내 당신은 우리 둘을 모두 불행하게 만들고 말았소. 1년 동안만 참아주었더라면 나는 자유로운 몸이 될 수 있었을 텐데. 나는 계모의 마술에 걸려 낮에는 흰곰이 되었다가 밤에만 사람의 모양으로 되돌아오곤 했소. 그러나 이젠 모든 일이 틀려버렸소. 나는 계모가 있는 곳으로 돌아가야만 하오. 계모는 태양의 동쪽, 달의 서쪽에 있는 성에서 살고 있소. 그리고 그 성에는 코 길이가 3미터나 되는 공주가 있는데, 나는 그 공주와 결혼을 해야 하오."

아침에 소녀가 눈을 떴더니, 왕자와 성은 온데간데없고 자신은 숲 속 풀밭에 누워 있다. 목 놓아 울면서 소녀는 결심한다. 사람의 힘으로는 도저히 찾을 수 없다는 그곳, '태양의 동쪽, 달의 서쪽'으로 왕자를 찾아 나서기로. 험난한 여정이 시작된다. 걸어서, 혹은 말을 타고 바위산을 넘는 동안 소녀는 세 명의 마녀를 만나 길 안내를 받고, 그들에게서 황금 사과, 황금 참빗, 황금 물레를 얻는다. 싫증이 나도록 여행을 한 끝에 소녀는 동풍, 서풍, 남풍, 북풍의 등에 타고 넓은 바다 위를 날아 마침내 '태양의 동쪽, 달의 서쪽'에 있는 성의 창문 아래에 도달한다. 다음 날 아침, 성의 창가 아래에서 마녀가 준 황금 사과를 가지고 놀고 있는 소녀를 왕자의 정혼자인 코가 긴 공주가 발견한다.

"거기 있는 아가씨, 무엇을 주면 그 황금 사과와 바꾸겠어요?"
코가 긴 공주는 창문을 열고 말했습니다.
"금이나 돈 같은 것과는 바꾸지 않는답니다."
막내딸이 대답했습니다.

“금도 싫고 돈도 싫다면 그래 뭘 드릴까요? 소원을 말해보셔요.”

공주가 말했습니다.

“글쎄요, 이 성에 계시는 왕자님을 만나서 오늘 밤 함께 지내도록 해주신다면 이 사과를 그냥 드려도 좋아요.”

막내딸이 대답했습니다.

그 정도의 소원이라면 들어주겠다고 하여, 막내딸은 공주에게 사과를 주었습니다.

그러나 공주가 먹인 수면제 때문에 곯아떨어진 왕자는 막내딸이 아무리 깨우려 애써도 눈을 뜨지 못한다. 황금 참빗과 바꾼 그 다음 날 밤도 마찬가지. 황금 물레와 바꾼 마지막 날 밤엔 마귀에게 끌려온 사람들의 귀띔 덕에 왕자는 약을 탄 술을 몰래 버리고 드디어 소녀와 해후한다.

“당신, 정말 잘 왔소.”

왕자가 말했습니다.

“내일이 바로 내가 결혼식을 올릴 날이오. 하지만 나는 저 코 긴 공주와 결혼하고 싶지는 않소. 나를 자유로운 몸으로 만들 수 있는 사람은 이 세상에서 오직 당신뿐이오. 나는 내일 마귀할멈에게 아내로 맞이할 공주가 그만한 자격을 갖췄는지 어떤지 시험해봐야겠다고 하겠소. 그리고 촛농이 떨어진 속옷을 빨도록 하겠소.

공주는 당신이 떨어뜨린 것인 줄 모르니까 틀림없이 빨려고 할 거요. 하지만 그 초는 사람이 빨지 않으면 빠지지 않는 거요. 여기 있는 마귀들로서는 해낼 수 없는 일이지. 그러면 나는 그 초를 빨 수 있는 사람과 결혼하겠다고 하겠소. 그러고는 당신에게 빨도록 부탁을 할 거요."

왕자의 계획은 성공한다. 공주가 아무리 빨아도 얼룩이 커지기만 하던 속옷이 막내딸의 손이 닿자 눈처럼 하얗게 된다. 그러자 마귀할멈과 공주는 '펑' 하고 연기처럼 사라진다. 속박에서 벗어난 왕자와 막내딸이 산더미처럼 많은 금과 은을 수레에 싣고 성을 떠나 먼 나라에서 행복하게 살았다는 이야기.

누렇게 빛바랜 책장을 덮으면서, 몇 십 년 만에 이 이야기를 다시 읽은 것은 탁월한 선택이라고 생각했다. '좋은 결혼에 이르는 법'에 대한 지혜가 깨알처럼 녹아 있는 이야기 아닌가. 첫째, 겉모습만으로 남자를 평가하지 말 것. 흰곰처럼 험상궂은 생김새가 성에 차지 않더라도, 마음을 가다듬고 그의 좋은 점을 생각해보도록 하자. 일단 한 이불을 덮고 살기 시작하면 의외로 잘생긴 왕자 같은 면모를 보여줄지도 모른다.

둘째, 결혼을 하는 동시에 부모에게서는 정서적으로 완전히 독립할 것. 둘 사이의 일에 각자 부모만 끌어들이지 않아도 많은 분란을 막을 수 있다. 이 이야기에선 친정 엄마의 과도한 간섭이 문제다. 친정 엄마랑 둘이 속닥거리지 말고 1년만 참았더라면 괜한 고생할 일은 없었을 텐데.

셋째, 행복한 결혼 생활을 위해서는 신뢰와 시간이 필요하다. 소녀가 "만일 당신 어머니가 시키는 대로 하면 우리 둘은 큰 불행을 겪어야 한다"라는 남편 말만 믿었다면 졸지에 생과부가 되는 고난을 겪지 않아도 되었을 터. 흰곰이 왕자로 완전히 변신하기까지 걸리는 1년이라는 기간은 남남인 두 사람이 '가족'이 되기까지 필요한 노력의 시간을 상징한다.

넷째, 부부간 갈등이 생기면 포기하지 말고 해결하려 노력하자. 살다보면 배우자가 마귀의 꾐에 빠지거나, 코가 3미터인 공주랑 결혼하려 한다든가 하는 어처구니없는 일들과 맞먹는 문제들이 발생할 수 있다. 그 문제가 '사람의 힘으로는 도저히 다다를 수 없는 태양의 동쪽, 달의 서쪽'을 향하는 여정만큼 어려울지라도, 굴하지 말고 산 넘고 강 건너 해결책을 찾아보자. 필요하다면 마귀할멈이든, 바람이든, 주변의 도움을 빌려도 좋다. 그러면 '시월드'(이야기에서는 왕자의 계모인 마귀)와의 갈등을 해소하는 데도 도움이 될 것이다.

다섯째, 돈도 좋지만 그보다는 가족과 보내는 시간을 소중히 하라. 황금 사과, 황금 참빗, 황금 물레에 홀려 왕자를 소녀에게 내준 공주의 말로에서 교훈을 얻자. 돈 한 푼 더 벌겠다고 일중독이 되기보다는 1초라도 배우자를 위해 시간을 투자하자.

여섯째, 배우자를 위해서라면 때론 허드렛일도 마다하지 말자. 결국 결혼 생활을 잘 해나가는 것은 빨래 같은 것은 해본 적 없는 '공주'가 아니라, 속옷 빨래를 하얗게 해내는 소녀 아닌가.

무엇보다 이 이야기가 주는 가장 큰 교훈은, 제 짝을 만나기 위해서는 눈물겨운 노력과 시간, 시행착오가 필요하다는 것. 그러니까 절망하지 말라는 것이다. 그가 비록 '태양의 동쪽, 달의 서쪽'에 있는 마귀의 성에 갇혀 있을지라도, 간절히 바란다면 언젠가는 만나게 될 터이니. 이론만큼은 완벽하게 터득한 나는 염원을 담아 '그'에게 속삭인다.

"태양의 동쪽, 달의 서쪽에 있는 당신, 이제 그만 나타나줄래? 나 여기 있어. 우리 이제 숨바꼭질은 그만하자. 흰곰이든, 개구리든, 일단 나타나기만 해. 거안제미擧案齊眉하며 깍듯이 모셔줄 테니까."

더 이상
'진짜 공주'는
될 수 없을지라도

『소공녀』

프랜시스 호즈슨 버넷 지음, 곽명단 옮김, 펭귄클래식코리아, 2013

살면서 "쟤는 그냥 공주야"란 지적을 여러 번 들었다. 그 말이 신경 쓰여 '곱게 자란
아이' 티를 벗고 전투적으로 행동하려고 부단히도 노력했다. 애써 공격적으로 행동했고,
일부러 험하게 굴었으며, 의식적으로 날을 세웠다. 사람마다 다 결이 다른데, 내가 아닌
나로 살려고 노력했던 그 시절은 참 어색하고 피곤하고 무참했다. 결과가 좋은 것도
아니었다. 인간관계는 엉망이 됐고, 나 스스로는 성품이 망가졌다는 자괴감에 빠졌다.
그렇다고 '민친 선생' 같은 상사나 '라비니아' 같은 동료의 환심을 산 것도 아니었다.

부당하게 모욕당한 날, 『소공녀』를 다시 읽었다. 무너진 자존감을 회복하기 위해선 '공녀公女'의 자긍심이 필요했기 때문에.

　　　'당신은 지금 공주에게 그 험한 말들을 쏟아내고 있다는 것도, 내가 손만 까딱해도 처형당하리라는 것도 모르고 있어요. 내가 당신을 살려두는 건 난 공주지만 당신은 불쌍하고 어리석고 인정 없고 천박한 늙은이일 뿐 어른다운 구석이라고는 없기 때문이라는 것도 모르겠죠.'
이런 생각을 하는 것이 사라는 무엇보다도 즐겁고 유쾌했다. 설령 얼토당토않은 공상에 지나지 않을지언정 그렇게 생각하며 위안을 얻었고, 그럼으로써 마음이 넉넉해지니 좋았다. 이런 생각에 푹 빠져 있다보면 주변에서 아무리 모질고 험한 말들을 쏟아부어도 의연하게 대처할 수 있었다.
'공주라면 품위를 지켜야 하는 법이지.'

사라는 속으로 다짐했다.

『소공녀』는 영국 태생의 미국 작가 프랜시스 호즈슨 버넷Frances Hodgson Burnett(1849~1924)의 1905년 작이다. 주인공은 부잣집 딸로 공주처럼 자라다가 아버지가 파산하고 세상을 떠나는 바람에 졸지에 '특별 학생'으로 있던 기숙학교의 하녀로 전락한 열한 살 소녀 사라다. 이 자긍심 강한 소녀가 심술궂은 교장 민친 선생이 자신을 괴롭힐 때마다 마음속으로 '나는 공주야' 하고 상상하는 장면에 어린 나는 매료됐다. 『소공녀』를 처음 읽은 건 아마도 초등학교 저학년 시절이었을 것이다. 그 당시 읽었던 책에선 주인공의 이름이 '세라'라고 적혀 있었는데, 이번에 읽은 완역본에는 '사라'라고 표기했다. '사라Sarah'는 히브리어로 '공주'를 뜻한다.

나는 『소공녀』를 수십 번 읽었다. 어린 여자아이가 갖은 역경을 이겨내고 다시 행복을 되찾는다는 드라마틱한 구조도 매력적이었지만, 무엇보다 사라가 상상력과 이야기의 힘에 기대 자신을 지탱한다는 설정에 마음이 끌렸다. 이야기를 잘했던 사라처럼, 나 역시 친구들에게 '이야기를 들려주는 아이'어서 더욱 그랬다. 내향적인 성격의 사람들에겐 상상력과 이야기가 험한 세상을 헤쳐나가는 데 큰 버팀목이 된다는 것을 아마도 나는 사라로부터 배운 것 같다. 눕히면 눈을 감고 세우면 눈을 뜨는 인형을 외할머니로부터 선물 받았을 때, 주저 없이 그 이름을 에밀리로 지은 것도, 사라가 가장 친한 친구로 여기는 인형 이름이 에밀리였기 때문이다.

　　어쩌면 그 인형은 정말로 사라를 알아보았는지도 모른다. 아닌
게 아니라 사라의 품에 안겼을 때 인형은 사라에게 굉장히 친근
한 눈빛을 보내고 있었던 것이다. 꽤 큰 인형이었지만 그렇다고
안고 다니기 어려울 정도는 아니었다. 금빛 갈색 곱슬머리는 자
연스럽게 흘러내려 마치 망토를 걸친 듯했고, 두 눈은 깊고 맑은
잿빛 청색에다 속눈썹이 진하면서도 부드러워 그린 것이 아니라
진짜 같았다.

"맞아요, 맞아. 아빠, 얘가 에밀리예요."

　　사라가 인형을 자기 무릎에 앉혀놓고 얼굴을 들여다보며 말했다.

추억을 되새기며 『소공녀』를 읽었다. 사라로부터 배운 공주로서의
품위와 자긍심이 충전됐을 즈음 나는 문득 깨달았다. 이 책은 단순한
소녀소설이 아니라 온실 속 화초로 자란 어린아이가 이전투구泥田鬪狗
로 얼룩진 사회생활을 시작하면서 어려움을 극복해나가는 과정에 대
한 예리한 분석서라는 것을. 늘 사라를 모함하는 동급생 라비니아 같
은 동료, 사라를 눈엣가시처럼 여기며 틈만 나면 구박하는 민친 교장
같은 상사. 어느 직장에나 있을 법한 캐릭터 아닌가? 그렇다면 우리의
사라는 왜 민친 선생의 미움을 사게 되었을까? 나는 사회생활 10여 년
간의 경험을 되새기며 소설을 읽어나갔다.

어릴 때 읽었던 〈학습판소년소녀세계문학전집〉 『소공녀』의 삽화.

  사라가 민친 선생에게 '미운털'이 박힌 것은 입학 직후 프랑스어 수업 시간에서다. 사라는 어머니가 프랑스인이라 프랑스어에 능통하지만 이 사실을 모르는 민친 선생은 사라에게 초급 프랑스어 수업을 듣게 한다. 프랑스어 선생이 사라에게 초급 프랑스어를 가르치려 하자, 강직한 사라는 자리에서 일어나 유창한 프랑스어로 또박또박 자기 사정을 설명한다. 그런데 민친 선생에게는 숨기고 싶었던 비밀이 하나 있었으니, 바로 프랑스어를 전혀 못한다는 것. 영어를 한마디도 못하는 상사와 외국인 고객을 만난 자리에서 신입 사원이 유창한 영어로 막 지껄여댄다고 생각해보자. 그 결과는?

  민친 교장도 사라가 사정을 밝히려고 애썼다는 점과 자신이 말문을 막았으니 사라의 잘못은 아니라는 점을 인정할 수밖에 없었다. 학생들이 내내 듣고 있었다는 사실이 가뜩이나 마음에 걸리는 판에, 라비니아와 제시가 프랑스어 교과서 뒤에 숨어 고개를 수그리고 키득거리는 모습이 눈에 띄자 분통이 치밀었다.
  "조용히 하세요, 여러분! 모두 조용!"
  민친 교장은 책상을 꽝꽝 내리치며 호통을 쳤다. 민친 교장에게 자랑거리 학생인 사라가 미운털이 박힌 건 바로 이때부터였다.

                    소녀는 이제 울지 않는다

'아이고, 사라, 좀 융통성을 발휘하지 그랬니.' 나는 깊이 안타까워하며 이 장면을 읽었다. 내게도 여러 번 그런 순간이 있었다. 융통성 없는 성격 때문에 오해를 받기도 했다. 그러나 대부분의 인간은 2차적 관계의 타인까지 이해할 여유가 없기에, 민친 선생처럼 단정하고 넘겨짚게 마련이다.

모진 고난을 겪으면서도 사라가 의연함을 잃지 않는다는 점도 민친 선생의 심기를 건드렸다.

민친 교장에게 사라는 언제나 알다가도 모를 눈엣가시 같은 존재였다. 아무리 혹독하게 대해도 울거나 겁을 먹는 법이 없었기 때문이다. 꾸지람을 해도 가만히 서서 진지한 얼굴로 다소곳이 들었고, 벌로 가윗일을 시키거나 끼니를 굶겨도 불평 한마디 없었고, 반항하는 낌새조차 보이지 않았다. 절대로 무례하게 구는 법이 없다는 바로 그 사실이 민친 교장에게는 도리어 무례하기 짝이 없는 행동으로 보였다.

'나도 이래서 더 비웃음을 샀겠군.' 나는 씁쓸하게 웃었다. 나는 질책을 받아도, 상처 받았거나 주눅 들었다는 티를 좀처럼 내지 않는 편이다. 자존심이 강하기 때문이기도 하지만, 내가 상처 입은 걸 보고 상대가 미안한 마음이 드는 게 싫어서였다. 이제 와서 보니 차라리 울거나 맥 빠진 티를 내는 편이 더 나았을지도 모르겠다.

사라의 꼿꼿함에 마침내 보상이 따른다. 이웃집에 이사 온 부유한 신사가 알고 보니 사라를 애타게 찾고 있던 아버지 친구였던 것. 굶주림과 학대에서 벗어난 소녀는, '공주 같은 마음가짐'뿐 아니라, '공주 같은 생활'도 다시 누리게 된다. 사라의 행운에 분을 참지 못한 민친 선생은 이웃집 신사 앞에서도 막 퍼부어댄다.

"이제 넌 다시 공주가 된 기분이겠구나."
사라는 고개를 숙이며 살짝 얼굴을 붉혔는데, 그건 제아무리 좋은 사람일지라도 자신이 가장 좋아하는 상상 놀이를 처음부터 이해해주기란 쉽지 않을 거라고 생각한 때문이었다.
"저, 저는 진짜 공주처럼 행동하려고 애썼을 뿐이에요. 도저히 견디기 어려울 만큼 춥고 배고플 때조차도."
사라가 낮은 목소리로 말했다.
"이젠 애쓰지 않아도 되겠구나."
민친 교장은 끝내 모질게 내뱉고는, 람 다스의 살람식 인사를 받으며 방을 나섰다.

살면서 "쟤는 그냥 공주야"란 지적을 여러 번 들었다. 그 말이 신경 쓰여, '곱게 자란 아이' 티를 벗고 전투적으로 행동하려고 부단히도 노력했다. 애써 공격적으로 행동했고, 일부러 험하게 굴었으며, 의식적으로 날을 세웠다. 사람마다 다 결이 다른데, 내가 아닌 나로 살려고

노력했던 그 시절은 참 어색하고 피곤하고 무참했다. 결과가 좋은 것
도 아니었다. 인간관계는 엉망이 됐고, 나 스스로는 성품이 망가졌다
는 자괴감에 빠졌다. 그렇다고 '민친 선생' 같은 상사나 '라비니아' 같
은 동료의 환심을 산 것도 아니었다.

　　그러니까 나도 그냥 사라처럼 나답게 살았어야 했는데. 한숨을 내
쉬며 부유했던 시절, 사라가 자신에게 '문제'를 제기하는 부분을 한 번
더 읽었다.

"사람들에게는 어쩌다 우연히 생기는 일이 많아. 내게는 좋은 우
연이 많이 따랐어. 어쩌다 보니 늘 공부하고 책 읽는 게 좋았고,
배우고 읽은 걸 잘 기억하게 되었지. 또 어쩌다 보니 잘생기고 다
정하고 머리 좋고, 내가 좋아하면 무엇이든 다 해줄 수 있는 아버
지의 딸로 태어난 거고. 난 본래 착한 아이가 아닐지도 몰라. 갖
고 싶은 걸 다 가질 수 있고 모두들 잘해준다면, 누구라도 착해지
지 않으려야 않을 수 없는 거 아닐까?"
그러고는 꽤 심각하게 무언가를 생각하다가 다시 말을 이었다.
"내가 진짜 착한 아인지 못된 아인지 어떻게 알아낼지는 나도 모르
겠어. 어쩌면 난 아주 끔찍한 아이일지도 몰라. 지금까지 그걸 아
무도 모른다면, 그건 아마 내가 시련을 겪은 적이 없어서일 거야."

　　모진 시련 끝에 사라가 깨달은 것은 자신이 착한 아이와 못된 아이

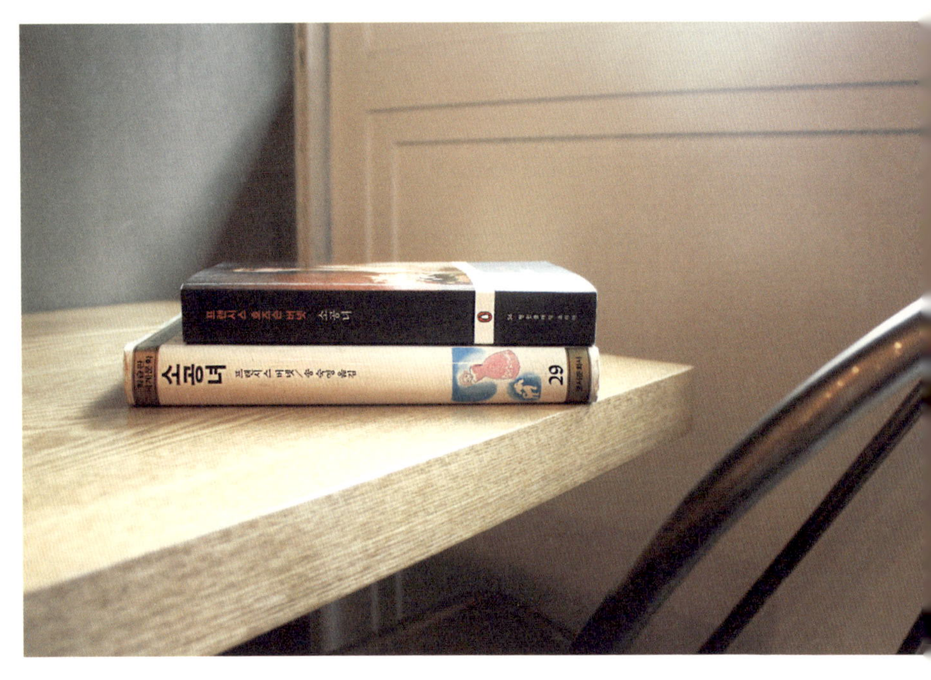

아래에 놓인 책이 어릴 때 읽은 동서문화사 판 『소공녀』다.
최근에 펭귄클래식코리아 판 완역본을 다시 읽었다.

의 범주를 넘어선 '굳센 아이'라는 사실이었다. 외부의 거센 압력에도 굴하지 않고 자신답게 살아갈 수 있는 꿋꿋한 존재. 그러고 보면 혹독한 민친 선생이야말로 사라 인생의 참 스승이었을지도 모른다. 민친 선생이 끊임없이 던져준 과제 덕에 사라는 성장했으니까.

시련에 굴복해 천성을 망가뜨린 나는 확실히 사라 같은 '진짜 공주'는 아닌 모양이다. 그러나 사라도 언젠가는 제2의 민친 선생, 제2의 라비니아와 마주치며 '상상력만으로는 시련을 극복하기 힘든 순간'이 있다는 걸 알게 되겠지. 사회생활을 하다 보면 때때로 '아버지의 급사急死와 집안의 몰락'을 능가하는 위기가 닥쳐오기도 하는 법이니까.

나는 책장을 덮었다. 그리고 생각했다. 잊지 말자. 때로 스스로를 '소공녀'라 믿으며 위안을 받을 순 있겠지만, 완벽한 '소공녀'가 되는 건 이제 불가능해. 나 역시 누군가의 민친 선생이자 라비니아겠지. 어딘가 나 때문에 울고 있는 어린 '소공녀'들이 있겠지. 아무리 진짜 공주 사라라 해도, 내 나이쯤 되면 별 수 없으리라.

'약간의 불행'이 준 선물

『장미와 반지』

월리엄 메이크피스 새커리 지음, 안나 센비지 그림, 이지원 옮김, 논장, 2006

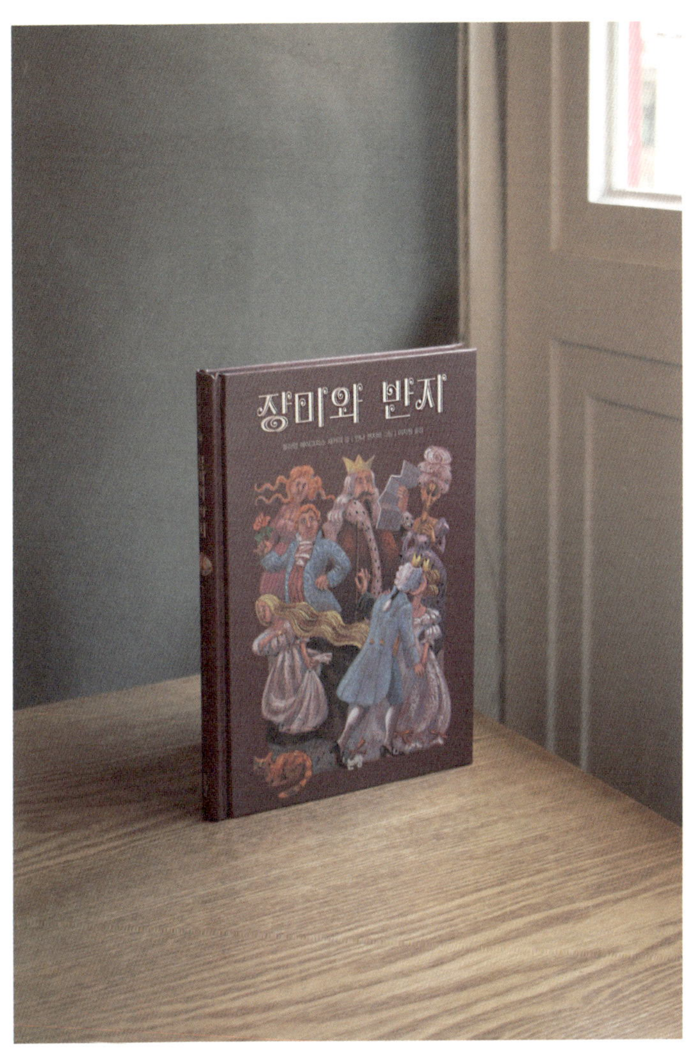

어린 나는 이 책을 보면서 외적인 아름다움을 뛰어넘는 내면의 아름다움이 존재한다는
것을 믿었다. 반지나 장미가 없어도, 애써 치장하지 않아도 어떤 이들은 내 본질을
꿰뚫어 봐주리라 믿었다. 어쩌면 그 믿음은 '약간의 불행'을 갖고 태어난 어린아이가,
세상에서 상처 받지 않기 위해 안간힘을 써 택한 보호막일지도 모른다.
어쨌든 나는 고지식하게 믿었고, 그 믿음은 나를 큰 아픔 없이 성장하도록 해주었다.

이국異國의 공항 입국심사대 앞에 설 때면 나는 긴장한다. 지문을 찍고, 카메라를 보고, 찰칵. 심사대 직원이 여권 사진과 내 얼굴을 꼼꼼히 대조할 때, 습관적으로 상상한다. 갑자기 하늘에서 물벼락이 쏟아진다. 얼굴의 화장이 몽땅 지워진다. 그러면 어떤 일이 벌어질까. 얼굴을 대조하던 직원은 "뭐야, 사진 속 인물과 다르잖아! 당신 누구야?" 하고 소리칠까? 나는 입국을 거부당하고 공항 사무실로 끌려가 기나긴 조사를 받게 될까? 여권 사진을 찍을 때 사진사는 두 귀가 모두 나와야 한다며 머리카락을 귀 뒤로 넘기라고 주문했지만, 화장을 지우라는 이야기는 하지 않았다. 나는 속으로 조용히 웃었다.

'중요한 건 귀가 아니에요. 입국 심사대의 직원들이 화장을 한 나와 하지 않은 나, 과연 같은 나라고 생각해줄까요?'

나는 화염상모반火焰狀母斑 환자다. 태어날 때부터 오른쪽 눈 아래에 커다란 붉은 점이 있었다. 신생아의 0.2~0.5퍼센트가 나처럼 모반을 가지고 태어난다. 모세혈관 기형이라는 설이 있지만, 정확한 원인

    유년의 정원에 삶의 씨앗을 뿌리다

은 아직 밝혀지지 않았다. 명확한 치료법도 없다. 레이저 치료를 받으면 엷어지지만 완치 여부는 불투명하다. 대개 나는 모반의 존재를 잊고 산다. 대학에 입학한 다음부터 화장으로 가렸기 때문에 어릴 때 친구들이나 과 동기들 외엔 내게 모반이 있다는 것을 아는 사람은 거의 없다.

나는 MT를 싫어한다. 낯선 사람과 한 방을 쓰는 것, 물놀이도 싫어한다. 화장을 지우고, 혹은 화장이 지워지고, 놀란 얼굴로 나를 바라보는 사람에게 내 얼굴에 대해 구구절절 설명해야 하는 순간과 맞닥뜨리는 것이 곤혹스럽다.

어린 시절 엄마에게 물었다. "엄마, 난 왜 얼굴에 점이 있어?" 엄마가 답했다. "네가 재능이 너무 많아서, 교만해질까 봐 경계한 하느님이 일부러 주신 거야." 나는 추호의 의심도 없이 그 말을 믿었다. 엄마는 지금도 그렇게 믿고 있다. 아버지는 어린 내게 칭찬이 드물고 엄격했다. 한때 지나치게 엄한 아버지를 원망했었다. 어느 날 통화를 하는데 수화기 너머로 아버지가 흐느꼈다. 제 얼굴이 남들과 다르다는 걸 자각한 세 살짜리 딸이 자꾸만 얼굴을 씻는 걸 젊은 아버지는 울면서 바라봤다고 했다. 아버지가 말했다

"나는 네가 총명한 게 두려웠다. 사람들은 두각을 나타내는 사람을 미워하니까. 그런데 너는 약점이 있잖니. 잘한다고 추어주면 교만해져 사람들에게 미움 받고, 그래서 혹여 얼굴 때문에 더 놀림 받을까 봐, 그래서 일부러 계속 기를 꺾었다."

다행히도 아버지의 걱정은 기우杞憂에 그쳤다. 나는 살면서 한 번도 얼굴 때문에 놀림 받아본 적이 없다. 어린 날의 내 친구들이 요즘 아이들보다 선했기 때문일까? 어쨌든 나는 열등감 없이 학창 시절을 무사히 마쳤다. 기자로서의 나는 자주 취재원의 저의를 의심하지만, 인간으로서의 내가 대개 인간이란 선하다고 믿는 것은 그런 경험 때문이다. 두려운 것은 놀림이 아니라 편견이었다. 나는 비뚤어지면 안 된다고 생각했다. 내가 비뚤어지면 혹여 사람들이 얼굴 때문에 마음까지 비뚤어졌다고 손가락질할까 봐 두려웠다. 내가 콤플렉스를 가지면 혹여 사람들이 "거 봐, 쟤는 얼굴이 저래서 콤플렉스가 많은 거야"라고 떠들어댈까 봐 두려웠다. 혹여 부모님이 그 때문에 상처 입을까 봐 염려됐다.

'모반이 있든 없든, 나는 나야. 그 사실은 변하지 않아. 그러니까 곧은 마음으로, 자신 있게.'

자존심 강한 나는 수없이 스스로를 다잡았다. '약간의 불행'이 오히려 인생에 득이 된다는 걸 나는 제법 일찍부터 알고 있었다.

"가엾은 아가, 내가 너한테 줄 수 있는 가장 좋은 건 약간의 불행이란다."

이는 지글리오 왕자와 로잘바 공주의 대모인 검은 막대 요정이 왕자와 공주의 세례식에서 내뱉은 주문이다. 나는 내가 태어날 때도 요정

    유년의 정원에 삶의 씨앗을 뿌리다

그러나 이런 작업도 이삼천 년이 지나자, 제 생각에는 요정도 조금 지친 것 같습니다. 혹은 이렇게 생각했을 수도 있지요.

'이 공주를 천 년이나 잠들게 하는 것이 과연 잘하는 짓일까? 어떤 여자 애 입에서 말할 때마다 다이아몬드와 진주가 굴러 떨어지게 하고, 다른 애한테서는 독뱀과 두꺼비가 나오게 하는 선 또 어떻고? 아무래도 난 내 마법으로 이로운 일만큼 해로운 일의 지팡이가 오른쪽 뺨을 살짝 스치며, '약간의 불행'을 선사한 게 아닌가 생각한다.

『장미와 반지』는 영국 소설가 윌리엄 메이크피스 새커리William Makepeace Thackeray(1811~63)의 1855년 작이다. 가상 국가인 파플라고니아 왕국의 지글리오 왕자, 크림타르타르 왕국의 로잘바 공주가 주인공이다. 아기가 태어날 때마다 행운의 선물을 주었던 검은 막대 요정은, 선물을 받은 아이들이 노력도 않고 허영 덩어리로 자라는 데 염증을 느낀다. 그래서 지글리오 왕자와 로잘바 공주에겐 행운 대신 '약간의 불행'을 선물한다. 그 결과 지글리오 왕자는 숙부에게 왕좌를 빼앗기고 천덕꾸러기 취급을 받게 되며, 쿠데타로 궁에서 쫓겨난 어린 로잘바 공주는 숲을 헤매다가 지글리오 왕자의 사촌 동생인 안젤리카 공주의 시녀로 들어간다.

천성이 낙천적인 지글리오 왕자는 왕위를 빼앗긴 것에도 별 불만 없이 안젤리카 공주와의 결혼을 꿈꾸며 느긋하게 살아가지만 갑자기 강력한 장애물이 등장함으로써 정신을 번쩍 차리게 된다. 안젤리카 공주가 크림타르타르 왕국의 잘생긴 벌보 왕자에게 한눈에 반하면서 공주와의 결혼이 불가능해진 것이다. 사실 벌보 왕자의 '미모'에는 비밀이 있다. 바로 그가 늘 단춧구멍에 꽂고 다니는 장미다. 벌보 왕자의 어머니가 검은 막대 요정에게 받은 이 장미에는 장미를 가진 사람에게 극한의 매력을 부여해 모든 사람에게서 사랑 받도록 하는 마법이 걸려 있다. 사실 지글리오 왕자에게도 장미에 필적할 만한 무기가 있었으니, 바로 '마법의 반지'다. 역시나 검은 막대 요정이 왕자의 어머니에게 선물한 이 반지도, 지니고 있으면 모든 사람의 눈에 아름답게 보여 사랑 받게 되는 힘을 가지고 있다. 그러나 지글리오는 사랑하는 안젤리카에게 그 반지를 준 상태. 그리하여 지글리오가 사람들의 관심에서 멀어진 동안, 안젤리카는 예쁘다고 만인이 떠받드는 버릇없는 아가씨로 자란다.

반면 자신의 신분도 모르고 '벳신다'라는 이름으로 불리며 안젤리카 공주의 시녀 노릇을 했던 로잘바는 공주가 공부할 때 동무가 돼주고, 공주의 숙제를 대신 해주면서 차근차근 학식과 교양을 쌓아 지적이고 현명한 여성으로 성장한다. 어느 날, 안젤리카가 지글리오의 청혼을 거절하면서 던져버린 반지가 우연히 벳신다의 손에 들어가게 되고, 반지를 낀 벳신다를 본 지글리오가 그녀를 사랑하게 되면서 이야기는 활기를 띤다.

지글리오는 벳신다 앞에 무릎을 꿇고 벳신다의 손을 잡고는 자신의 마음을 받아 달라고, 지금 당장 결혼해 달라고 간청했습니다. 아주 어린아이일 적, 궁전 뜰에서 지글리오 왕자를 만나자마자부터 그를 쭉 사랑해온 벳신다의 기분이 어떨지 상상해보세요.

그러나 운명은 이 두 사람을 떼어놓는다. 벌보 왕자가 자기보다 벳신다를 더 좋아하자 질투에 불탄 안젤리카 공주는 벳신다가 처음 궁전에 왔을 때 입고 있던 망토와 신발만 준 채 궁에서 내쫓아버린다. 지글리오는 자신을 교수형시키려는 숙부를 피해 궁전을 빠져나와 도주한다. 숲을 헤매다 아버지의 옛 신하인 나무꾼을 만난 벳신다는 왕가의 문장紋章이 수놓인 망토와 신발 덕에 자신이 실종된 크림타르타르 왕국의 공주란 사실을 알게 된다. 한편 도피 중이던 지글리오는 요정의 도움으로 대학 도시에 정착, 열심히 공부해 멋진 지성인으로 거듭난다. 각각 왕위를 되찾은 로잘바(벳신다) 공주와 지글리오 왕자가 갖은 고난을 딛고 다시 만나 결혼식을 올리는 걸로 이 재기 넘치는 소설은 끝이 난다.

나는 초등학교 시절 사촌 오빠의 책장에서 이 책을 처음 발견했다. 책을 읽으면서 가장 인상적이었던 것은 로잘바와 재회한 지글리오가, 로잘바에게 반지를 빼라고 하는 장면이다.

지글리오는 몸을 깊숙이 굽혀 절하며 말했습니다.

"로잘바는 어떤 반지도 필요 없어요. 저는 확신합니다. 로잘바는 어떤 마법의 힘이 없어도 제 눈에는 아름다워요."

"오, 왕자님!"

    유년의 정원에 삶의 씨앗을 뿌리다

로잘바가 감탄하자 지글리오가 말했습니다.

"반지를 벗고 한 번 시험해보아요."

지글리오는 과단성 있게 여왕의 손에서 반지를 빼냈습니다. 그의 눈에 여왕은 전과 다름없이 아름다웠습니다.

그 장면을 읽고 또 읽으면서 어린 나는 믿게 되었다. 외적인 아름다움을 뛰어넘는 내면의 아름다움이라는 것이 세상에 존재한다는 것을. 반지나 장미가 없어도, 애써 치장하지 않아도 어떤 이들은 내 본질을 꿰뚫어 봐주기도 한다는 것을. 어쩌면 그 믿음은 태어날 때부터 남들과 달랐던 어린아이가, 세상에서 상처 받지 않기 위해 안간힘을 써 택한 보호막일지도 모른다. 어쨌든 나는 고지식하게 믿었고, 그 믿음은 나를 큰 아픔 없이 성장하도록 해주었다.

어른이 된 로잘바와 지글리오에게 검은 막대 요정은 말한다.

"내 착한 아이들아, 너희들을 축복한다! 이제 너희는 하나가 되었고 행복하구나. 이젠, 내가 너희 둘에게 약간의 불행을 바랐던 이유를 알겠지? 지글리오, 네가 만약 부유하게 컸더라면, 아마 읽지도 쓰지도 못했을 거야. 게으르고 사치만 좋아해서 지금 할 수 있는 것만큼 훌륭한 왕은 될 수 없었을걸. 너, 로잘바는 아첨만 듣고 커서 네 조그만 머리는, 자기는 지글리오에게는 과분하다고 생각하는 안젤리카처럼 변해버렸겠지."

요정의 말은 "네가 교만해질까 봐 일부러 하느님이 모반을 주신 것"
이라는 엄마의 말과 닮아 있다. 그 다음엔 늘 이런 말이 이어졌다.

"세상에는 병에 걸려도 고칠 방도가 없는 사람도, 돈이 없어서 병을
치료하지 못하는 사람도 많아. 너는 얼마나 다행이니? 치료법이 아주
없는 것도, 치료비가 없는 것도 아니잖아."

나를 10여 년 전부터 치료하고 있는 피부과 의사는 이렇게 말했다.

"조물주가 인간을 만들 때 완벽하게 만들 것 같습니까? 이 정도의
결함은 누구에게나 있어요. 다만 당신의 경우는 그 결함이 잘 보이는
곳에 있을 뿐이지요."

그런 말들이 내게 '약간의 불행'을 긍정할 수 있도록 해주었다. 신이
공평하다는 것을 나는 알고 있다. 내게 행운이 계속될 때, 내가 남들보
다 가진 게 너무 많은 것 같아 두려워질 때, 나는 마음속으로 생각한다.

'괜찮아. 내겐 이미 약간의 불행이 있으니까, 하느님이 이보다 더 큰
불행은 주지 않으실 거야.'

시련은 인간을 단련시킨다. 왕위를 되찾고 나서 일순간 교만해진 지
글리오를 벌하려 요정이 로잘바와의 결혼을 가로막는 장애물을 제시
했을 때, 로잘바는 이렇게 대처한다.

파란만장한 인생의 굴곡을 겪은 덕분에 로잘바 공주는 정말 굳
센 마음을 가진 여성이 되어 있었습니다. 그래서 이 용감한 아가
씨는 검은 막대 요정이 항상 주머니에 넣어 가지고 다니는 각성

제 덕분에 기절 상태에서 깨어나서는, 같은 처지에 놓인 다른 젊
은 아가씨들처럼 머리를 잡아 뽑고, 울고, 신음하다 다시 기절하
는 대신, 자신을 따르는 사람들에게 강인한 모범을 보여줘야 한
다고 생각하였습니다.

어릴 때 읽은 〈소년소녀세계교양명저대계 세계명작전집〉 10권에 수록된 『장미와 반지』의 삽화

네버 엔딩 스토리

수십 번 읽은 책들이 있다. '수학의 정석'도, '성문종합영어'도 그 책들만큼 자주 읽진 않았다. 『데미안』이나 『파우스트』 같은 고전은 많이 읽어봤자 기껏 두어 번이다. 거듭 읽은 책들은 오히려 유년의 책장에 있다. 〈디즈니 그림 명작〉과 계몽사 〈어린이 세계의 명작〉, 『빨 강머리 앤』과 『소공녀』를 나는 수십 번씩 읽었다. 토씨 하나까지 외울 정도로 반복해 읽은 책은 연하고 어린 뇌에 화인火印처럼 각인됐다. 누 군가 내게 '당신 인생을 변화시킨 책은 무엇인가' 하고 묻는다면 나는 주저 없이 어린 시절을 지배했던 동화들을 꼽겠다.

이 책은 30대 중반에 다시 읽은 어린 날의 동화에 대한 기록이자, 절 판된 추억의 책들을 쫓는 모험기다. 나는 2010년 3월부터 꾸준히, 어 릴 때 인상 깊게 읽었던 1980~90년대 어린이 책을 모아왔다. 쓸쓸한 날이면 낡은 책을 펼치고 킁킁대며 그리운 옛날의 냄새를 맡았다. 그리고 책을 읽었다. 나 자신이 가치 없게 느껴진 날, 엉망진창이었던 하루를 가까스로 버텨낸 날, 곧은 마음씨의 공주님, 전쟁을 이겨낸 어린이들, 남들과 달라지길 원했던 용기 있는 소녀의 이야기를 읽으며 위로 받았다. 동화 속 주인공과 나 자신을 동일시하며 마음을 다잡는 것은 아주 어릴 때부터의 버릇이었다.

이번 책은 '지금의 나를 이루어낸 것은 무엇인가'라는 질문을 가지고 쓰기 시작했다. 내 유년을 풍요롭게 해준 책들을 또래 독자들과 함께 읽어보자는 생각으로 작업했다. 어렵게 수집한 절판 도서를 주로 읽었고, 그와 함께 『소공녀』, 『작은 아씨들』, 『비밀의 화원』 같은 아동문학의 고전들을 새로 나온 완역본으로 다시 읽었다. 다사다난한 작업이었다. 첫 원고를 썼던 때가 2010년 말, 마지막 원고를 넘긴 것이 2013년 7월이니 꽤나 오래 시간이 걸린 셈이다. 한동안은 일이 바빠 기사 외에 다른 글을 쓸 여유가 없었다. 담당 편집자가 사표를 내고, 출판사가 문을 닫는 등 우여곡절도 겪었다. 앞서 두 권의 책을 냈던 출판사로 다시 돌아간 원고를 보면서, '책에도 팔자가 있구나' 하고 생각했다. 돌이켜보면 숨 고르기를 할 시간이 주어져서 다행이었다.

대학 신입생 때, 주말마다 아차산 고구려 유적 발굴장에 나갔다. '트라울trowel'이라 부르는 작은 삽을 들고 서툴게 땅을 파면, 사금파리며 토기 파편들이 흙무더기 틈에서 고개를 내밀었다. 봄에, 깊숙이 파인 트렌치 위로 연분홍 벚꽃잎이 쏟아졌다. 그 여린 이파리 아래 1,300여 년 전의 지층이 묻혀 있다는 사실이 신기해 여러 번 고개를 갸웃거렸다. 차곡차곡 쌓인 지층의 단면을 보면서, 현재와 과거가 중첩돼 같은 순간에 존재할 수 있다는 걸 깨달은 것이 그 무렵이었다.

'추억의 책 읽기' 프로젝트를 진행한 3년 반 동안, 잊고 있던 10여 년 전의 발굴장이 종종 떠올랐다. 까마득한 옛날의 동화를 읽어가는 일은, 묵은 기억에 트라울을 박고 파내려가는 것과 유사했다. 기억의 층위마다 그 시절 생성된 자아의 파편이 유물처럼 남아 있었다. 내 안에 있던, 어린 나와 다시 마주하는 일은 반가우면서도 애틋한 경험이었다. 예닐곱 살 혹은 10대 초반의 나와 지금의 나 사이에 걸쳐진 영속성을 발견하고선, 인간이란 쉽사리 변하는 존재가 아니라는 사실을 깨닫고 안도의 한숨을 내쉬기도 했다. 궁극적으로는 그 작업의 모든 과정이 일종의 자가 치유였던 것 같다.

미국 작가 퍼트리샤 마이어 스팩스는 자신의 책 『리리딩On Rereading』(이영미 옮김, 오브제, 2013)에서 어른이 어린이책을 다시 읽는 이유에 대해 이렇게 썼다.

아끼던 그 책을 성인이 되어 다시 읽으면 아무런 조건 없이 마음을 달래는 경험을 얻을 수 있는데, 이는 내가 앞서 향수의 안개라고 부른 것 때문이다. 그것은 또한 예상치 못한 통찰과, 친숙한 책들에서 우리가 처음 읽을 때 생각했던 것보다 훨씬 많은 것을 발견하는 기쁨을 제공하기도 한다. 하지만 이런 다시 읽기의 가장 심오한 기쁨은 우리가 잃어버렸다고 생각했던 과거의 자아

326

█   를 재발견하는 흥분에서 비롯된다.

   주변의 도움이 없었다면 이 책은 존재할 수 없었을 것이다. 회사는 내 삶의 엄혹한 스승이자 다정한 격려자였다. 박은주 문화부장을 비롯해 가족보다 더 많은 시간을 함께 부대끼고 있는 조선일보 선후배 동료들께 감사드린다. 한없이 늦어지는 원고를 꾸준히 기다려준 손희경 편집장과 난삽한 원고를 한 권의 책으로 엮어준 주상아씨께는 고마움과 미안함을 함께 전하고 싶다. 무엇보다 어린 나를 책 속 세계로 이끌어주신 아버지와 어머니께 이 책을 바친다. 이 책을 쓴 것은 나지만, 이 책을 만든 것은 두 분이다.

2013년 겨울
곽아람

어린 적 그 책

추억의 책장을 펼쳐 어린 나와 다시 만나다

1판 1쇄   2013년 12월 20일
1판 4쇄   2024년 11월 29일

지은이   곽아람
펴낸이   김소영
책임편집   손희경 주상아
디자인   최윤미
마케팅   정민호 박치우 한민아 이민경 박진희 황승현
제작처   영신사

펴낸곳   (주)아트북스
브랜드   앨리스
출판등록   2001년 5월 18일 제406-2003-057호
주소   10881 경기도 파주시 회동길 210
대표전화   031-955-8888
문의전화   031-955-7977(편집부) 031-955-2689(마케팅)
팩스   031-955-8855
전자우편   artbooks21@naver.com
트위터   @artbooks21
인스타그램   @artbooks.pub

ISBN 978-89-6196-152-3 03810